U0479073

LAST CHAPTER

最后一章

E R N I E P Y L E　[美]厄尼·派尔 著 苏振凌 译

文化发展出版社
Cultural Development Press
·北京·

图书在版编目（CIP）数据

最后一章 / （美）厄尼 · 派尔著 ; 苏振凌译 . -- 北京 : 文化发展出版社 , 2024.2

ISBN 978-7-5142-3671-2

Ⅰ . ①最… Ⅱ . ①厄… ②苏… Ⅲ . ①纪实文学－美国－现代 Ⅳ . ① I712.55

中国国家版本馆 CIP 数据核字 (2023) 第 164006 号

最后一章

著　　者：（美）厄尼 · 派尔
译　　者：苏振凌

出 版 人：宋　娜
责任编辑：尚　蕾　　责任校对：岳智勇　　封面设计：郭阳
责任印制：杨　骏　　图　　片：视觉中国
营销编辑：张　宁　崔　烨　王旭凤
出版发行：文化发展出版社（北京市翠微路 2 号 邮编：100036）
发行电话：010-88275993　010-88275711
网　　址：www.wenhuafazhan.com
经　　销：全国新华书店
印　　刷：固安兰星球彩色印刷有限公司

开　　本：710mm × 1000mm　1/16
字　　数：272 千字
印　　张：17.25
版　　次：2024 年 2 月第 1 版
印　　次：2024 年 2 月第 1 次印刷

定　　价：68.00 元
I S B N：978-7-5142-3671-2

◆ 如有印装质量问题，请与我社印制部联系　电话：010-88275720

目 录
CONTENTS

最后一章

在英国

最后一章

献给我的父亲

第一章　太平洋战争

最后还是要动身了。

去海外的时候，你一般不会在运输系统工作人员最初预定的时间离开。我记得自己第一次上战场时耽搁了几天，等得都快疯掉了。可是时移世易，现在即使延误数天不能出发，我也只会给每个人一个大大的拥抱。我愿意这么说："哦，我的宝贝，你让我梦寐以求。你又让我多了一天安全的日子——我珍惜备至。"

不过该来的还是会来——刚刚进入1945年2月——最后的时刻终于来临。我又穿上自己的军装，把便服交给一个洛杉矶的朋友代为保管。

我们晚上离开旧金山。我们乘坐的是海军航空运输处（NATS）运营的四引擎巨型陆上飞机。陆军的同类机构是空运司令部（ATC）。我在它们的飞机上飞过很多次，都快飞成股东了。它们的飞机按时间表飞往世界各地，越过每一片海洋和每一座高山，运送战时邮件、货物和乘客。我已经四次飞越大西洋，但这是头一次飞越太平洋。从加利福尼亚直飞夏威夷，距离和横跨北美大陆差不多，但是却像从阿尔伯克基[①]飞到洛杉矶一样便捷。

我们吃完晚饭后不久就出发了，第二天天刚亮就到了檀香山上空。起飞之

① 美国新墨西哥州中部城市。——编者注，下同。

后没多久，我拿了一些毛毯躺在飞机后部的地板上。黎明时分我醒了，我们只剩下一个小时的行程了。我喜欢这样飞越海洋。

我们离开加利福尼亚时全体都穿着冬天的呢绒制服。在檀香山下飞机之后，那些厚重的衣服差点没让我们生病。办完着陆手续离开机场的时候，我们全都在擦身上冒的汗。

在檀香山，我住在一位海军朋友的家里。我干的第一件事就是洗澡，换上轻薄的卡其布衣服，吃了一盘美味的黄木瓜。一种奇妙的热带幸福感油然而生。一个叫弗洛雷斯的海军男仆照顾我们，他是关岛土著。他为我们洗衣服、整理床铺，一天到晚为我们准备果汁和木瓜。一个矮墩墩的夏威夷女人，穿着宽松的蓝色长裤，缠着红色头巾，一遍一遍又一遍、极为悠然地给草坪浇水。艳阳高照，远处青山的山脊被白云绣上一道道花边。棕榈树发出沙沙的下雨声，从下方港口出港的船只传来低沉的汽笛声。这里，毫无疑问，确实是太平洋。这次旅行没有耗尽我多少力气，但气候的变化却让我精疲力尽，我一整天什么都没做，只是虚度光阴，晒着暖和的太阳。

然后我开始到处溜达，向海军报到，再去看看朋友。马克斯·米勒少校和我囤积了一些香烟，以防再往西可能供应不足。其实我们可以在檀香山市中心买到香烟（还是我们最喜欢的牌子）。檀香山没有任何配给制度，也不再有任何灯火管制。没有配给制度是因为那里几乎所有的东西都被认为是军用品，而且来自大陆的船舶货仓自然而然地限定了配给量。

满大街的军装、10点钟的宵禁以及珍珠港事件后轰轰烈烈开展的建设始终提示着人们战争仍在继续。除此之外，战争似乎离我们很远。檀香山珍珠港的气氛没那么压抑了。大体来讲，刚到这儿的人会觉得这里气候温和，处处令人赏心悦目，比在家里的时候更远离战争。

因此，我把自己的檀香山插曲当作另一个缓刑期。我和老朋友们待在一起；我多愁善感地拜访怀基基海滩的小型热带公寓，七年前我和“那个女孩”[1]在那里住了一个冬天；我去参加聚会，听到夏威夷人甜美的歌声几乎落

① 派尔的妻子杰丽，他称之为“那个和我一起骑马的女孩”。

泪。那段不长的日子让我心满意足，甚至假装自己还没开始报道太平洋战争。该来的一切未免来得太快了。

对我来说，报道这场太平洋战争如同学习在一个新的城市如何生活。战争方式、对战争的态度、思乡之情、距离、气候——一切都和我们在欧洲战争中了解的不一样。起初，我似乎既不理解它也不了解它。我怀疑自己要花几个月的时间去适应。

距离是主要的问题。我指的不是与美国的距离，因为我们在欧洲的战争同样远离家乡。我指的是你进入战场之后的距离。整个西太平洋都是我们的战场，在欧洲最多只会跨越几百英里，在这儿却有几千英里。而且中间除了水，什么都没有。一个人在一座岛屿的战场上，与此同时他身后1000英里（1609千米）之内空无一物。一名士兵告诉我，他登陆一座岛屿拼杀了三天，第四天早上看到海面上空空荡荡，他的心情颓丧低落到了极点。整个护航船队卸下货物开往别处，唉，留下孤零零的他感觉被遗弃了！

一位海军将军说，指挥这场太平洋战争就像看一部慢动作电影。你筹划了几个月，付诸实施的重要时刻最终来临了，结果数天或数周后才会发动攻击——因为到达战场就要花费这么多的时间。

有一个例子可以说明他们的感受，海军印发了一张题为《太平洋地区航空距离》的精美宣传画，在它的底部印着“我们的敌人，地理”。在这里，后勤不仅仅是一个词，还是一场噩梦。例如，1944年2月在意大利的安齐奥，第3师为它筋疲力尽的步兵建立了一座休养营地，距离前线只有不到5英里（8千米），受到敌人炮火持续不断地攻击。但在太平洋，他们把所有人从西部岛屿全都带回珍珠港的休养营地——相当于把安齐奥滩头的一名战士一路送回堪萨斯城休息两周。珍珠港和马里亚纳群岛之间隔着3500英里（5633千米）的大海，但每天有数百人乘飞机前往，就像你每天早上上班一样稀松平常。

此处的另一个敌人是我们在欧洲从未深刻体会过的——单调乏味。哦，当然，无论哪里的战争都是千篇一律的可怕。然而在太平洋地区，快乐的日子也会变得单调乏味。天气风和日丽，在我们建立的岛屿基地上，人们吃得很好，邮件送得也很快，几乎没有敌人来犯，无尽重复的日子能把人逼疯。这种情况有时被称为“菠萝疯病”。岛上和军队的报纸都老实地讨论过我们回国人群中居高不下的精神病比例。一个人未必要冒着炮火待在前线才会承受不住而崩溃。如果他孤独地思念家乡，如果他孤身一人、前途茫茫，即使拥有再多的温暖、阳光、美食和安全，他的精神也可能垮掉。

另外我还必须转变对敌人的态度。在欧洲，我们觉得敌人残忍恐怖、与我们不共戴天，但仍不失为人。但在这里，我很快就明白了，日本人被看作是发展程度低于人类的可憎的东西，感觉就像蟑螂或老鼠。来这儿不久，我在一个铁丝网围起来的院子里看到一群日本囚犯，他们就像正常人一样摔跤、大笑和谈话，然而他们却令人汗毛直竖，看过他们之后我想在精神上洗个澡。

在檀香山，我们离所有的家或看起来像家的东西都很远很远。离美国有5000英里（8047千米），离我在德国边境作战的朋友有12000英里（19312千米）。西迪布兹德、韦纳夫罗、特罗伊纳和圣梅尔埃格利斯[①]远在12000英里之外——这些名字在世界这一侧的太平洋闻所未闻，就像在另一侧也不知道夸贾林岛、父岛和乌利希[②]一样。太平洋上的名字对我来说也是全新的，除了那些出众卓绝的。打一场战争的人不会太关心另一场战争，每个人都认为自己的战争是最艰难和最重要的战争。毫无疑问它确实是。

我们从檀香山乘飞机去马里亚纳群岛。天气很好，但是行程如此漫长而痛苦，以至于记不住时间，到最后我甚至想不起我们是哪一天离开檀香山的。其实就在一天之前。我们坐的还是从加利福尼亚来时搭乘的那种飞机——一架巨大的、四引擎道格拉斯运输机。我们一飞上天，海军少校马克斯·米勒和我就摘掉领带，换上家用拖鞋。珍珠港再往西，军队的繁文缛节立即消失了。在檀香山，所有的海军军官都必须打领带，但一离开珍珠港他们就会摘掉。

马克斯和我读了一会儿自己带来的两本书——瑟伯的《我的世界，欢迎光

① 西迪布兹德，突尼斯城市，1943年2月德军在这里发动“春风行动”。韦纳夫罗，意大利中部莫利塞大区的一个镇。特罗伊纳，意大利西西里岛的一个城镇。圣梅尔埃格利斯，法国芒什省市镇，第二次世界大战诺曼底登陆中盟军解放的第一批城镇之一。

② 夸贾林岛，西太平洋马绍尔群岛的环状珊瑚岛，1945 年起成为美国海军基地。父岛，日本小笠原群岛之一；1945年2月至3月驻岛日军杀害美军战俘并吃人肉。乌利希环礁，位于西太平洋，1944年末至1945年初是世界上最繁忙的锚地。

临》，以及约瑟夫·米切尔的《麦克索利的美妙沙龙》。尽管这两本书都很好，但我们似乎都无法专心读下去，很快我们就转而入迷地读起了《西太平洋指南》——海军发给西行朋友的一本令人大开眼界的书。

在前往马里亚纳群岛的3500英里（5633千米）旅途中，我们只停留了两次，我不知道我们是如何找到这两个小岛的，那是广阔海洋中最微不足道的小点。但他们总是能找到它们，所以我还担心什么呢？我们的第一站是约翰斯顿岛，从檀香山过去需要4个小时。看到这座岛时我十分惊讶原来它才这么点大——几乎比连在一起的几艘航空母舰还小，上面连一棵树也没有。然而，它已被开发成一个可以起落最大型飞机的机场，有几百个美国人在那里居住和工作。这里气候顶呱呱，大多数士兵和水手只穿着短裤，被晒得黑黢黢的。我觉得在这里静静地避世隐居一段时间似乎很适合我，但这些家伙已经厌倦了逃避，这个单调的地方让他们心烦意乱。

傍晚我们在约翰斯顿停留了一个小时，然后起飞继续向西。天很快就黑了。乘客们一个接一个地在自己的座位上睡着了。窗外一片漆黑，什么也看不到，我们眼前是太平洋上空的长夜。这个夜晚格外漫长，因为我们在追逐黑夜。飞行勤务员为每个人送来毛毯，乘客们都把自己裹了起来。但不一会儿大部分人都把毛毯拿掉了，机舱里有暖气，即使飞得这么高也还是太热了。

午夜过后，我们可以从马达的声音和耳朵里的压力判断出自己正在下降。虽然我们感觉不到，但飞机确实在转弯，因为现在月亮一会儿出现在我们一侧的高处，一会儿又出现在另一侧的低处。突然我们脚下亮起了灯光，看起来是一个规模不小的城镇，然后我们终于在一个令人难以置信的繁忙机场上着陆，到处都是人、灯光和飞机。这个地方是夸贾林（别太用力的话也不难发音。只要说“Kwa-juh-leen”就行了）。它属于马绍尔群岛。1944年3月和4月，美国士兵和海军陆战队在那里杀死了1万名日本人，打开了横跨中太平洋的岛屿之路。我们的美国海军工程营不得不挖掘日本人的尸体，才能为下水管道挖出一条沟。但即便如此，该岛还是大变了模样，实际上我们夺取时摧毁的所有岛屿都被迅速地加以改造。它现在是一个巨大的空军基地。

接机的海军军官们不管现在都几点了，把我们塞进吉普车带到几百码外的食堂。一阵凉爽的夜风吹来，再次站在地上感觉似乎很不错，即使是这样又窄小又可悲的一块地方。那一个小时，我们围坐在一张白色桌子旁边，喝着咖啡，抿着冰果汁。你几乎忘了自己不在美国。然后，我们又出发了，在什么也看不见的夜里飞行，向西，继续向西。

起飞后，我们的飞机发出巨大的噪声，费力地爬升了大约半小时，然后进入平飞，稳定地嗡嗡作响。地面上的热带酷热逐渐消退，机舱里笼罩着一阵寒意。飞行勤务员打开暖气，温度设定为我们穿着轻薄的衣服，甚至不穿外套都很舒服。在到达马里亚纳群岛之前，我们不会再做停留。

在飞机停止爬升改为平飞之前，乘客不能吸烟。随后飞行勤务员站在机舱前部，用动听的海军语调喊道“吸烟灯已经点燃”，送来纸杯充当烟灰缸。大约每隔三小时，他还会叫醒我们让我们吃饭——食物很可口，和普通航空公司一样装在盘子里。他们分发食物的方式在乘客中成了一个笑话。每一次降落他们都向我们提供食物，在空中大约每三小时分发一次。

飞行服务员也是海军军人，做着航空公司乘务员的工作。在我们漫长的旅程中，有两个机组人员和两个飞行勤务员陪伴我们；我们原来的机组人员在半路上停下来休息一天，然后新的机组人员顶替上来。

我们有16名乘客——12名海军和陆军军官（其中一名是海军陆战队将军），3名士兵，还有我，机上唯一的平民。我们的飞行勤务员都是了不起的小伙子，他们很照顾我们，很友好，乐于助人，对我们一视同仁，一点也不害怕机上的高官。他们穿着朴素的蓝色海军制服和蓝色衬衫，干活时卷起袖子。

我们的第一位飞行勤务员是来自得克萨斯州拉伯克的海员霍华德·林纳。在加入海军之前，他曾经卖过“佩珀博士”[①]。霍华德已经36次横跨太平洋，每一次旅行他都很开心。他经常回到旧金山，下一次回去时他的妻子要从拉伯克赶来见他。霍华德耳朵后面总是插着一支棕色的小铅笔。

另一位飞行勤务员是来自加利福尼亚圣加布里埃尔的海员唐·雅各比。他系着一条编织皮带，上面挂着一大串钥匙和一把带鞘的猎刀。这是他的第七次旅行。他看起来相当成熟，不过我发现他只有18岁，是从高中退学加入海军。他的目标之一是在战后完成学业，然后接着上大学。

① 19世纪80年代问世的一种碳酸饮料。

在飞机座位上接近24小时不动是非常累人的，即使我们的座位可以向后倚靠。最糟糕的是如何入睡，有一阵你昏昏入睡，然后你开始不舒服地扭来扭去，因为你伸不开腿，膝盖开始难受。有鉴于此，那些经常乘飞机旅行的人会试着寻找能躺下的地方。地板很好，一堆邮件袋更好。后面四个座位上堆满了邮件，于是我拿着毯子开始在邮件袋上调整姿势。一位陆军上校说："我刚才试过，但不得不放弃。麻袋里面有太多的方盒子会戳到你。"不过我比上校的体形小，我发现自己可以像蛇一样挤在麻袋里的硬物中间。于是在去马里亚纳群岛的路上，我大部分时间都在用这种方式睡觉。

不过还有一件奇怪的事我以前坐飞机时从未遇到过。飞机震动得很厉害，我的脑袋只要碰到什么地方，这种震荡就会钻进脑子里。这还没什么，但不知身上哪里出了毛病，震动之下我的鼻尖奇痒难耐，忍不住挠起来没个完。于是我整个晚上迷迷糊糊、半睡半醒，一直在抓挠自己的鼻子。

从檀香山飞往马里亚纳群岛的最后一段漫长旅途中，唐·斯柯文少校担任我们的机长。他家在俄克拉荷马城经营大酒店，即使素不相识，你也能从斯柯文布满皱纹的手和脖子看出他不是得州人就是俄克拉荷马人。不过，斯柯文少校从未在酒店业工作过。他忍不住要在世界上自由自在地游逛。他已经飞了18年，在南美为石油公司飞，在革命期间去西班牙开飞机作战。我们的战争开始后，他进入海军在南太平洋做战斗飞行员。但他最喜欢的还是大飞机，当时是那些跨越太平洋的大型客机的机长。

天亮前斯柯文少校派勤务员到后面叫醒我，请我去前边的驾驶舱。他让我坐在副驾驶位置上，从这架空中巨兽高高在上地望去，我能清楚地看见曙光一点点照亮广袤太平洋上空大片棉花般的云朵。飞行大多数时候单调乏味，但每次飞行中总有一些壮丽伟大的时刻。目睹黎明的到来就是其中之一。那是一种狂喜，我忍不住激动万分。斯柯文少校喜欢拍电影，他拍摄这样的黎明和日落花费了1500英尺（457米）的彩色胶卷。他说家里人在信里写道，能经常看到这样的东西，难怪他喜欢飞行。

黎明刚过，我们脱离无尽的天空飞到要去的岛屿上空。这座绿色的岛屿很美丽——离家非常遥远。我们如此精准地在广大的太平洋里找到它看上去令人难以置信。这好比盲人穿行旷野，将手指直接放在预先指定的铁丝网的某根铁刺上。但正如我所说，这只不过是他们的日常工作。

斯柯文少校问我着陆时是否愿意待在前面。我很乐意，这种邀请难得一见。我就站在两位飞行员身后，我们绕场飞一圈，降低高度，再绕场飞一圈。降落这些巨型飞机就像在学校里训练一样。副驾驶从仪表板上取下一份盖着有机玻璃板的、打印好的清单。然后，他开始从上到下大声念清单。每念完一项，飞行员就回复“没问题”。把天上飞的飞机成功降落到地面，需要花上5分钟完成所有复杂的调整。打出来的清单总要大声念出来进行检查，确保没落下任何事情。

于是我们准备降落。快落地时我们热得汗流浃背。副驾驶通过无线电请求机场让我们着陆。斯柯文少校在座位上更用力地扭着身子，紧紧握住驾驶盘，向前推杆，我们就这样落地了。

飞行途中你对速度毫无概念，好像永远坐在一个地方没动。但是当你降落时，大地扑面而来的速度让人惊骇。所有的东西都越来越快。每个人都很紧张。整个地面向你冲来，仿佛做了一场噩梦。这是飞行中最激动人心的事情。随后你就融入了大地。那些飞机太大了，立在那儿太高了，我感觉轮子落地之后，我们还在50英尺（15米）高的空中。飞机沿着跑道以令人震惊的速度向前冲去。

跑道很长，斯柯文少校叫道：“我们会到跑道尽头，我认为不用踩刹车。”我们逐渐慢了下来，快要停住的时候，一辆吉普车开到我们前方。它的后面有一块大黑板，上面写着“跟我来”。吉普车慢慢地把我们带到停机的地方。然后副驾驶宣读另一份清单，驾驶员拉动杠杆、转动开关，喊叫“没问题”。一分多钟以后，那只巨大的金属鸟从神奇的活物变成地面上毫无生气的东西。然后门打开了，我们踏上马里亚纳群岛的陌生土地——终于接近了太平洋上蔓延辽阔的战争。

那里是热带地区，妙极了。它看起来像热带，而且最重要的是，它给人的感受像热带。我们到达的季节气候宜人，就像家里夏天最舒服的日子一样。

我们从海军那里得到一顶长帽檐的“棒球”帽，用来帮眼睛遮挡阳光。我们的衣柜里总是亮着一盏电灯以保持干燥，这样我们的衣服就不会发霉。我们把皮表带换成了帆布表带，因为皮革会在我们的手臂上发霉。我们又穿上厚重的高帮鞋，因为下了一些雨，红土地变得泥泞。你可能觉得我们会穿上凉快的薄袜子，实际我们穿厚袜子，这可以让大号的鞋子更合脚，同时可以吸收潮气。军官们把他们的太阳镜盒挂在腰带上。这儿没人打领带。

窗户上没有玻璃。在所有的永久性房舍中，宽大的斜檐都伸出窗外很远，因为雨下得真的很大。正像有些人说得那样，这里下雨是“横着”下的。雨季本该结束了，每次白天下雨时，营地里的加利福尼亚人都会指出这种天气“不常见”。

马克斯·米勒少校和我住在单身军官宿舍——简称BOQ——的一间屋子里。我们著名的美国海军工程营在我们从日本人手中夺取的所有岛屿上都建造了这种宿舍。这些弧形宿舍是放大版的匡西特半筒式铁皮屋，用波浪形金属板搭建，铺着混凝土地板。其中一些甚至还有二楼。每间宿舍的中间是一座宽阔的大厅，两边有独立的房间。墙壁刷成乳白色，外墙上几乎都是窗户，好让空气大量进入。这些窗口都有帘帐，但没有玻璃，因为永远不会有人冷得想关窗户。不过晚上凉爽宜人，我们睡觉时就盖一条毯子。

每个房间有一个衣柜、一个脸盆架和一个五斗柜。另外还有两张床。这些床是马里亚纳群岛的谈资。它们是美国床，有双层床垫，又软又好睡。大家都说它们比你在家里的床还要舒服。我偶然遇到一位曾在欧洲服役的陆军军官，他笑着说：“受过了那边的罪之后，在这里睡这样的床让我很不好意思。不过如果海军愿意提供这些床，我肯定要睡在上面。”

当然在岛上并不是每个人都有这种生活条件；宿舍只提供给像我这样的临时访客和参谋人员。辛劳的海军工程营和部队住的大型营地主要由配备普通行军床的帐篷组成。但总体上说，这些岛屿经过几个月的改造之后，每一个人生活得都很舒适。

马克斯和我走进我们的房间时遇到一个接待委员会。半打海军工程营的兵正把旧板材扔进我们屋子窗外的一辆卡车。我们进屋还没两秒钟，一个海军工程营队员就从窗口叫了起来，“说，你不是厄尼·派尔吗？”我说：“对。”他说：“谁能想到我们会在这儿遇到你？我见过你的照片。”其他人全都停下手头的活儿聚集在窗外，我们隔着窗子聊天。来到陌生遥远的马里亚纳群岛刚刚几分钟就受到这样的欢迎，让我一整天都有好心情。打招呼的人是海员彼得·泽莱什，来自俄亥俄州托莱多市密歇根大街1117号。

海军为这些房间配备了打扫卫生的勤务人员。他们大多是有色人种的普通士兵。我们的勤务兵随即走了进来，他开始盯着我看，我也盯着他看，因为他看起来很眼熟。他的个子很高。他笑了起来，我们握了握手。进占西西里岛时，我们曾在同一艘船上。他当时是个餐桌服务员。他名叫伊莱贾·斯科特，来自底特律加菲尔德街261号，是二等舱的乘务员。他已经在世界另一边待了将近一年，在美国待了8个月，现在他在太平洋，几乎和我同时到达。

而这还没完。又过了半个小时，有人敲门，一位陆军少校龇牙咧嘴笑着走进来。“好吧，”他说，“我看比起以前在西西里和意大利的时候你一点也没变胖。”他是来自亚利桑那州图森市的皮特·埃尔德雷德少校。他曾在西西里岛担任第7军的公共关系专员。在西太平洋中部他是一名新闻检查员，坐在我的床上聊过去的事情。有时候，世界变得那么小，几乎有些可笑。我感觉父亲和玛丽姨妈随时会从窗户外爬进来。

第二章　占领马里亚纳群岛

当你发现即使一个小岛也比想象中大得多，这可能有助于你理解这里的生活。尽管数千美国人生活在营地、机场、训练中心和我们占领的岛屿的港口，但一个人对自己那个单位以外许许多多的人都缺乏了解。尽管按照我们的标准这些岛屿很小，但它们已经足够大了；一个人不可能见过或认识任何一座岛屿上的每一个人，就像一个人不可能认识印第安纳波利斯的每一个人一样。你可以在自己那一片区生活和工作，长达数周或数月时间不涉足其他地方。

首先，这里缺少运输工具。我们仍然在狂热地建设，你做梦都无法想象那种速度和规模。所有能跑的东西都被用上了，几乎没有剩下什么可以开着玩。而且反正也没有地方可去。原有的镇子已经被摧毁；这些岛上甚至没有任何类似于城镇或城市的地方。当地人被安置在临时营地，但那些地方不具备“城市生活”的吸引力。

在其中一个岛上开车时，我们经过一个被轰炸和炮击摧毁的城镇。它曾经相当宽广，在热带地区也算相当现代，有一个城市广场和市政大楼，还有铺设好的街道。许多建筑是用石头或砂浆建造的。遭到破坏之后，它看起来与欧洲各地的城市废墟别无二致：同样有参差不齐的残垣断壁，一堆堆瓦砾，一眼可以看穿的空房子，没有屋顶的住宅，花园里深深的弹坑。只有一处不同。这里有繁茂的热带植被，大自然的青枝绿叶飞速攀上毁灭留下的瓦砾，不久前才出现的现代废墟此时布满了藤蔓和草叶，看起来非常古老、久经沧桑。

一个在欧洲的美国士兵，即使城镇也许已经是“禁区”或者已经被夷为平地，依然能感到一种“文化上的熟悉”。但在太平洋地区却没有类似的感觉。你在一座岛上，当地人很奇怪，没有城市，没有地方可去。如果你有三天的假期，你可能全躺在自己的行军床上度过。最终，无聊和“岛屿情结”开始变得根深蒂固。

鉴于这种情况，军队提供的娱乐活动在太平洋地区甚至比在欧洲更重要。离开美国之前，我听说一座岛上提供200多部露天电影，我想不管是谁说的，他一定疯了，因为在欧洲普通士兵并没有太多机会看电影。但那个人并没有疯。马里亚纳群岛的三座岛上总共有233部露天电影，而且每晚都在放映。哪怕不是一部好电影，也能打发晚餐和睡觉之间的时间。放电影的地方通常在一道山坡上，形成一座天然的圆形露天剧场。人们或者坐在地上，或者带上自己的箱子，有时坐在装炸弹的板条箱一头。要是开车经过，不到300码（274米）的距离你也许能看到三部电影。这主要是因为没有足够的交通工具让这些人寸步难行，所以电影必须送货上门。

除了电影，还有很多其他消遣。有一座岛拥有65个戏剧舞台，士兵们自己在那里“现场”表演，或由美国劳军联合组织的剧团演出。这些地方散落着40架钢琴。在欧洲，拥有一台收音机的士兵都是幸运儿。在这些太平洋小岛上，军队分发了3500台收音机，一个长期电台一直在播放音乐、新闻和其他节目。

体育运动十分普及；仅在一座岛上就有95座垒球场、35座正规棒球场、225座排球场和30座篮球场，以及35座拳击场。拳击非常流行。一场拳击比赛的观众高达18000人。除了这些有计划、有指导的活动外，小伙子们还自己找了不少乐子。美国人善于把世界上任何一个有年头的地方装修得像个家，加上小栅栏，再往里面塞进各种各样小题大做的复杂设备，使它住起来更舒服。这很花时间。举例来说，在这些岛屿四周礁石下面的珊瑚海底，到处都是奇特的微型海洋生物，稀奇古怪，多姿多彩。士兵们自己制作了玻璃底的箱子，下水去看那美丽的海底。我见过他们这样在外面待了几个小时，只是盯着海底看。在家里，你在他们的后院建一个水族馆，他们也不会去的。

你可能想知道为什么我们在马里亚纳群岛部署美国军队，这里距离菲律宾、中国或日本本土有1500英里（2414千米）远。好吧，这是因为在这场水域极为广阔的太平洋战争中，我们必须在所占领的每一组岛屿上建立庞大的基地，以便为未来更进一步的入侵准备好补给。马里亚纳群岛恰好是西太平洋的一个十字路口。辎重可以从那里往西或往北。谁占据了马里亚纳群岛，谁就对整个太平洋战争的潮涨潮落了如指掌。我们的海军和陆军领导人对此毫不讳言，因为日本人毫无疑问也心知肚明，但他们对此鞭长莫及。

那里有数万各种各样的部队。建设进行得如火如荼。飞机从四面八方如期而至，仿佛那里是芝加哥机场——跨越数千英里的水面赶来。运输船队卸下的货物多得令人难以置信。这些岛屿在整个战争期间都忙碌活跃，再也不会恢复到以前的平静生活，因为我们的建设几乎遍布每一寸可用的土地。数量惊人的物资堆积在那里供将来使用。你可以随意挑选K口粮[①]、木材或炸弹，你会发现那里的东西足够养活一座城市，建造一座城市，或者炸毁一座城市。舰队休战时驻扎在那里。战斗部队到那里训练，其他部队回来休息。大型医院被建造起来用以接纳我们的伤员。管道在岛屿之间纵横交错。卡车一辆紧接着一辆向前冲，就像在西线一样。牛车小道几乎在一夜之间变成了碎石路面的四车道高速路，服务于军用交通。

岛上没有灯火管制。如果遭到突袭，灯就会关掉，但这种情况很少发生。马里亚纳群岛是相当安全的。长长的碎石路面临时跑道已经投入使用，其他的正在铺设中。马里亚纳群岛是我们一些B-29轰炸机队的基地，而且它在不断发展，扩充，壮大。数以千计的方形帐篷，数以千计的匡西特半筒式活动钢铁房屋，数以千计巨大的永久性仓库和办公大楼在岛屿上星罗棋布。灯光彻夜通明，飞机的轰鸣声、推土机的当当声和锤子的哐啷声持续不断。这与数百年来这片绿地中的静谧相比显得奇特怪异。

这条岛链上有15座岛屿，沿着从正北到正南的方向排列。它们延伸的总距离超过400英里（644千米）。我们在南端。我们只占领了三个岛屿，但它们是最大的，也是唯一有价值的三个。我们占领这三个岛屿之后，其他的岛屿完全“无效”了。那里住着一些日本人，但他们没有办法伤害我们，大多数岛屿根本没有居民。1944年夏天我们占领了关岛、提尼安岛[②]和塞班岛。关岛已经属

① 二战期间，美国陆军的一种单人每日作战口粮，包括饼干、香肠、糖果和巧克力棒。

② 向广岛和长崎投掷原子弹的飞机就是从提尼安岛起飞的。

于我们很多年了[1]，珍珠港事件后被日本夺走。提尼安岛和塞班岛自上次战争以来一直是日本的。[2]

关岛是最大的，也是最南端的。提尼安岛和塞班岛位置相近，在关岛以北120英里（193千米）处。你飞到那里用不了一个小时，我们的运输机每天定点来回穿梭数次。他们必须在罗塔岛周围来一个急转弯，大约在路途中点附近，因为那里仍然有配备点50口径机枪的日本人，他们会开枪。

我去过我们占领的全部三座岛屿，我必须承认两件事——我喜欢那里，而且我对美国人所做的事情感到激动。从我了解到的情况来看，我认为可以说大多数美国人都喜欢马里亚纳群岛，假设他们不得不远离家乡的话。

那里没有太平洋更南方岛屿的凶猛高温、可怕的疾病和令人恐惧的丛林。气候温和，风景优美，当地查莫罗人和善可亲。我们这些人身体健康。蚊子和苍蝇的问题已经被解决了。几乎没有性病。食物可口。天气总是很温暖，但并不酷热，几乎总是在吹着微风。

是的，群岛是一个天堂，那里的生活很惬意——除了它的空虚，单调的生活最终会侵蚀一个人。

有一天，我终于有机会理发，早该一个月前就去了。我的理发师是个士兵，在一个帐篷里工作，我坐在他从岛上挖到的一张老式日本黑皮革理发椅上。他在理发师学习谈话的学校里接受过培训，当剪掉的灰色头发落在我的肩膀上，他说出了一个我在这个世界上从未听过的关于命运的冷酷、悲伤和残忍的故事。他是一等兵伊兹·托马斯，来自肯塔基州里士满，靠近列克星敦的马乡。事实上，托马斯在战前是一名驯马师，根本不是什么理发师。他只是在军旅生活中自学成才。好吧，托马斯已经在太平洋地区待了33个月。当他开始觉得自己似乎可以考虑定居下来过日子时，几个月前他在檀香山娶了一个苏格兰女孩。此后不久，他就被运到这里，此后他就再也没见过她。

---

① 关岛于1898年12月10日被西班牙割让给美国，是美国的非合并建制属地。

② 马里亚纳群岛在16世纪到19世纪被西班牙统治，1899年美西战争战败后，西班牙把塞班、提尼安等岛屿卖给德国。一战后日本接收全部德属岛屿，并获国际联盟授权托管。

我坐在托马斯的理发椅上，同一天早上军队要用飞机送几个日本战俘回夏威夷，他们必须为犯人安排一些押送人员。一位军官告诉托马斯会将他列入名单，这样他就可以在夏威夷待上几天看望妻子。这名军官打算遵守诺言，但他很不擅长记人名。他想要在任务名单中写下托马斯，结果写成了另一个人的名字，以为那就是托马斯。托马斯发现的时候已经太晚了。他说："我都要哭了。"我也一样。我难受得忘也忘不掉，那天晚上我还和一位军官聊起这件事。

"哦，"他说，"我碰巧知道这件事。我马上去告诉托马斯，他就不会那么难过了。我们最终还是接到取消押送犯人的命令，所以整个事情被撤回了。没有人回去。"

这种快乐就像你停止用锤子敲打自己的头，但至少比你继续敲打它要好。

在那个岛上，我碰到了几个印第安纳州的老男孩，他们曾在印第安纳大学追随我不光彩的脚步。一位是埃德·罗斯中尉，他在1938年担任《学生日报》的编辑，就像我在1922年的角色一样。显然，你在哪一年编辑《学生报》并没有什么区别，你还是会在马里亚纳群岛落脚。另一位是来自印第安纳州安德森的比尔·莫里斯中尉，他在1942年毕业于我们辉煌的母校。这两位都是这里的邮件审查员。生活对他们足够仁慈，他们也没有什么可抱怨的。

我正要离开的时候，他们过来把一个包裹塞到我手里，说我能不能接受他们俩的一个小礼物。你可能不熟悉那种深色毒液，但它在这里却很抢手。一个家伙接受陌生人慷慨的礼物，确实感觉有些卑劣。但我想我一贯如此，早已经本性难移，所以我拿着礼物在他们改变主意之前逃走了。再次感谢，伙计们。

在太平洋地区，海军陆战队对日本人有一个独特的称呼。他们称之为"日本猴子"，这是"日本人"和"猿猴"的组合。然后飞行员们纷纷采纳了这种称呼，还出现了各种版本。我注意到很多人不自觉地把日本读成"热本"，就像在非洲我们总是习惯说"俄拉伯"而不是"阿拉伯"一样，这是学校教的。有时候他们也这样读多音节，例如"我们明天要去热—本—笨—土（日本本土）"。

另一个俚语是"带种的"，意思显然指大人物。例如每天下午，一个士兵把军人写的大约50封信带到我们的小屋里，让军官加以审查。小屋里的军官们习惯于立刻处理信件，尽快结束工作。他们每个人大约拿到6封，在几分钟内就做完了。送信的是一个西班牙裔士兵——古斯塔沃·冈萨雷斯，住在得克萨斯州加尔维斯顿的K大道2620号。他说话有口音，很有个性。飞行员喜欢和他互相开玩笑。

冈萨雷斯回来取信时，他们都已经看完了。显然，其他小屋的工作在他看来不够好，他不得不等上一会儿。因为当他离开时，他在门口转过身来对军官们说："你们都很棒。如果我是个带种的，我就会把你们都提拔起来。"

虽然我们已经占领了六个多月，但在马里亚纳群岛链的三座岛上仍有日本人。估计有几百人。他们躲在山里和洞穴中，晚上出来找吃的。事实上，他们的许多山洞都储藏了充足的食物，他们可以维持几个月而不会怎么挨饿。我们的人没有再对日本人采取行动。哦，正在进行战斗训练的部队偶尔会出去猎杀日本人，只是为了练习，并俘虏回来一些。但他们对我们没有威胁，总体来说，我们对他们视而不见。每天有半打左右的人投降。

日本人没有任何破坏我们物资的企图。想要知道原因需要另外一个日本人。日本人往往前后矛盾，而且经常不合逻辑。他们会做出最愚蠢的事情。这儿就有几个例子。一天晚上，我们海军工程营的几个人把一台推土机和一台堆土机放在上山的道路旁边。夜里日本人下山了。他们无法伤到任何人，但他们可以让这些机器一段时间无法工作。即使只有一块石头，他们也可以砸碎火花塞，毁掉化油器。他们完全没有这种举动，只是花了一晚上时间从附近的树上剪下棕榈叶，把它们盖在大机器上。第二天早上，海军工程营的人到达时发现他们宝贵的设备被完全"隐藏"起来了。

在另一个岛上，日本人可以发起许多破坏行动。然而他们只是在夜晚下山来移动工程师们为第二天建筑施工排好的木桩！

还有另外一个关于日本人的故事，这个人没有像其他人那样上山，而是在岛上美国人最密集的地方待了几个星期，就在海岸边上。他躲在一条每天有数百名美国人经过的小路几英尺外的灌木丛中。他们后来发现，他甚至在他们通过后使用军官们的户外浴室，并在晚上突袭他们的厨房。附近有一个关押日本人的监狱，几个星期以来，他从灌木丛中偷偷往外看，透过监狱的围栏研究自己战友的待遇，看看他们吃什么，人数是否因为营养不良越来越少。之后有一天，他自己走出来投降了。他说他已经说服自己相信战友们受到了优待，所以他准备投降。

这里还有另外一个故事。一天晚上下班后，一位美国军官悠闲地坐在室外的箱式厕所里，像男人经常做得那样，泰然自若地研究地面。突然他被吓了一跳。吓了一跳是一种委婉的说法。实际上他在那儿抓着掉下去的裤子，面前站着一个拿步枪的日本人。但是什么事都没发生，日本人将步枪放在他面前的地上，开始和神像面前的崇拜者一样不停地敬礼。这个日本人后来说，他几个星期以来一直在寻找一个没有步枪的受降者，最终他发现，要找到一个可能接受自己投降的非武装人员的最好方法就是在厕所里抓住他！

但不管怎样不要被这些小故事骗了，以为日本人很容易对付。因为在开枪的时候，他们是非常难缠的。

士兵和海军陆战队员给我讲了许多故事，说日本人有多么强悍，同时又有多么愚蠢；多么不可理喻，但偶尔又多么出乎意料的狡猾；在缺乏组织的情况下多么容易溃败，但又是多么勇敢。每一个故事都让我更糊涂。在一次夜间聚会结束的时候，我说："我搞不懂你们告诉我的事情。我正在努力了解日本士兵，但对此你们所说的一切似乎都自相矛盾。"

"这就是答案，"我的朋友们说，"他们就是自相矛盾的。他们的行为稀奇古怪，但他们同样是危险的战士。"

他们讲了一个故事：一个日本军官和六个人被一小群海军陆战队队员包围在海滩上。当海军陆战队员走近时，他们看到日本军官对自己的手下发出坚决有力的命令，然后所有六个人都弯下腰，那个军官沿着队伍走，用他的刀砍下了他们的头。海军陆战队围拢上来，他们还没向他开枪之前，他站在齐膝深的海浪中，用染血的刀拍打水面，做出强烈反抗的姿态。这位军官为什么杀死自己的部下，而不让他们战死，这又只有另一个日本人才明白。

还有另外一个小故事。一天晚上，一名海军陆战队哨兵在一座悬崖峭壁顶上的战地指挥所前来回走动，听到下方山坡的灌木丛里传来声音。他叫了几声，没有人回答，随即向黑暗中开了一枪试探。下面立刻传来一声爆炸巨响。一个独自躲在下面的日本人把一枚手榴弹放在自己胸口。他为什么要这样做，为什么不把它扔到悬崖上，至少能换到半打美国人的性命，美国人对此大惑不解。

在塞班岛，他们说一个阳光明媚的正午，一架日本飞机独自出现在他们头顶。那显然不是一架摄影侦察机，他们不知道飞行员要做什么。然后有东西从飞机上飞出，飘落下来。那是一个不大的纸花环，上面有一条长长的飘带。飞行员从日本一路飞来，在塞班岛投下了“向日本牺牲者致敬”的花环。几分钟后，我们把他击落到海里，毫无疑问他在从日本起飞之前就知道会被我们击落。这种姿态很感人——但那又怎样？

和海军陆战队员聊得多了，我开始战胜那种令人不寒而栗的感觉，即与日本人作战就像与蛇或鬼魂作战。他们的确很古怪，但他们是具有特定战术的人，现在积累大量经验之后，我们的人已经学会了如何与他们作战。在我看来，比起德国人，我们的人并不更害怕日本人。他们害怕日本人，就像任何现代士兵害怕自己的敌人一样，不是因为日本人狡猾或者像老鼠，而只是因为日本人拥有武器，对敌射击时是出色顽强的士兵。而日本人也同样是人类，他们同样害怕我们。

第三章　B-29轰炸机

开始在海军长期服役之前，我决定去拜访那些著名的B-29超级空中堡垒的小伙子们，他们从马里亚纳群岛起飞轰炸日本。我有“亲戚”在B-29上飞行，我想我可以一举两得，一边参观一边写作。于是，我穿着衬衣坐在带帘子的门廊上，舒服得像只猫，浪头拍打着海岸，一群轰炸机飞行员在前方游泳。B-29的小伙子们，从指挥官到最低级别的士兵，都过得很惬意。他们对自己的好运气全都心存感激。当然，他们都想要回家，但谁不想回家呢？

我去拜访的是杰克·贝尔斯中尉，他也是一个农场男孩，来自印第安纳州达纳附近。杰克算是我的侄子。实际上他算不上我真正的侄子，但解释起来太复杂了。我曾经把他抱在膝盖上，诸如此类。但是现在他已经26岁了，而且开始像他的“叔叔”一样变秃了。杰克的父母仍然住在离我们农场只有一英里（1.6千米）远的地方。杰克离开农场后去了伊利诺伊大学，接受了良好的教育。正当他准备成为一名著名律师时，开战了，他应征入伍。他当了一年兵，然后被任命为军官，1944年10月从内布拉斯加州随B-29飞机飞过来。

我打电话给杰克，说我大约一小时后过去待上几天，他说他会在自己的临时军营为我多放一张行军床。我到达那里时行军床已经搭好，上面铺着毯子和床垫罩。杰克告诉战友们他有一位客人，六个热心的志愿者以为来的是个女人，一直在帮他搭床。又瘦又秃的我出现了，这太令人失望了，但他们依然彬彬有礼。

杰克和其他10名航空兵住在一座钢制匡西特小屋里。他们大多数都是飞行员，但杰克是一名无线电技师；他和另一个人负责全中队的所有无线电。除了偶尔检查一下，他不用去执行任务。但我得知，令我惊讶和自豪的是，他参加过的任务比所在中队其他任何人都更多。事实上，他参加的次数太多，以至于他的中队指挥官有一段时间禁止他去执行任务。他并不是出于喜好；除了怪胎，没有人喜欢去执行战斗任务。他去是因为他有东西要学，也因为他在那儿对任务有所帮助。但这种严峻的考验并没有让他看起来紧张兮兮的；他说坐在营地里太单调乏味了，他有点期待执行任务，只为换个心情。再过一两次，完成配额的他就能回休息营地休整一段时间。

飞行中杰克坐在飞机后部的一个小隔间里，没法往外看。在日本上空执行的所有任务中，他只看到过一架日本战斗机。他们周围并不缺少战斗机，但他忙得很少有时间找个窗口看一看。有一次他去看了，一架日本飞机从下面猛冲而过，距离近得几乎要把他的皮给撕下来。

像所有战斗飞行人员一样，杰克整晚和至少半个白天都躺在自己的行军床上。他保持着“床上时间”的纪录——这意味着他躺在自己营房的行军床上什么都不做。他把自己的工作安排得井井有条，两次任务间隙没有多少事可干，既然没有其他事情可做，那就躺着吧。杰克说他已经懒得无法在战后好好做一份工作，所以他希望再次回到学校来逐步适应平民生活。

B-29的航空兵睡在折叠帆布行军床上，铺着粗糙的白色床单。在海岛上睡觉是件美事，清晨快到的时候，你通常会拉一条毯子盖在身上。每个航空兵都自己打造了一个木架子当衣橱，周围摆着几张自制的桌子。墙上贴满了地图、快照和海报女郎——但我注意到，比起电影美人，真正的海报女郎（妻子和母亲）占据上风。小屋里的十个男人中有八个已经结婚。

虽然食物很可口，但大多数小伙子都收到了家里寄来的包裹。一个家伙写信告诉家人慢一点，他已经被包裹埋在下面了。杰克从我的玛丽姨妈那里得到了两罐印第安纳炸鸡。她把它装在罐头里，封在梅森玻璃瓶[①]里。炸鸡非常好吃。在法国时她给我寄了一些，但它还没到我就已经离开了。有一天，杰克为

① 一种带有金属旋盖的密封玻璃罐，得名于1857年获得专利权的约翰·梅森。

在东京上空的午餐带了一些炸鸡。我们山地人[1]总是会到处走动，印第安纳州的鸡也一样。

当一个标题写道《超级空中堡垒再次轰击日本》，那并不意味着日本被炸上了天，或者日本将在一两个星期内被炸得退出战争。情况并不是那样。当时，我们刚刚开始一个困难重重的长期轰炸计划，即使有猛烈和持续的攻击，单靠轰炸也需要数年时间才能降服日本。而我们当时的轰炸还不是很猛烈。此外，我们还有很多事情要处理：主要是距离；其他还要应付日本战斗机、高射炮火和恶劣的天气。日本上空的天气是敌人最好的防御。正如一位飞行员开玩笑地建议："小日本应该每天晚上向我们播报天气，这样我们双方都可以省去很多麻烦。"

几乎所有B-29机组成员问我的第一件事都是："国内的人们是不是认为B-29飞机会赢得战争？"我告诉他们，报纸大肆渲染空袭，许多一厢情愿的人认为轰炸可能会扭转局势。他们说："这正是我们担心的。自然，我们希望得到我们应有的荣誉，但我们的空袭肯定无法赢得战争。"

B-29的空袭很重要，就像每一个被占领的岛屿和每一艘被击沉的船只都很重要。但如果说它们是我们太平洋战争中的决定性因素，那就太离谱了。我这样说并不是要贬低B-29的小伙子们，因为他们很出色。我这么说是因为他们自己希望国内的人们能够理解这一点。

他们的任务十分艰巨。最可怕的是，他们去日本走过的每一英寸路程都在水面之上，返回时同样如此。而且，兄弟，那是茫茫大洋。他们每次任务平均需要超过14个小时的时间。日本上空的高射炮火和战斗机足够棘手，但那段神经紧张的时间是相当短的。他们在日本帝国上空只停留20分钟到一个小时，具体取决于他们的目标，离开海岸之后日本战斗机会尾随他们大约15分钟。返回途中，小伙子们需要打起精神在大洋上"熬过"六七个小时，这让他们极为紧张不安。更倒霉的是，这通常发生在晚上。有些飞机无疑被打坏了，只能摇摇晃晃地往前飞。由于各种各样的过度消耗，汽油总有耗尽的危险。如果你有一

---

① 印第安纳州人的绰号。

个引擎坏了，其他的引擎也有可能停止运转。如果有什么事发生，你就会掉进海里；这就是所谓的迫降。在B-29基地周围，你听到“迫降”这个词的次数几乎比其他任何词都多。在太平洋上迫降不像在英吉利海峡上迫降，在那里你被救起的机会非常大。在这里，它通常是致命的。一套搜救体系已经建立起来，但在很大很大的海洋里，要找到几艘小橡皮艇是非常困难的。事实上我们确实救出了大约五分之一的迫降机组人员，这令我惊讶不已。是的，轰炸后返航的那段漫长路程，无疑是对精神的一种戕害，这也是为什么小伙子们最后会坐在那儿发呆。

也许你听说过步兵中的“伙伴系统”。他们在B-29轰炸机上也应用了这种制度。例如，如果一架飞机在返程路上遇到困难掉了队，另一架飞机会和他一起落后，让它有个伴。他们知道有飞机在“伙伴”的陪同下一直开回了基地，你可以坦率地说，如果没有战友给了他们额外的勇气，有些人可能就回不来了。但伙伴系统的重要之处在于，如果一架飞机真的不得不迫降，战友可以确认它的确切位置并让水面救援队出发。

一次任务结束后的一个早上，我的朋友杰拉尔德·鲁宾逊少校躺在他的行军床上休息，他回忆说：“当其他人遇到麻烦时，你会感到他妈的无能为力。空中到处是那些人的无线电呼叫，说他们只剩两台引擎，或者他们的汽油快用完。我很幸运，我可以坐在那里，有4台引擎和1000加仑（3785升）的额外汽油。我可以向他们任何一个人提供一台引擎和500（1893升）加仑汽油，只要我能送到他们那里。这让你感到他妈的如此无能为力。”

我侄子所在的B-29中队是由宾夕法尼亚州普利茅斯的约翰·H.格里斯思中校指挥的。我在那里的第一个晚上，他走进我们的匡西特小屋，相互介绍时，他咧开嘴笑的样子有些熟悉。我模糊地感觉我们以前在某个地方有过交集，但我想不起来了。最后他说：“还记得朗伊蒂基吗？”

“哦，看在上帝的分上，当然了。”我说。朗伊蒂基号是1942年秋天把我们从英国带到非洲的那艘船。那次旅行格里菲斯中校住在附近的船舱，我们混得很熟。但战争规模巨大，时间飞逝，你还是会忘记了。

格里菲斯中校在英国和非洲都执行过飞行战斗任务。而现在在世界的这一边，他已经11次飞向日本执行任务。但从那时起，作为一名指挥官，他每月出动的次数被限制在4次。在之前的一次任务中，投弹手的腿几乎被炸断了。格里菲斯中校把他拖回驾驶舱时，不小心摘下了自己的氧气罩。他很快就昏过去摔倒在地。但奇怪的是，他倒下时脸正好落在面罩里，于是得救了。

虽然还很年轻，但格里菲斯中校已经在军队待了8年，并计划战后继续留下来。他的妻子、孩子和狗在伊利诺伊州的拉格兰奇帕克等着他。

中校一直和飞行员们住在匡西特小屋里，但在我抵达前几天，他们盖好了他的新房子。你应该看看它。那是一个由二乘四的框架结构，大约30英尺（9米）见方，顶上盖着帆布，四面只围着丝网，是热带风格。屋顶四周悬垂部分大约有6英尺（2米）宽，用来排出雨水。在房子内部，他们用棕色粗麻布在屋脊下方隔断空间，使它看起来有多个房间。它看上去有客厅、卧室、浴室、厨房和采光走廊，尽管它实际上只是一个大房间。这个地方非常舒适。它有四张桌子、两张行军床和十把椅子，但还剩下不少空间。这里有一台冰箱、一台收音机和一部野战电话；一个大衣柜、一个洗脸盆和一个淋浴喷头，水来自山坡上两个50加仑（189升）的桶。顺便说一下，格里菲斯中校还带着他将近三年前去英国时带的那个闹钟。

木质地板被漆成蓝灰色。格里菲斯中校喜欢保持地板的清洁，他的纱门上有一个很大的指示牌："进门前请脱鞋"。他并没在开玩笑。他甚至在自己的指挥官来访时让对方脱鞋。他为他的客人提供额外的袜子，以防万一他们的脚冷，当然他们没这种感觉。

房子建在支柱上，在月桂和其他野生绿色灌木丛中，离海只有50英尺（15米）。你可以顺着斜坡向下沿一条从月桂树丛中开出的小路找到它，一旦进入房子，你就完全与世隔绝了。在你面前只有弯弯的潟湖，以及100码（91米）外礁石上不断拍打的大浪，还有远处蓝天上的白云。一天数次突如其来的热带阵雨将这里浇得透心凉。在美国想要有这样的房子，你每个月要花上200美元租金，然而整个房子是由包装箱、金属炸弹箱和军队剩余物资建成的。

我的电讯就是在格里菲斯中校的门廊上写的。我没能写得更好，唯一的理由是我似乎无法远离门廊尽头那张低矮的折叠帆布躺椅。而且我一直抬头往小路上看，看萨迪·汤普森[①]是不是打着伞走了下来。

---

① 1928年同名电影的女主人公，由格洛里亚·斯旺森饰演，讲述一个女人来到美国南太平洋属地萨摩亚港市帕果帕果寻找新生活的故事。

B-29无疑是一架出色的飞机。除了著名结实耐用的老道格拉斯DC-3飞机之外，我从来没有听到一架飞机被所有飞行员如此一致地称赞。到达马里亚纳群岛不久，我第一次坐上了飞机。不，我没有去日本执行任务；我不相信人们会去执行任务，除非他们必须这样做，飞行员们也都同意我的看法。我只是去参加了一次一个半小时的小型轰炸练习。飞行员是杰拉尔德·鲁宾逊少校，他住在我们的小屋里。顺便说一下，他的妻子住在新墨西哥州阿尔伯克基市南吉拉德街123号，与我们的白房子就在同一条街上。

在起飞和降落时，我都坐在飞行员中间的一个箱子上，和我以前飞行时一样，那是一种真正的兴奋。这些岛屿都相当小，你刚离开地面就已经在水面上了，这感觉很有趣。如果气流有点不稳定，坐在飞机头部的感觉十分奇特，B-29太大了，以至于机头不会颠簸或下降，而是如柳叶飘飞。这就像坐在绿色枝头，随之四处摇摆。

B-29载有11名机组人员。一些人坐在驾驶舱和驾驶舱后面的隔间里。另外一些人坐在靠近尾部的隔间里。尾部炮手一个人孤独地坐在尾部炮塔里。B-29的机身塞满了油箱和炸弹架，没有办法从前舱到后舱，所以制造商在飞机上建了一个隧道，就在屋顶上。这条隧道是圆形的，刚好够你匍匐着进去，里面铺着蓝色的布。它的长度超过30英尺（9米），机组成员一直在里面来回爬行。拉斯·切弗少校宣称，有一天他完成了不可能的任务：在隧道里转身。

在执行任务时，一些机组成员会进入这个隧道睡上一个小时左右。但很多人做不到这一点；他们说他们有幽闭恐惧症。B-29上曾经有一些床铺，但它们被拆掉了，甚至连躺在地板上的空间都没有。一个人在14个小时的任务中确实会感到困倦，大多数飞行员在自己的座位上打盹。我认识的一位飞行员把飞机交给了他的副驾驶，回到隧道里“小睡一下”，6个小时后才回来，就在他们到达日本海岸之前。

B-29是一种非常稳定的飞机，即使在恶劣的天气下也几乎没有人想吐。小伙子们在飞机上抽烟，食堂给他们提供一小份午餐在路上吃，包括三明治、橙子和饼干。在执行任务的日子里，所有的飞行人员，甚至那些不参加任务的人，都可以无限制地获得他们想要的煎蛋[①]作为早餐。那是他们唯一有鸡蛋的日子。

机组人员执行任务时穿的和平时一样，通常是工作服。他们不必穿厚厚的有羊毛衬里的衣服，或者其他那些笨重的服装，因为机舱里有暖气。但在接近目标时，他们会麻利地穿上沉重的钢铁防弹衣。除了在目标上空时，他们不戴氧气面罩，因为机舱是密封和“增压”的，模拟8000英尺（2438米）的恒定高度。炮手坐在普列克斯[②]“瞭望罩”里面，十分罕见的情况下，内部巨大的压力会把它吹破，然后每个人都要匆匆忙忙拿起自己的氧气面罩。经过目标时，机组人员总是戴着氧气面罩，因为要是飞机被一发炮弹击穿，机舱就会立即“减压”，每个人都会昏倒。

小伙子们经常谈到在日本高空遇到的令人难以置信的强风。遇到每小时150英里（241千米）的风并不稀奇，我的侄子说，有一天他的飞机遇到了每小时250英里（402千米）的风。

另一件经常困扰和逗乐这些家伙的事情是，他们还有一半路程才到家时就会从收音机得到消息，他们的轰炸任务已经在华盛顿公之于众。全世界都知道这事儿了，但在完成任务之前，他们还要穿越1000英里（1609千米）的海洋。

我一直觉得在印第安纳波利斯举行的著名的500英里（804千米）汽车比赛是我所知的最激动人心的事情——就让人提心吊胆而言。B-29前往东京的任务伊始，从旁观者的角度来看，几乎与印第安纳波利斯的比赛同样紧张。

任务当天，人们早早地就出来观看启程。士兵们成群结队地坐在场地周围最受欢迎的高处——建筑物顶上，沿跑道排开的推土机，以及视野更好的小丘——一些大胆的人甚至站在跑道的最末端，这些业余摄影师要抓拍飞机轰隆隆从自己头上飞过的照片。飞机滑行出去，就像印第安纳波利斯的汽车离开检修加油站排队等候发车一样。你专门向自己的朋友挥手告别，然后以最快的速度赶到你自己最喜欢的地方观赏奇观。

我第一次看任务启程时，我的侄子杰克没有参加，也不当班，于是我们把吉普车开到跑道的远端，停在跑道旁边的高处，头上是飞机必经之处——没准

① 原文除煎蛋外，还有蛋黄旗（日本国旗）的意思。

② 一种透明热塑塑料，常用来制造飞机座舱罩。

地上也是。“如果一架飞机开始脱离跑道，”杰克说，“我们必须拼命跑。”大多数飞机还没到我们面前就已经飞上天空了。但有几架飞机要么是起飞遇到了困难，要么是飞行员控制不让上升，它们在跑道的最后几英尺才勉强升空，业余摄影师们竭尽全力卧倒在地，我们忍不住笑了出来。

它们之间的间隔是完美的；从来没有空白，从来没有延迟。当我们看到一架飞机安全地离开地面时，就会有下一架飞机冲下跑道。所有起飞的飞机都会在几秒钟内飞出水面。当看到一架飞机距离悬崖仅有几英尺，然后冲向水面不见了，你会惊出鸡皮疙瘩；那是飞行员为了获得更高的飞行速度而稍微俯冲了一下。很快他们就会再次出现在你的视线中。

那一天起初没有发生事故，但不是所有的飞机都能起飞。有两架在地面上还没起飞就被取消了，有两架跑到了跑道的一半，然后切断了动力滑到一边，就像烧坏的赛车一样。其中一架刹车被锁住了，勉强把自己拉出跑道让开通路。它就待在跑道边上，其他飞机全从它身边呼啸而过，从我们的位置看，双方的机翼几乎触手可及。最后，它们全都升空，组成飞行编队，消失在天空中，有些人再也没有回来。就像在印第安纳波利斯一样，有许多车和人，其中一些你还认识。他们训练了几个星期就为这一天。最后这一刻终于到了，在几个小时的胆大妄为中，一切都将被改变。有些人将在胜利中获得荣耀，有些人将在挫折中被打倒，有些人将成为失败者，而有些人——很有可能——将被杀死。这就是B-29战机起飞时我的感觉。这只取决于命运。15个小时后，他们会回来——那些将要回来的人。但我们无法提前预知那会是谁。

长途飞往日本的编队刚消失在北方，个别飞机就开始返航了。这些被称为“中止”，是“流产”的简称。这是一个轰炸机基地周围经常使用的词，它意味着禁止那些遇到问题的飞机继续漫长危险的旅程。有时飞机起飞后会立即遭遇“中止”，有时飞机快要抵达目的地时才发生这种问题。这些“中止”的飞机一天到晚都在返航，只间隔数小时。

那天第一架飞机“中止”是因为炸弹舱的门打开，而且无法关闭。第二架飞机整流罩挡板部分松动，一个机械师无疑为此挨了一顿臭骂。第三架飞机一个引擎停机，一个螺旋桨掉了。我的朋友沃尔特·托德少校，来自犹他州奥格登，中止了飞行。他炸掉了一个汽缸盖。事情发生时，日本已经在他视线范围之内，他只比别人早回来半个小时。那天他飞了13个半小时，甚至没被记下完成了一次任务。事情就是这样的。

留在场地上的人无所事事地看着手表消磨漫长的一天，心里计算着战友的进展。“他们现在快要看到大片陆地了。”你听到有人说。

“他们现在应该已经在目标上空了。我敢打赌，他们正大吃苦头。”稍后又有人说。

接近傍晚时分，你知道现在这时候无论结果是好是坏，事情都结束了。我们知道他们已经远离海岸，所以最后一架日本战斗机已经转身返航了，留下他们独自面对黑夜、麻烦和接下来的漫长路程。我们的飞机编队轰炸，互相支持，同舟共济，直到离开日本海岸，然后散开各自返航。他们在黑夜里单独飞行超过6个多小时，然后在前后几分钟之内全部抵达小小的岛屿，这简直令人毛骨悚然。

从下午晚些时候开始，无线电信息就不断传来。一个飞行负责人会通过无线电报告天气情况，以及是否有人在目标上空坠落。这并非完整的图景，但这些报告被拼凑在一起，让人们大致了解发生了什么。

那天我们损失了一些飞机。有些在目标上空坠落。有些就这样消失了，而其他人永远不知道他们去了哪里。有些人拼尽全力让受损的飞机继续飞行，然后不得不迫降在海上。

一架顽强的飞机奇迹般地回来了——这对他们来说几乎是不可能的任务。他们在目标上空被击中，不得不独自下降并独自返回，和其他失去战斗力的飞机一样，遭到了日本战斗机的袭击。5架日本战斗机就这样肆意攻击，而我们的小伙子们对此却无能为力。但他们还是坚持下来，没人知道是怎么做到的。两名机组人员受了重伤。水平尾翼被打掉了。飞机被打得千疮百孔。飞行员只能通过引擎来保持控制。每隔半小时左右，他就会用无线电通知他的伙伴飞机：“我在向右盘旋，要失去控制了。”但他会再次夺回控制权，飞上一个小时左右，然后再一次通过无线电告知他正在失去控制。但他还是想方设法回到了家，不得不在失去控制的情况下降落。虽然他表现十分出色，但并没有完全成功。飞机撞到跑道的尽头，发动机被甩出去，烧了起来。机翼掉落，巨大的机身断成两截，在地上歪歪斜斜地猛冲。然而每一个人都活着从里面出来了，甚至包括伤员。

另外两架严重受损的飞机在降落时撞毁了。对已知损失和失踪的飞机进行了统计，最终数字直到深夜才出来。然而几乎就在最后一架返航的轰炸机降落的同时，一架孤独的飞机在夜色中起飞向北而去，在黎明时分到达了报告说有飞机迫降的区域。至于其他人，兴奋地讲述完他们的故事之后，疲倦地躺到床上。

一架B-29的机组有5名军官和6名士兵。同一机组的所有士兵都待在同一间营房里，因为伙计们希望如此。因此一间匡西特小屋里通常有3个机组的士兵，每组6个人。士兵的房间比军官的更拥挤，但除此之外没有什么区别。不执行任务时，他们比军官干的活儿多一些，但仍有很多空闲时间。

“我的”机组人员是一群大男孩，我想大多数机组都是这种情况。在执行任务的前一天晚上，他们很难入睡，在起飞前他们神经紧张。正如其中一个人某天早上出发前在飞机上说的那样，“你如何摆脱你胸中的那种空虚感？”

不过每当和伙伴们一起安全返航，他们就会放松下来有说有笑，心情愉快得有些飘飘然了。我的机组中有6名士兵，分别是来自长岛伍德黑文的乔·科科伦中士，来自新墨西哥州得梅因（拉顿附近）的福阿德·史密斯，来自新墨西哥州盖洛普的乔·麦奎德，来自俄亥俄州哥伦布西二大道333号的约翰·德瓦尼，来自明尼苏达州威尔蒙特的诺伯特·斯普林曼和来自芝加哥南加利福尼亚大街1343号的尤金·弗洛里奥。斯普林曼和弗洛里奥是无线电员，其他所有人都是炮手。

科科伦中士是机组中年龄最大的。我第一次走进他们的小屋时，他从他的行军床上叫道：“嗨，厄尼，我最后一次见到你是在鹳鸟俱乐部[①]。”

“可是我这辈子都没进过鹳鸟俱乐部。”我说。

所以我们苦苦思索了一阵子，最后判断那一定是另外两个人，否则就是我一直过着自己不知道的双重生活。科科伦中士在战前是一名按摩师，给小伙子们提供免费治疗。他在长岛的牙买加区行医三年，生意做得风生水起。我问他，一个按摩师怎么会成为B-29飞机上的侧翼炮手，他说见鬼，他要是知道就好了。

① 纽约曼哈顿一个著名的夜总会。

同一机组有两个人来自人口稀少的新墨西哥州，这很不寻常。史密斯和麦奎德在那里相遇之前从未见过面，然后两个人发现他们在同一天加入军队。他们是亲密无间的朋友。麦奎德是圣菲[①]的消防员，而史密斯曾拥有一家杂货店，但最后不得不卖掉它。他们刚刚收到信说家乡的气温在零度以下，他们至少庆幸能离开那里。

这两个家伙都是有经验的。麦奎德曾担任炮手随船两次前往阿留申群岛，与此同时史密斯正在海外进行他的第二次空战之旅。早些时候他是B-17战斗机上的炮手，在南太平洋飞行了53次。他把全部任务都记录在自己皮制飞行夹克的背面——黄色的炸弹表示南太平洋，红色的炸弹表示日本。他说，他的夹克上只够再执行27次任务，然后他就得辞职。我问史密斯中士，他是否像我一样讨厌回到海外。

“我两倍于你。”他说。

“不可能。”

“好吧，那就同样讨厌，”他说。“但是自从我们来到这里后，我还没像这样发过牢骚。它并不像我想象的那么糟糕。事实上，我们在这里的生活和在美国时一样舒服。”

史密斯中士有一个奇怪的叙利亚教名——福阿德。他长了一小撮有趣的长方形山羊胡子，像煤一样黑，我问他打算留多久。他说，“可能只留到上校碰巧注意到它为止。”

有一天，我们都围着科科伦和史密斯的行军床，科基把手伸到自己床下，拿出一个巨大的老鼠夹子给我看。似乎他们的小屋里有一只老鼠，它吃了他们的糖果和肥皂，是个不折不扣的讨厌鬼。他们找不到捕鼠器，所以设下这个大老鼠夹子。每天晚上，老鼠先生都会把所有的奶酪吃掉，甚至把活塞舔干净，但是老鼠夹子太牢固了无法启动。所以最后科科伦把线穿过奶酪，希望老鼠用牙齿咬住时把老鼠夹子扯下来。

鲁宾逊少校是机组的飞机指挥官，在他们来到海外之前，已经带领他的

① 新墨西哥州首府。

小伙子们完成了近两年的训练。“在一起这么久，这意味着很多，不是吗？”我问道。

“这意味着一切，”其中一名军士说，“我们是一个团队。”

机组人员都很幸运。除了投弹手的腿几乎被炸断，然后被送回夏威夷的医院，他们全都毫发未伤。士兵们特别要求我把投弹手记下来，因为他仍然是机组成员，尽管他已经不在那儿了。他们在一起的时间太长了，而且他们非常喜欢他。他是保罗·奥布莱恩中尉，来自俄亥俄州的代顿。

我的机组成员有一个迷信，或者说这只是一个传统。他们开始执行任务时都会戴同一种帽子。那是一顶深蓝色的棒球帽，帽顶上有黄色数字“80”。几年前他们在明尼阿波利斯得到了这顶帽子，当时他们赢得了某种嘉奖，到那里来一趟周末旅行。“80”是他们那时的部队编号，尽管部队早已不复存在，他们还是坚持保留着它。鲁宾逊少校偶尔会忘记自己的帽子，士兵们会在任务开始前派人回来找它。不过他们已经少了两顶帽子。一顶是奥布莱恩中尉的，他撤离时带走了它。另一顶是鲁宾逊少校的。他的帽子被奥布莱恩中尉的伤口弄得血淋淋的，他不得不把它扔掉。

我的队员们在战场上失去了他们的第一架飞机，当时日本人的炸弹炸到了它。这架飞机以鲁宾逊少校妻子的名字命名为“战斗的贝蒂”，所以他把下一架飞机的名字从“小鱼”改为“战斗的贝蒂II”。

正如我之前说过，鲁宾逊少校每次执行任务时都带着一台摄影机。一天晚上，他在东京上空执行完14个小时的任务后走进小屋，举起他的摄影机让我看，并说：“现在我可以心满意足地退役了。我今天拍到的画面足以画上句号。一架日本战斗机向我们前面的中队俯冲。它显然根本没有看到我们，因为它拉起机身，把腹部对着我们，就这样悬在那里，门户大开。我们中队的每一门炮都打中了它。它就这样被炸成碎片。而我从头到尾都拍下来了。那么现在我准备把它放在一边。”他在回家之前无法将影片冲洗出来，只能将胶片封在防潮布里以抵抗热带气候。

轰炸机上的大家庭中最重要的成员之一是地勤组长，尽管他不飞。他是保证飞机飞行的人。一个好的地勤组长值得等重的黄金。鲁宾逊少校说他有马里亚纳群岛最好的地勤组长，见到他之后我相信了。他是杰克·奥尔中士，住在得克萨斯州达拉斯市诺曼底街3737号。他是个已婚男人，高大、英俊、谦逊——而且认真得让人心疼。他在执行任务时比飞行人员自己还要努力。

鲁宾逊少校说，一次出动中他们遇到了麻烦，其他人降落后很久，他们才最后进场。奥尔中士在“停机坪”上等着他们。当他们走出飞机，他围着他们转，像只小狗一样上蹿下跳，大喊大叫，还拥抱他们，他们几乎无法让他安静下来，他太高兴了。鲁宾逊少校说他有点尴尬，但这个故事我听他讲了两三次，所以我知道他是多么感动。战争中确实有一种手足之情是国内的人很难体会的。

在我们这个B-29飞行员的小屋中，最有趣的人是来自南卡罗来纳州比福德的比尔·吉福德上尉。他是一个消瘦、粗俗、诙谐的人，说起话来像典型的南方人一样拉长腔调。他长长的脖子，金发梳成大背头，嘴巴很宽，一个非常诚实正派的人。在我来之前，吉福德保持着B-29基地最瘦的纪录。其他家伙叫他“97磅（44千克）的奇迹”。但是，当我们去户外淋浴时，我代替他成了他们嘲笑的对象。

比尔·吉福德在航空界是一位老前辈。他今年36岁，比他的飞行员同伴们大得多，已经飞行了大约17年。正如他所说，他“太他妈老了，不适合干轰炸这种活儿”。他声称自己在日本上空被吓得几乎无法思考，我想这是真的。但我注意到，当某项特别艰难的任务需要执行时，他会主动请缨。

事实证明，吉夫和我在早期航空邮件时代有很多共同的朋友，如迪克·梅里尔、吉恩·布朗和约翰尼·凯特，所以我们几乎成了亲密无间的朋友——就像甘地双胞胎。比尔一直在这个航空世界里。他一开始飞过夜间运送邮件的飞机，然后在南美为泛美航空公司工作。他曾在加拿大皇家空军服役，曾七次穿越大西洋，将轰炸机运往英国。

值得买张票听听吉夫返航后讲述自己的任务。他在半个屋子里手舞足蹈，会说的词用上了一大半。他先是高兴，然后又发火。似乎在吉夫执行任务时一切都会出错，有一次我在那里帮他印证了这一点。（我去邻近的小屋转了几分钟，他找不到我，否则我就会和他一起去了。谢天谢地，我似乎总能在适当的时候溜走。）

总之，就在晚饭前半小时，吉夫接到紧急命令要他迅速赶到机场，驾驶一架飞机试飞半小时。他飞得很好，但当他准备降落时，轮子却没法放下。吉夫用无线电通知机场，然后开始修理那些轮子。当然，巨大的B-29飞机的自动机械如此复杂，你的一切行动都要通过小型电子开关和杠杆，而不是用手。“有些人肯定花了一整天时间把那架飞机上的电线搞得一团糟。”吉夫回来后说。“轮子没有放下来，投弹舱的门却打开了。我想要关上它们，结果上层炮塔的机枪开始射击。我错按了电灯开关，尾橇滑落下来。为了好玩，我试着放下襟翼，结果投弹舱的门却关上了。那时我把飞机交给副驾驶，回到投弹舱，试图从转换开关盒中找出一些线索，让设备重新运转起来。但是，我找不到它的头绪。我在这个该死的东西上干了半个小时，每分钟都在发火。最后，我再也气不过，举起螺丝刀狠狠地打了一下这该死的开关，然后开始往外走。就这样，轮子下来了，一切都好了。”

吉夫看起来更像一个得州牛仔，而不是一个轰炸机飞行员。出于良心，他反对任何形式的训练。所有的飞行员都睡上整晚和半个白天，但吉夫睡得比他们任何人都多。他大部分时间都只穿着白色的内裤到处走。他可能是这支部队中最没有军事素养的人——只是一个无拘无束的南方人，而且非常豪爽。他的墙上挂着一张太平洋的地图和他妻子的照片。

吉夫右手的前两根手指齐根断掉了。不，他的手指不是被高射炮或日本战斗机炸掉的。许多年前，他猎鹌鹑时用猎枪打掉了它们。他用拇指和最后两根手指夹住笔，写得一手好字。他也用同样的方式拿啤酒罐。

吉夫把他的飞机称为“本州汉克”。他想成立一个新的兄弟会，名为“富士山，44”。它的成员将仅限于那些在1944年执行轰炸任务时飞越日本的人。他说，如果他一生中不再执行任何任务，“富士山，44”会很适合他。

长期跟随美国军队行动，我培养出一种结交最优秀军人的爱好。由于一些奇怪的原因，这种人往往通常会在厨房里工作。这难道不奇怪吗？

米基和比尔是马里亚纳群岛的默特和杰夫[①]，他们在我们的食堂里上菜。他们工作起来忙得像条狗，急匆匆地跑来跑去，你以为他们一直在对每个人发火。但他们并不是这样的人，只是他们脸上专注的表情看起来如此。每当我们给他们时间放松，他们就是你见过的脾气最好的一对。

---

① 美国报纸连载幽默漫画的主人公，一高一矮。

这两个家伙是来自圣路易斯贝尔特大街3347号的托马斯·比尔中士和来自宾夕法尼亚州爱德华兹维尔短街49号的米奇·罗温斯基下士。他们就像白天和黑夜截然不同，但工作起来就像互相咬合的齿轮。比尔中士又高又瘦，皮肤雪白，有一头黑色卷发和一张善解人意的脸，他不怎么说话。米奇很矮，可以站在比尔的胳膊底下，他的皮肤很黑。他的眼睛几乎是闭着的，一直说个不停——而且是以那种方式！你没法复述米奇的话，因为他那样说话你什么也记不住。他的声口难以归类，完全是罗温斯基的风格。他对自己的好恶直言不讳，会和要求提供额外服务的军官吵上一架，但他们了解米奇，不会为此生气。他是一个活泼、爱说俏皮话、心地善良的小家伙；他总是把帽子转到前面，显得狂妄自大。他从来没有笑过，但他十分开心。

在所有的飞行员中，那些小伙子特别喜欢我的朋友比尔·吉福德上尉。他总是送他们东西，晚饭后坐在食堂里和他们聊天，结果只要他稍一建议，他们就会熬上一整夜不睡。幸运的是，我加入了这个三人组，每天晚上我和吉夫都不去吃晚饭，直到其他人都吃完了，会有两个人收拾好桌子明天早餐再用。然后，我们在黑暗中闲逛，我们四个人会有一场宴会——比如牛排和法国炸土豆。小伙子们会做好饭，然后我们都坐下来吃，开始不着边际地聊天。

第一次东京任务是米奇生命中的高光时刻。飞行员们在执行任务的前一天晚上总是很紧张，米奇和他们之间也有烦恼。“他们为东京起飞了六次，”米奇说，“我的意思是，他们连续六天被安排出动，他们全都脾气暴躁，在晚上想要准备万全，然后第二天早上任务就会被推迟。这是他们第一次去那里执行任务，他们听到传闻说有1300架日本战斗机在天空中排成一排，就像一堵墙，他们心情紧张，郁郁不乐。吉福德上尉也一样，我总能看出他第二天是否要出发。他在晚饭时不像平时那样多话。他只想得到大家的特别关注，然后统统闭上嘴让他一个人待着。好吧，他们这些飞行员很紧张焦虑，他们五个晚上没有喝任何啤酒或什么东西，最后在第五个晚上，他们半夜起来大喊大叫，然后第二天早上他们真的出发了。这些小伙子们同样难以忍受。好在他们终于走了，否则我就要抗命了。我已经烦透了在那些该死的飞机上放食物。我打算在第七次拒绝。我说除非上军事法庭我才会第七次往飞机上放吃的。但那一次他们走了。”

然后吉福德上尉接话说：“你那天早上应该在那儿。这次任务命令下达得如此之快，没有时间分批次预热发动机，所以他们在机场各处一次性把它们全都发动起来。整个岛被震得摇晃。我起飞时不得不穿过推土机，在吉普车之间穿梭，跨越甘蔗地，我一直在想我们听说的那1300架战斗机。我肯定后悔当初掺和进这件事。但结果是好的。”

“吉福德上尉回来后，”米奇继续说，“他已经变了一个人。他仍然很紧张，但他想聊聊，他想让我从冰箱里拿来啤酒。”

比尔中士坐在那里，一边听一边笑，自得其乐，几乎什么话也没说。他和米奇都是已婚男人，尽管他们分别只有24岁和23岁。战前比尔是一名卡车司机，米奇是一名机械师。比尔中士有一个孩子，米奇有两个。米奇记得他最小的孩子的出生日期，那是小日本第一次来轰炸B-29基地的那个晚上。

他们必须在早上5点起床，一直工作到晚上9点左右。他们甚至没法去看电影，因为他们从未按时完成工作。但他们似乎并不在意。他们为自己拥有这么好的东西而感到幸运

在我要离开的那天，他们给我提供了米奇所谓的“欢送早餐”——三个煎蛋！在这支军队里，没有什么比认识最优秀的人更重要。

各地的战斗飞行员都有很多空闲时间，因为他们在工作时承受着巨大的精神压力，需要大量的休整恢复。在太平洋地区，有三种动机让你把几乎所有空闲时间都花在“床上”，无论睡着还是睡着。

首先，14个小时的任务是一件很累人的事情。小伙子们说，这种“累”有所延迟，他们直到第二天下午才真正感觉到。然后他们就疲惫不堪，其中一些人花了两三天时间才恢复正常。

第二，气候温暖，令人萎靡不振，总是昏昏欲睡。我自己也发现写专栏时倍感吃力，就是无法保持清醒。

第三，除了躺在你的行军床上，真的没有什么事情可做。战斗机组人员在两次任务之间几乎没有什么工作，除了一些自娱自乐的活动，没有任何事情可供休闲消遣，于是他们只能躺着聊天，再多躺一会儿。结果就是，你变得比犯“懒惰”之罪的人更懒惰。正如一位飞行员所说，“我已经懒成这样了，我该死的余生都不会再努力了”。

部队指挥官知道重要的是让他们的人忙碌起来克服“岛屿神经症”或“菠萝疯”，但对战斗人员来说这很难做到。后来组织了新的课程，飞行人员每天

都有一部分时间去学校。那些特别优秀的人参加进一步的强化训练，成为“带队者”，从早到晚都待在学校。

每座帐篷和每间匡西特小屋里都有没完没了的谈话。他们可以为最稀奇古怪的事情吵起来。一天下午，几位飞行员讨论倒飞时做事是否要反过来做。他们都是资深的飞行员，但在这个问题上大致分成旗鼓相当的两派。还有一天，他们开始争论是什么原因让飞机在高空留下雾化尾迹。我一直以为是排气管的热量凝结了螺旋桨末梢的水分。这开启了一场无人获胜的漫长争论。

他们谈论上帝，他们讲述训练期间发生的有趣故事，他们想知道为什么日本人不做这个或那个。有些人在玩单人纸牌游戏，有些人一直在写信。一位飞行员告诉我，他给多年未曾谋面的人写信，不是因为他想收到回信，只是想找点事做。其他一些人，除了时间之外一无所有，什么也写不下去。他们阅读杂志，但很少看书。起初他们花了几个星期用包装箱为自己做家具。

某些人每天都会游泳，而且每天都会洗澡。营地里到处都是混凝土地面的浴室，没有屋顶。水来自附近支柱上的水箱。浴池没有暖气，虽然天气一直很暖和，但早上洗冷水澡还是相当刺骨。最好的时间是下午两点左右，那时太阳已经让水变得舒适温暖。

飞行员将一些衣物送到军队的洗衣房，但这需要十天左右的时间，所以大多数人都是自己洗。每个洗浴间里都有一台白瓷外壳的托尔洗衣机和烘干机。飞行员会用废弃的木材生起篝火，用大罐子烧热水倒进洗衣机，然后把开关打开。任意两座匡西特小屋之间，总有一根挂满衣物的晾衣绳在风中飞舞。

有些日子他们打排球，有些日子他们做徒手体操，有些日子他们游泳。我的朋友比尔·吉福德上尉对以上所有事情嗤之以鼻，只是躺在床上。每天他们都问他是去不去“P. T. ”，也就是体能训练，他说：“该死的，不，我太老了，不能出去像该死的俄罗斯芭蕾舞演员那样上蹿下跳。”

在驾驶B-29战机飞往东京执行任务的人中，有些已经在欧洲战场上完成了一个服役期，我对此感到惊讶。在我们小屋里的十个人中，有两个是久经沙场的老兵，尽管他们非常年轻。

来自新泽西州贝海德的威廉·克拉克少校乘坐B-17飞机在非洲执行了50次任务，宾夕法尼亚州马拉扬克的沃尔特·凯利上尉也有类似经历。实际上，凯利上尉和我两年前曾一起在撒哈拉沙漠边缘的比斯克拉空军基地工作。他们都是冷静、睿智的飞行员，学会了在热带地区如何穿短裤，如何花一半时间躺在行军床上。他们似乎一点也不介意在世界的另一边完成了他们的任务之后，在世界的这一边又重新开始了。

要鼓舞这里飞行员的士气，最重要的是为他们设立某种目标——飞行战斗任务的明确次数，然后回到休息营。当时的情况是，他们只是在黑暗中飞行，不断地飞行，直到死亡追上他们。世界两边的战争都太绝望了，无法设定最终的任务总量，让B-29飞行员永远离开战场。他们只是去了休息营，然后再回来执行更多的任务。小伙子们宁愿躺在自己的行军床上也不愿去休息营。他们想要的是改变，某些遥远的东西——灯光、女孩、交往、现代化的东西和玩乐。

第四章　航空母舰上的生活

我有过在航母上当海上步兵的经历，那艘航母参与了第一波对东京地区的打击，也协助过在硫黄岛的行动。从一开始，我就试图描述航空母舰上的生活是什么样子的，以及当一个大型特混舰队出动追击敌人时是如何行动的。

首先我们登上飞机飞了很久，降落在一个热带阳光下白得耀眼的小小珊瑚岛上。高大歪斜的棕榈树树冠绿叶摇曳。岛屿被广阔翠绿的水域环绕，而水域周围又围着一线雪白的海浪，起伏着在水下的礁石上拍打出泡沫。继续向外看，目光所及之处，都是波涛汹涌、蓝得发暗的深深海洋。在那片深蓝色的水面上停着美国舰队——成百上千的船只。海军官方说，这是世界上有史以来战斗舰艇最大规模的集中。

那是能让你屏住呼吸的东西。的确，我见过更大的舰队；在攻击西西里岛和诺曼底时，我们有更多的船只，但它们大部分不是战舰。它们主要是登陆艇和运兵船。另一方面，在这里的是战舰——世界上最强大的战舰。战舰、巡洋舰、航空母舰和不计其数的驱逐舰，以及与之配套的一群群护卫舰、拖船、油轮和维修船。而这并不是唯一的舰队。其他舰队从散布在太平洋上的其他锚地出发，离我们有数百或数千英里。它们按时间表离开，以便能同时在太平洋北部汇合。

如果你对即将到来的严峻考验感到孤独和恐惧，那么当你成为这支超凡舰队的一员时，这种感觉就消失了。当我们驶入日本和硫黄岛的水域时，我们有近千艘船和超过50万人！无论你遇到什么问题，你肯定会有很多同伴。

一艘小型快速汽艇，它的前部像草原上的大篷车一样覆盖着帆布，把我从岛屿运到指定的航母上。这是一条很长的路，我们在浪花中上下晃动了半个小时。船只太密集了，我们不得不在它们周围来回穿梭。水面上星星点点的小艇从一艘船开往另一艘船，也在船与岛之间往返。天气很热，有时我站起来让水浪溅到身上，这种感觉很好。

战时没有一艘船会用涂料在船身上标明它的名字，取而代之的是数字。海军的每艘船都有名字和编号，但它的名字在这段时间是隐藏起来的。对于新手来说，所有的航母都是一样的，所以你可以通过船头的编号来辨别。我曾要求被安排在小型而非大型航母上面。原因有很多。首先，大型航母如此巨大，携带数量如此庞大的船员，住在上面就像住在纽约中央车站一样。我觉得小型航母会让我更快地体会航母的生活，我可以更融洽地成为这个家庭的一分子。另外，小型航母的名声不显，几乎没有任何荣誉，而我对那些被忽视的可怜小船总是有一种渴望。还有就是（尽管这与我的选择当然无关，当然，当然）有一个老太太的迷信，大意是日本人的第一目标总是大航母而不是小航母。进一步的调查显示，这纯属虚构，不知者不怪。于是我兴高采烈地登上了我的新家——好奇，但不可否认的是，我对初次体验太平洋海战并无太大兴趣。

一艘航空母舰是一种崇高的东西。它几乎缺乏一切显示崇高的东西，但骨子里的崇高就在那里。一艘航母没有平衡可言。它没有优雅可言。它头重脚轻，向一方倾斜。它的轮廓就像一头吃得太饱的牛。它不像巡洋舰划开水面，罗曼蒂克地破浪前行。它不像驱逐舰跳跃欢腾。它只是奋力向前。你觉得它应该带着一个煤斗。然而，航母是一种凶暴的东西，它的崇高来自其战斗传统。我相信世界上任何一支海军都把摧毁敌方航母作为自己的第一要务。这种光荣很危险，但值得引以为傲。

我的航母是一条骄傲的船。她很小，除非你有儿子或丈夫在她上面服役，否则你永远不会听说过她，但她仍然很骄傲，而且当之无愧。1943年11月以来她一直在海上航行，没有回过家——比太平洋地区的任何其他航母时间都长，只有一艘例外。她个头不大，但她的飞机在空战中把228架敌人逐出了天空，她的火炮在自卫中击落了5架日本飞机。她自尊心太强以至于没有记录自己摧毁的小船，但她把29艘日本大型船只送入了海底。从最大的战列舰到最小的沿海双桅纵帆船，她的炸弹和空投鱼雷击中过各式各样的日本船只。

她经受了五次台风的考验。她的人已经整整一年没有踏上比农场大小的无人环礁更大的土地。他们将近十个月没有看到过一个女人，不管是白人还是其他人种。在离开美国的一年零三个月时间里，她总共航行了149000英里（239792千米）！四个不同的空军中队从她这里起飞降落执行任务，然后返回美国。但是船上的船员们一直在坚持——坚持，再坚持。

她在舰队中被称为“铁娘子”，因为她参加了太平洋地区1944年的每一场战斗，以及1945年至今的每一场战斗。她的战斗纪录听起来就像太平洋战争的地图——夸贾林岛、埃尼威托克岛、特鲁克岛、帕劳群岛、霍兰迪亚、塞班岛、父岛、棉兰老岛、吕宋岛、台湾岛、南西诸岛[①]、香港、硫黄岛、东京……以及其他许多地方。

她知道什么是不幸。她死去的飞行员两只手都数不过来，但比例总是差不多——大约每10个“高贵种族”[②]被送往极乐世界就有一个美国人死去。她曾两次被日本人的炸弹击中。她曾在海上举行集体葬礼……无泪的船员给他们朋友的尸体系上40毫米炮弹，把他们沉入海底。然而，她甚至没有回到珍珠港去修补她的伤口。她在奔波中修修补补，准备好参加下一场战斗。船员们半开玩笑地咒骂她的首席工程师把她的状态保持得如此出色，以至于他们没有借口回到檀香山或美国本土进行大修。

我的航母，即使被列为“轻型”，仍然是一艘非常大的船。她的长度超过700英尺（213米），上面住着1000多人。她有一座小城市的所有设施，也有所有的八卦和闲聊。最新的新闻和流言从船长本人传到船上最远的角落只需要几分钟。她缺少的只是一个拴牲口的架子和一个有把手的城镇水泵[③]。

她有五个理发店、一个洗衣房、一个杂货铺。在她的肚子深处有成吨的炸弹。她有一份日报。她携带的消防设备，美国一座5万人口的城市都会为之自豪。她有一个牧师，她有三个医生和两个牙医，她有两个图书馆，除了作战的时候，每天晚上都放映电影。但就航母来说她仍然是个小家伙。她是一个“婴

① 日本对琉球群岛的称呼。

② 纳粹德国宣传雅利安人是“高贵种族”，盟友日本人则被称为“荣誉雅利安人”。

③ 牲口架子和乡镇抽水泵是人群聚集的地方，同时也是流言和八卦的集散地。

儿航母”。

她在外面待的时间太长了，以至于她的人更在乎他们的船而不是他们的船长。他们看到船长来了又走，但他们和这艘船却永远待在一起。他们不会将自己的长期驻留视为浪漫传奇。他们憎恨它，他们持续不断、喋喋不休地抱怨着。他们可怜兮兮地渴望回家。但在内心深处，他们是自豪的——为他们的船自豪，为他们自己自豪。

我上船的第二天，乘务长来到我的船舱，高兴地宣布他为我准备了一个蛋糕，但它太大了，他不知道如何处理。有一阵子我不明白他是什么意思，不过最后他说清楚了。似乎夜间的面包师为我做了一个巨大的蛋糕，准备在当晚的晚餐上享用。乘务长担心蛋糕太大了，他们没有足够大的板子来放它，因此没法摆在桌子上让大家都能看到。但是那天晚上我们下楼吃饭的时候，蛋糕就在我的椅子前面、桌子中间，几乎把桌子占满了。他们让木匠做了一块木板，解决了这个问题。在白色的蛋糕顶上用粉红色的糖衣写着这样的话：“欢迎加入，派尔先生。”被称为“派尔先生”让我大吃一惊，起初我并没有认出这个名字。

这是我一生中第一个官方蛋糕，我很高兴也很尴尬，当然我也不得不接受朋友们的戏弄。他们说自己在那艘该死的船上苦干了一年，从来没有人特别为他们烤制过蛋糕。船上的一个摄影师过来拍下了我假装切蛋糕的照片，其实我根本就没有切。然后我们吃了它。

晚饭后，我摸索着穿过下面迷宫般的通道，终于找到了那个烤蛋糕的贴心人。他是雷·康纳，来自俄勒冈州勒格朗德的二级面包师。勒格朗德位于俄勒冈州东部，离彭德尔顿不远，雷正在为他已经三年没有看到著名的彭德尔顿牛仔竞技会垂头丧气。我问他怎么会突然为我烤了一个蛋糕，他说，嗯，他前一天晚上完成常规烘焙工作后还有点时间，而且也没有其他事情可做，就觉得这是一个好主意。雷的父亲是一名教师，雷也曾学习当一位老师，但他相当怀疑自己战后想去学校教书。

如果我必须待在海军，我想我最想当的就是一名面包师。蛋糕店总是干干净净，而且总是闻起来很香。而且实际上你就是你自己的老板。雷对他在海军中的际遇相当满意，主要因为面包店干净得不可思议。他说：“我无法忍受在肮脏的环境中工作。”

我对自己的蛋糕相当自傲，第二天晚上我们下楼吃晚饭时，旁边的桌子上有一个大蛋糕。我谨慎地打听了一下，我刚刚庆祝完，是谁这么大胆这么快就在自己面前排上蛋糕。我得知这是为昨天在我们航母上第8000次着陆的飞行员准备的。似乎传统上每1000次着陆就会有一个蛋糕。

饭后我走过去向这位好汉介绍自己。他是加利福尼亚斯托克顿的范弗兰肯中尉。我说：“我很伤心。我以为我是这里唯一一个评上蛋糕的人。”

而他说，“嗯，我很嫉妒。你有摄影师为你的蛋糕拍照。但我会有一个摄影师吗？没有。”

于是我说，“嗯，这还差不多。那么你完成了第8000次着陆？那一次干得漂亮吗？”

他咧嘴一笑，说：“好吧，我上船了。”然后他补充说，“事实上，这是一次相当好的降落。如果战后你在加利福尼亚，请到斯托克顿来，我们会有比蛋糕更好的东西。”

范弗兰肯中尉并非着陆航母的生手。来到我们的船上之前，他已经在航母上降落了大约120次，到那时，他总计已经降落了200次左右。一个在航母上降落那么多次并且还在做的人，可不是在函授学校学会的。

8000次着陆对大型航母来说是小事一桩。其中一些航母的服役时间要长得多，而且每天有三倍的飞机要降落。我想我们最老的航母上的纪录是80000次左右。但我们喜欢我们船的8000次，而且无论如何我们没有足够的面粉做80个蛋糕。

第一次看到飞机降落在航母上时，你几乎快要死了。第一天结束时，我的肌肉因为观看飞机降落时全身绷紧而酸痛。速度如此之快，时间如此之短，空间如此之小——有人说，航母飞行员是世界上最好的飞行员，他们必须是，否则不会有人活下来。

飞机接近航母的方式和陆上降落时不同——从很远的地方开始长时间的滑降。相反，它们看起来几乎是偷偷摸摸地靠近，好像要给它一个惊喜。它们的位置如此棘手，飞行角度如此疯狂，你不知道它们到底能降落在什么样的地方。但这是多年经验总结出来的，也是最好的方法。在飞行的最后几秒钟，一切都被理顺了。确实如此——如果成功降落的话。

在这最后几秒钟里什么情况都有可能发生。很久之前有一次，失速的飞机旋转着落入船后的水中。也有飞机直接撞向船尾的情况。气流总是很紊乱。船的“岛”[①]扭曲了气流使之杂乱无章。甚至船舶的尾流——被螺旋桨搅动的水——也会影响飞机必经之地的气流。

如果有半打飞机进场而没有一架被信号员“挥手驱去”，你就做得相当成功。因为降落在波涛汹涌的海中一艘小型航母的甲板上，就像伴随着飓风和地震降落在半边拥堵的主街上。

如果一架飞机进场时两个轮子同时着地，在甲板中央笔直前进，被横亘甲板的第三根钢索拦住，你就可以称之为完美的着陆。但很少有降落是完美的。它们以一千种不同的方式进场，如果它们表现得太糟糕，信号员就会再次向它们挥手示意。

它们有时进场速度太快，结结实实撞到甲板上，以至于爆了一个轮胎。它们有时斜向一边进场，被钢索猛地一拉就会在轮胎的尖啸声中打转。它们有时进场离甲板边缘太近，偶尔会直接冲进舰外走道。它们有时进场飞得太高，错过所有着陆制动装置，重重地撞上跨越甲板中部、被称为“栅栏”的高缆。它们有时会在栅栏上翻个筋斗，来个仰面朝天。它们有时会四处弹跳，撞到岛上。有时它们弹到空中50英尺（15米）高，仍能顺利落地。有时它们会着火。

攻击东京期间，在我们附近行进的一艘大型航空母舰10分钟内损失了三架飞机。一架被击落，不得不迫降在船附近的海上。另一架飞机撞到了岛上，被撞得七零八落，他们只能把残骸拖到一边。下一架飞机撞上栅栏，烧得一干二净。

另一方面，你可以在数周时间内降落飞机而不发生严重的碰撞。我们在刚出发的头三天就撞坏了三架飞机，之后再也没有撞过一架。

我第一次看我们的小伙子降落时，他们的表现很糟糕。他们大概有两个星期没有飞了，有点生疏。一艘船在港口停泊一段时间后总是这样。头两三天每个人都忧心忡忡。

我看着第一个飞行中队的飞机一架接一架进场，我的室友阿尔·马斯特斯

---

① 指航空母舰飞行甲板的上层建筑。

少校走到我身后说："嗯，我看到你已经有了航母的架势。我注意到你弯着腰过来帮忙把它们拉到位置上。"

所有的飞机都回来之后，我走到空军指挥官阿尔·格尼身边说："如果我全程都要看这个，你就得给我一些治心脏衰竭的药。"

他回答说："那好吧，为我想想。我已经看了两千次了。这会让你发疯的。"

我们这艘船的前任船长最后难以忍受，拒绝观看飞机进场。他只是站在舰桥上目视前方。而我的一个船员几乎一样糟糕。他是水手长乔治·罗，来自得克萨斯州沃思堡切诺特街3301号。他的绰号是"鲶鱼"。

"我在这艘船上待了一年之后才看到飞机降落的全过程，"他说，"我只是不忍心看它们。"

但随着旅程的继续，小伙子们的情况有所改善，我自己的神经也变得更为坚韧，至于我们之间的关系，在接下来的旅程中我们设法让所有飞机安全降落，无论它们还是我都毫发无损。

我们启程前往日本时并不引人注目。我们只是在一天早上8点左右起锚，然后开始航行。整件事情看起来是平静的例行公事。我们的船只很分散，看起来并不像实际上那样强大无敌。当我们起锚前往西西里岛和诺曼底时，舰船大规模聚集，成群结队，此起彼伏，简直覆盖了整个水域，这一次不是这样。一旦到了海上，我们的部队就分成了几个事先安排好的分队，每个分队都和下一个分队之间拉开一定距离。每支分队都是自给自足、自成一体的。每支分队都有战列舰、航空母舰、巡洋舰和驱逐舰。每支分队都能保护自己。

我们所在分队的编队很容易就一览无余。在遥远的地平线上，我们可以模模糊糊地看到两侧更大船只的轮廓，尽管它们看起来渺渺茫茫和我们并不相邻。舰队的其余部分在视线之外，远远超出地平线。这些船总共应该覆盖了100英里（161千米）的海域。这些编队由舰队司令指挥，在他们之上的是海军上将马克·米彻尔。

无论白天还是黑夜，我们船只之间的对话在空中你来我往。传递信息有很多种方式：信号旗、闪光信号灯、驱逐舰运送的留言，甚至还会有飞机慢慢飞过，向甲板上投下信件。

指挥我们分队的司令官是一个非常亲切友善的人，我在出航前就见过他。

出发后第三天，他给我们的船长发了一条信息说：“厄尼过得怎么样？他是否希望回到散兵坑里？”我们回信说，我很高兴，还没有晕船，我希望我未来的散兵坑都能像这个一样舒适。

我们保持无线电静默——也就是说，我们没有发送任何长距离无线电信息，以防日本人知道我们的位置。从起点出发，我们还有很长的路要走，而且路线也迂回曲折，我们航行数日才到达日本附近的目的地。我们航行的距离足以横跨大西洋——如果我们在大西洋上的话。

不过那些日子很忙。我们的飞机在启航后就开始运转。我们出发一小时后，原本驻扎在岛上的三架战斗机起飞并降落在船上，以填补我们的飞机编制。我们每天早上都在黎明前起床，我们的飞机在日出前就已经升空。我们在船只上空保持不间断的空中巡逻。有些飞机飞得很高，完全看不见。另一些飞机则在中等高度飞行。还有一些飞机在我们头上只有几百英尺的地方漫无目标地绕着大圈子飞行。我们的小驱逐舰在外围海面上乘风破浪，始终警惕着潜艇或飞机。在你周围有这样的警卫，你真的没法不感到安全。

船上的生活非常舒适。我和来自印第安纳州特雷霍特的阿尔·马斯特斯少校共用一个船舱，那里离我出生和长大的地方只有几英里。在我们的舱室里有金属壁橱和写字台，还有一个带冷热水的厕所。我们有一部电话，还有一个有色人种小伙子负责打扫房间。我们的床铺是双层的，床垫很好，我睡上面那张床。食物很可口，如果愿意的话，我们每天可以买一整盒香烟。除了打仗的时候，我们每天晚上都看电影。前四个晚上我们看的是《纽约城》《大人与小孩》《激情摇摆》和《克劳迪娅》。我对电影了解不多，不知道这些电影是否过时，但对一个没回过家的水手来说这并没有什么影响。

我带着很多脏衣服上船，因为自从一个月前离开旧金山后，我就没有洗过衣服。一天早上9点半左右，我们的客舱服务生把我的衣服送到洗衣房。当我一个半小时后回到船舱时，我的衣服已经被洗得干干净净，甩干熨烫好放在床上。多棒的一条船啊！

在军舰上很容易和人混熟。水手们和我在世界另一边认识的士兵一样友好。此外，他们非常高兴可以看到一个陌生人，可以和新人聊天，没有一点疏远和冷漠。

他们全都极度厌烦广阔太平洋地区的隔绝孤立和单调乏味。我认为他们甚至比欧洲的士兵更多谈到想要回家。他们的生活真的很空虚；他们有工作，有电影，有邮件，这就是他们拥有的全部。也没有什么可期待的。除了自己，他们从未见过任何人。他们没完没了地航行，从未到达过任何地方；他们甚至一年都没有见过一个村庄。他们三次抵达过太平洋上没有生命的偏远沙洲，被允许上岸几个小时，坐在棕榈树下喝三罐啤酒。仅此而已。

然而他们确实生活得很好。他们的食物是我在这场战争中吃过的最好的。他们有牛排和冰激凌——他们可能比在家里吃得更好。他们每天都会洗澡，洗衣店也会为他们洗衣服。宿舍很拥挤，但每个人都有一个带床垫和床单的铺位，还有一个私人储物柜存放东西。他们工作很辛苦，但工作时间是固定的。

小伙子们问了无数次另一边的情况如何。我只能回答说这边要好得多。他们似乎期待我这么说，然而也有点失望。他们说："但是离开家一年多，除了水和偶尔出现的环礁什么都看不到，这很不好过。"我说，是的，我知道是这样，但有些伙计在欧洲待了三年多，而且很多时候要睡在地上。他们说，是的，他们认为相比之下自己的生活相当不错。

海员保罗·贝格利以哲学的眼光看待他的战时生活。他是一个来自田纳西州罗杰斯维尔的农场青年，他的工作是在飞行甲板上推动飞机。他用明显的南方轻柔口音说了很多话。"我当然可以忍受这种单调的生活，"他说，"重点在于，我们有相当大的机会活过这段日子。想想那些必须占领海滩的海军陆战队员，还有在德国的步兵。如果我知道自己活着走出来的机会相当大，我可以忍受长期一成不变的生活。"但其他人会大喊大叫，觉得被挡在美国之外一年是一种虐待。我听到一些人说，"我随时都愿意用这里的位置换一个散兵坑"。对这种话你只能闭上嘴巴。

与我这样的新人交谈时，水手们至少有一半的话题是关于三件事：他们在菲律宾外海经历的可怕台风；他们被日本人的炸弹击中的次数；以及他们想回到美国的愿望。

台风是骇人的。许多人认为他们会和那三艘驱逐舰一样倾覆，无论如何，这艘船都摇摆倾斜得很厉害。颠簸极为猛烈的时候，她的烟囱抽打到水面，现在依然留有巨大的凹痕。在那场风暴中，很多有经验的水手都晕船了。

很少有小伙子会对大海产生真正的热爱——那种会吸引他们一生都回到大海的热爱。当然，如果战后生活变得艰难，有些人会回来。但绝大多数情况下，他们都是临时水手，大海并未融入他们的血液。总的来说，他们是好人，做了要求他们做的事，而且做得很好。他们几乎都以自己的船为荣。

我想我被问了无数次，我怎么会碰巧上了他们的船，有那么多船可以选择。他们的腔调总是有弦外之音，希望我选择它是因为它有如此崇高的声誉。于是我告诉他们，我要求上一艘轻型航母，而不是一艘大型航母，而且，作为一个刚到太平洋的人，我不知道船和船之间有什么区别，而他们的船是海军安排给我的。但这也让他们很满意，因为他们觉得海军本身就认为他们的船更胜一筹——我相信它确实如此。

航空母舰上的人员可以分为三组。一组是飞行人员，包括军官担任的飞行员和士兵担任的无线电员、炮手，他们是实际升空战斗的人。他们的全部工作就是飞行、制订计划和准备飞行。然后是维护飞机的人，包括空军军官和机械师，以及许多每天在甲板上转移、推动飞机的甲板机械师。这些人通常被称为“地勤人员”，但这个词在我们的船上用得不多；通常他们只是自称“推飞机的”。第三组是船上的船员——舱面水手、工程师、信号员、厨师、管子工和理发师。他们像管理海军中任何一艘船一样管理这艘船。

其他船员并不把飞行员视为神，但是尊重他们。船员中几乎没有人愿意和他们交换位置。船员们在甲板上看过太多摔机着陆，知道飞行员经历了什么。

但船上的普通船员和飞机维护人员之间有一种情绪——一种轻微的情绪。船上的船员觉得飞机维护人员自以为高人一等。一个人对我说：“他们地勤人员获得所有荣耀。从来没有人听说过我们。我们所做的一切就是让这艘该死的船继续前进。”但在我看来，地勤人员并没有得到太多的荣耀。而且他们的工作往往可悲可叹。他们的工作时间不近人情，紧要关头他们干起活来几近疯狂。我认为地勤人员无愧于他们得到的一点荣誉。

正是这些推飞机的人使航空母舰的飞行甲板看起来像沃尔特·迪斯尼的动画片一样五光十色、绚丽多彩，因为他们穿着颜色鲜亮的衣服。他们穿戴着蓝色、绿色、红色、黄色、白色或棕色的布头盔和套衫。这种五颜六色的装备并不是一时兴起。每种颜色都标识着一种特殊类型的工人，因此他们可以被迅速挑选出来执行紧急任务。

红色代表汽油和消防小队。蓝色是为那些专门推动飞机的人准备的。棕色代表飞机维护长和机械师。白色代表无线电员和工程主管。黄色代表飞机引导员。飞行员一到甲板上就会寻找黄色，因为飞机引导员会像指引一个盲人一样指引飞行员。他们使用海军通行的身势语，严格遵循他们的指示，飞行员滑行时可以把飞机之间的距离控制在两英寸（5厘米）以内，而不用特意观察其他飞机。

所有的飞行员和船上军官都住在船头的“军官区”——舒适的船舱，可容纳一至四人。船员们则住在各种形状和大小的舱室里。有些舱室仅能容纳半打人；有些则很大，可以容纳一百人。海军不再使用吊床。每个人都有一张床，它被称为“架子”。它只是一个管子搭成的框架，上面绷着钢丝弹簧。它用铰链连到墙上，白天靠墙收起来。架子要到晚上7点左右才放下来（除了固定值夜班的人，他们必须在白天睡觉）；因此，即使真的有几分钟的空闲时间，水手在白天也没有固定的地方可以坐或者躺。

像我们这样的轻型航母，只有大型航母三分之一的飞机、一半不到的船员，但它所做的工作完全相同。在海军三种类型的航母中，我们航母的飞行甲板是最窄的。它太窄了，以至于飞机起飞时使用左侧甲板，这样它们通过舰岛时右翼梢不会撞上去。

我们的飞行员和机组人员对我们拥有现存最窄的飞行甲板相当引以为荣。他们骄傲的是自己甚至可以降落在那该死的东西上。例如，他们喜欢讲这个故事：有一天，我们的一架飞机引擎出现故障，无法回到我们的船上。它不得不降落在离它最近的一艘航母上，那恰好是一艘大型航母。飞行员绕着它转了一圈，用无线电询问是否允许降落。得到许可后，他又发了一条信息，开玩笑地询问：“哪条跑道？”

我们正在启动我们上午10点的巡逻飞行。阳光明媚，天气温暖。一切都很宁静。我已经和一些飞行员混熟了，每次飞行前我都会去“准备室”，从黑板上找出他们驾驶的飞机的号码，这样我就可以在他们经过时辨认出来。

吉米·范弗利特中尉是我最熟悉的飞行员之一。我们相识是因为我们有一个共同的朋友——战地记者克里斯·坎宁安，我曾同他住一顶帐篷，在突尼斯、西西里岛和意大利本土有时会住得更糟。吉米和克里斯来自同一个城市——俄亥俄州的芬德利。

在他启动的那一刻，我们就知道吉米有麻烦了。他的飞机向右急转，一大股白烟从他的右刹车带喷出。然后飞机慢慢转弯，速度越来越快地向左冲去。

舰岛上的空军军官预感到不妙，把手放在了报警喇叭上。所有站在舰外走道上的水手，他们的脑袋都露在飞行甲板上面，飞快地低头躲闪。然而我震惊得全身僵硬，甚至都没有听到喇叭声。

显然吉米无法阻止他的飞机向左飞去。他的右轮被锁住了，轮胎在甲板上留下了烧焦的橡胶痕迹，依然无法让飞机转向。而他现在想停下来已经太晚了。该来的必定要来。在飞行甲板的中段，也就是正对着我所站的位置，他在发动机的咆哮声中全速冲向一侧。他的轮子擦过高射炮，他的螺旋桨离人的脑袋只有几英寸，他的左翼掉了下来，转眼间他就消失了。这一切几乎肯定不超过6秒钟。事情发生时我呆呆地站着，目不转睛地盯着不可逃避的命运。我们都认为这就是吉米的结局。

再看见飞机的时候，它只有机尾伸出水面。然后，吉米出其不意地出现在它旁边。他几秒钟内就出来了。“把你的烟幕弹拿过来。”空军军官通过喇叭向机组人员喊话。那是要给救他的船只指明位置。

待到吉米回来，他给我讲述了坠机以后发生的事情。他说飞机入水太深了，以至于驾驶舱内一片漆黑。吉米并没有因为坠机受伤，只是额头上有一个小伤口。他拉开各种各样的搭扣，打开舱盖，解开自己的安全带。结果他随即就向前摔倒（飞机自然是头朝下栽在水中），没一会儿，他就在水下倒栽葱了，而且极为糟糕的是丝毫动弹不得。他想方设法让自己站起来，但却无法逃走，因为头盔上连接的无线电线还插在座位后面的插座上。于是他从刀架上拿下带鞘的大刀，割断无线电线，然后小心地把刀放回去。他说自己不知道为什么要把它放回去。所有这些都发生在水下，而且是在短短几秒钟之内。他往外逃的时候衣服不知哪里被夹住了，他猛地一拉挣脱出来，把救生背心[①]的气囊都撕破了，这样他就完全没有浮力了。但作为一个了不起的游泳运动员，他设法不让自己沉下去。

当吉米“自作主张”从船上掉下去时，一艘驱逐舰正在我们左边约一英里（1.6千米）处行驶。吉米又走了一次运，因为驱逐舰通常不会在那里；它恰

① 原文为Mae West，以胸部丰满著称的美国著名女影星，引申为军用救生衣之意。

好穿过护航船队，在另一侧运送一些邮件。我们看到这艘驱逐舰斜斜地拐出一个镰刀弯，当时吉米还没有落水。他们一直在用望远镜观察起飞，也看到他翻了出去。我们自己的船，毫无疑问，不得不继续往前走。而我们的下一架飞机没有丝毫延迟就起飞了，就像什么都没有发生一样。

驱逐舰在短短7分钟内就把吉米救上了船。他们没有放出一条船去接他，而是派了一个人腰上系着绳子游泳过去。他到得正是时候，吉米在他的怀里失去了知觉。由于没有救生圈，他在海上喝了太多的盐水。与此同时，驱逐舰放下一个金属担架，另一个人下水帮忙把吉米抬上担架。他们花了一些时间才把他弄上去，因为他死沉死沉的，而担架一直随着海浪起伏不定。但最后他们成功了。吉米安全地活了下来，尽管这个年轻人浑身湿透、神志不清。

驱逐舰喜欢从海里捞起飞机飞行员。营救吉米是他们的第15次飞行员救援。驱逐舰记录救援，就像航母记录他们击落的飞机一样。他们甚至还记下他们的速度，并且试图创造一个新纪录。他们的救援最快用时3分钟。

他们把吉米放在床上，把他身上的水弄干，给他注射了一些吗啡，然后把他头上的伤口缝起来。医生边缝边说笑，告诉吉米他很抱歉没能找到更大的针头，现在这样会更疼。吉米整个晚上都在做噩梦。第二天早上他试着吃点早餐，这时他才感到胃不舒服。第二天他头疼，但之后他就没事了。

驱逐舰像对待国王一样对待获救的飞行员。他们把吉米安置在船长的私人舱室里，既然船长任何情况下都夜以继日地待在舰桥上。吉米穿上了船长的浴袍、室内拖鞋和内衣。船长进来洗了几次澡，并为打扰到他而道歉。捞出飞行员的事情频频发生，以至于船长竟然在他的医药箱里为这种突如其来的客人放了一捆全新的牙刷。

吉米醒来的时候，洗衣店已经把他的衣服洗好熨平了。他没有带钱包，因此他的照片和私人文件没被水泡。

这艘不寻常的驱逐舰捞出过许多飞行员，他们已经印好了画卷，要做的就是填上名字。这是一份生动有趣的证书，就像你穿越赤道时得到的一样。在吉米的画卷上面印着以下字样："他妈的落汤飞行员之家"。而接下来是这样写的："你们知道，詹姆斯·范弗利特中尉在这样一个日子突然出现在我们的幸福家园，由于他的到来如此不同寻常，他有理由被尊为他妈的落汤飞行员。"画卷上印着一只巨大的手臂从一艘驱逐舰上伸出，抓住屁股上的裤子把一个湿漉漉的飞行员从海里拖出来。

三天后，他们从旗舰上传递消息和邮件时把吉米还给了我们。他们让他坐进水手长的椅子，用一根挂在两艘船之间的粗绳牵引。我们把吉米拉上船，然后用椅子把20加仑（76升）的冰激凌送回驱逐舰。我们的航母在驱逐舰救出她的一名飞行员时总是这样做。显然其他航母都不会如此行事，因为那艘驱逐舰发回一张潦草的纸条："非常感谢。这是我们遇到的最美好的事情。"

听完整个故事后，我们向驱逐舰发送信号询问救出我们飞行员的两个人的名字。驱逐舰马上回答。游过去的人是一等水兵弗兰克林·卡洛韦，来自费城奥克兰街4633号，而帮忙的人是三等无线电兵梅尔文·科林斯，来自爱荷华州奥图姆瓦市北藤街102号。

他们待在那艘驱逐舰上太明智了。几个小时后，又来了一条消息："如果资料是给新闻界的，可以补充说，这两个人在去年秋天莱特岛附近的行动中因类似的救援工作获得了铜星勋章[①]。"

吉米·范弗利特25岁，在成为海军战斗机飞行员之前曾是一名学校教师。他的家在芬德利市学院街327号，但是他的妻子住在俄亥俄州肯顿市北大街339号。他从未见过自己七个月大的儿子。吉米问我是否去过维也纳。他的父亲在上次战争中是一名一等兵，在维也纳的一家医院待了三年，他一直想回去。那是他的梦想之城。

吉米唯一的兄弟，唐纳德·范弗利特少尉，也是一名航母飞行员，几个月前在台湾附近被杀。在他自己被击落之前，他在两个星期里击落了两架日本人的飞机。我们很感激大海让吉米回来了。

我在船上最先结识的朋友中，有一个身材高大、体格健壮、留八字胡的水手，名叫杰里·瑞安。他穿着工作服，有时抽烟斗，而且总是把袖子挽起来。他来自爱荷华州达文波特市西洛克斯特大街716号，但是他的妻子住在印第安纳波利斯。他是一名一等锅炉工。杰里战前曾在海军服过一次兵役，他知道所有细枝末节，知道如何与人和睦相处。每个人都喜欢他。他并不特别健谈，但

① 美军跨军种通用勋章，用以表彰"英勇或富有功绩的成绩或服务"。

可以说他认识的人比船上其他所有人都多。

瑞安是海军中所谓的“好人”：工作熟练，值得信赖，而且非常聪明。他死也不会讨好任何人。瑞安是那种军官可以完全依赖的人——如果军官对他以诚相待的话。不过要是虚情假意，他看破人心的速度会让你头晕目眩。

瑞安的是非观极为明确，当危机来临，他的火暴脾气发作起来毫不犹豫。其他人告诉我一件事。有一天，日本鬼子的炸弹在菲律宾附近袭击了这艘船。甲板上被撕开一个大洞。有几个人被炸死，还有很多人受了伤。战友们残缺不全的尸体还横在甲板上，这时一个水手走过来看了看损失，几乎兴高采烈地说：“哦，伙计，这下子好了。现在他们终于要把我们送回美国修理了。”

瑞安一言不发，转身将他打倒在地。

瑞安管理着被称为“油房”的地方。这个小地方负责调节冷凝器。他有仪表盘、计量器、电话，还有记录每小时油压、水位和诸如此类信息的带弹簧夹的写字板。油房是一间和公寓小厨房差不多大小的小屋子，有一座金属工作台和装满工具的抽屉，还有一个折叠式帆布凳。

瑞安的油房是一个社交中心，总有人在那里闲逛。你可以在那里喝杯咖啡，看看海贝收藏品，观赏纸牌魔术，或者了解5分钟前从舰桥传开的最新流言。杰里用镀镍锅在电烤架上为客人煮咖啡，锅上的一道红色军龄斜条表示它在海军服役过。锅子在菲律宾的台风中凹了一块。很快他就会给它颁发紫心勋章[①]。

有些夜晚我们在油房里爆玉米花。小伙子们的家人给他们送来了罐装玉米，他们从厨房里讨来黄油，在烤架上的平底锅里爆了起来。瑞安来吃爆米花的朋友之一是个黑人——一个来自他的家乡达文波特的又高又壮的家伙。他们一起在船上待了一年，才发现他们是来自同一个地方。这个黑小伙子的名字叫韦斯利·库珀，是一名厨师。他在家乡是一个明星运动员，是全体船员中最好的篮球运动员。一份爱荷华大学的奖学金在等着他。

韦斯利几乎每天晚上吃完晚饭后都会到小屋里来。他一只手举着自己抽的

① 美军颁发给战斗中受伤者的奖章。

曲柄烟斗，一边听一边咧着嘴笑，没太多话。一天晚上，我们正在爆玉米花。一个人说："韦斯，给我们再弄点黄油怎么样？"另一个人说："韦斯，拿点盐来，好吗？"第三个人说，"你下来时给我带个三明治，好吗，韦斯？"韦斯咧嘴一笑，白牙闪闪发光，说："我猜你们是想让我上去给你们来顿大餐？"他始终没动窝。

我的另一个至交好友是霍华德·威尔逊，一个二等水手长。和吉米·范弗利特中尉一样，他来自俄亥俄州的芬德利，事实上他们是好朋友。威尔逊是一个说话温和、英俊、非常聪明的人，今年35岁。在芬德利，他有一个漂亮的家，作为三家电影院的共有人和总经理事业有成。他不在的时候，他的妻子经营这些影院。在令人怀念的老家，过去的年月里遇到困难时，吉米·范弗利特经常向霍华德·威尔逊借钱。但现在年轻的吉米住在相对豪华的军官宿舍里，而年长的霍华德则过着水手的低级生活，睡在拥挤舱室的架子上，穿着工作服。

这就是战争时期的逻辑。霍华德年长又聪明，这没对他造成丝毫困扰。他平静地接受了这场战争和他自己的命运。其他飞行员知道他们的友谊，并问吉米他与霍华德搞好关系，可是为了确保战后自己能有一份工作。他说确实如此。

有些时候，开赴战争的航行与和平时期的漫游一样平静安宁。日复一日，我们在平滑温暖的海面上航行，头上是晴和的天空。我们没有任何紧迫的感觉。没错，我们一直在空中巡逻，但那实际上是一种练习的姿态，因为我们离敌人很远。水手们工作时不穿衬衣。小串飞鱼在蓝色水面上掠过。在甲板上你需要戴太阳镜。飞行员们在前甲板洗太阳浴。在宽阔的飞行甲板上，只穿短裤的牧师和副舰长正在打甲板网球。到下午升降机放下来，军官和士兵们打篮球。每天晚上，我们都在晚饭后看电影。我们很难牢记自己是一艘要去打仗的战舰。

随着我们向北推进，逐渐变天了。直到昨天天气都十分炎热，今天却出乎意料的舒适凉爽。明天会很冷。我们正在接近日本附近的大猎场。

最后一天，你在船上各处都可以感受到风雨欲来。没有发生什么大事，而是见微知著。我们长达几个星期的单调和等待结束了。飞行员们的每日简报愈发详细。船员中的花花公子做派少了。舰艇日常规范转为战时守则。所谓的

“延长行动法案”开始生效。水手们可以在白天放下他们的架子，得到一点额外的休息。吃饭时间，不再是12点和6点整，而是从11点到1点，从4点半到6点半，这样站岗的人可以换班快速填饱肚子。船长无论吃饭还是睡觉都从未离开过舰桥。

进入自己的船舱时，我们发现床位周围已经包裹上了“防闪板”。这些用橡胶处理过的黑色板子保护船员免受炸弹烧伤。每个人都发了“防闪衣”。这一套由几样东西组成——一顶单薄的灰色兜帽盖住脑袋，往下遮住肩膀；一块橡皮筋上的白布盖住鼻子和嘴巴；云母护目镜；以及长长的灰色布手套，有一个长长的臂套。所有这些都是为了在大炮弹或炸弹爆炸时，使手和脸免受热浪和火焰的冲击。某些船上的人们往脸上涂防闪油，看起来就像马戏团的小丑，但我们船上的人不这么干。

下层甲板上每个舱室的门都是关闭的，因此如果一枚鱼雷击中了，只有遇袭的舱室会被淹没。船上所有其他地方都会与之隔离。船上的医院关闭了，医护人员在高层甲板上许多预先安排好的前线救护所里工作。他们甚至可以在食堂或船舱的十几个临时地点中的任意一个做手术。

我们还拿出防寒衣物应对未来冷得刺骨的日子。我们的铺位上额外多放了毯子。蓝色的海军毛衣第一次出现，还有蓝色的针织帽，以及几种帽子可以拉到头上的雨披。你甚至还能看到几件厚呢短大衣。我们也有秋裤。它以前从未启用过，天知道它被打包扔在船上仓库里多长时间了，有些已经发霉了。事实上，他们为船长拿出来的那一套衣服——嗯，他们不得不先匆忙洗净晾干再给他，毕竟霉味太重了。

攻击前一天晚上吃完晚饭后，我们看了电影《成功学校》[①]。我想这是一部老电影，但它很好看，非常有趣。至少我们这么认为，每个人都笑得很开心。面对险恶不平的前路，一个人越是紧张的时候，越难以厘清自己的感受。那天晚上就是这样，只是我发现看电影的人只有平时的一半。而电影结束不久，所有人就都已经上床睡觉了。他们知道第二天不会有休息。

---

① 1942年上映，沃尔特·朗导演，亨利·方达主演。

我们在天亮前一个半小时就起床了，因为我们的飞机必须在黎明的第一缕曙光中升空。第一支巡逻队总是用弹射器发射，因为在狂风大作的半明半暗中，从摇晃的甲板上领先起飞太危险了。

看过最初几天之后，飞机起飞已经司空见惯了。我本想躺在床上不闻不问，但那是不可能的；弹射器的巨大发射装置就在我船舱的正上方，它每弹射出一架飞机，就像华盛顿纪念碑落在船上。瑞普·范温克尔[①]本人也不可能睡得着，所以我就起来了。

战斗机飞行员获得了他们最后的指示。在准备室里，中队指挥官和情报官用地图和黑板画向他们展示进攻的目的地。中队指挥官问有多少名飞行员没有戴手表。有六个人举起了手。由于船上没有多余的手表，我不知道他为什么首先问这个问题。

然后他大致说了一下我们在日本上空的飞机总数，以及日本人可能拿出多少架来对付我们。他说："所以，你看，我们每个人只需要对付三架日本飞机！"飞行员们全都笑了，不好意思地互相看着对方。（几天后，当最后的统计数字出来时，我们发现我们部队以九比一的比例消灭了日本人。）而在吹风会的最后，中队指挥官严令要求飞行员不要向打开降落伞下落的日本人射击。"他们惯常会对我们这么干，"他说，"但我们不应该这么干。"

轰炸机飞行员、他们担任炮手的士兵以及无线电员得到了同样的指示。情报官说完后，中队指挥官说："扔炸弹之前我们要向目标低空俯冲。既然我们无论如何都要冒险，除非能造成一些损失，否则根本没有必要去，所以要低空俯冲。"

对日本进行各式各样的打击时，我们的特遣部队从头到尾一直留有足够的飞机，不间断地保护着我们自己上方的天空。我还记得第一天在准备室的黑板上用粉笔写下的有趣标语，敦促我们的巡逻飞行员格外警惕可能从大陆偷袭我们的日本飞机。标语说："保持警惕——记住你在船上吓坏了的可怜伙计们！"

我们不知道我们在大陆上空出现的第一架飞机是否会给日本人带来惊喜。这似乎是不可能的，尽管没有迹象表明他们知道我们的位置。在驶近的两天

---

① 美国作家华盛顿·欧文一篇短篇小说的主人公，在卡茨基尔山中睡了20年，醒来发现物是人非。

里，我们一直在击落击沉日本人的侦察机和纠察艇，我们希望在它们通过无线电向国内通报发现我们之前，提早击中这些分散的飞机和船只。我们的一艘驱逐舰甚至在一艘日本潜艇上方守了一整天，防止它浮出水面发送警告。但我们仍然没有完全的把握，所以第一个早晨就很紧张。我们对我方飞机首次飞越东京地区的时刻掌握得八九不离十。

我们到广播室去听。日本节目正在正常播出。我们看了看表。突然，就在正确的时间，日本电台全部停播了。几分钟内一片寂静。随后是你听到过的最像唐老鸭的尖叫和叽里呱啦声。播音员过于激动，我们忍不住笑了。

我们知道我们的小伙子在那里。此后，对在船上的人来说，只剩下等待和期望，以及，正如黑板上标语所说，当好吓坏了的可怜伙计们。

除了6架外，我们所有攻击东京的飞机都返航并安全着陆。这6架飞机组成了一个独立的飞行编队，我们无法相信所有的飞机都遇难了，所以我们的军官并没有太担心。这时，飞行编队长发来了一条无线电信息。一架飞机落入海中，其他5架在附近徘徊，试图引导一些水面船只来营救。这就是几个小时以来我们获悉的全部情况。

我们最终知道了这个故事的来龙去脉。来自新泽西州克莱门顿的罗伯特·布坎南少尉，在东京以西约20英里（32千米）处向目标俯冲时被高射炮击中。布坎南本人没有受伤。他维持飞机不落地一直飞到海面上，但那仍然完全属于日本水域。事实上，那是在东京的外海湾——通往东京的两个海湾中较大的一个。布坎南少尉是一名王牌飞行员，他的功劳簿上有5架日本飞机。他成功迫降，坐上自己的橡皮艇离开。他距离海岸只有8英里（13千米），距离海湾入口处的大岛有5英里（8千米）。

然后由飞行编队长开始接手。他是约翰·费克上尉，来自马萨诸塞州的达克斯伯里。他也是一名王牌飞行员，而且是个老手。他已经击落了7架日本飞机。费克带着剩下的四架飞机开始寻找美国救援船。他们在离海湾入口约30英里（48.3千米）处发现了一艘。他们通过无线电告知它发生了什么，得到回信说这艘船愿意试一试，但希望飞行员保持联系并给予空中支援。于是费克上尉命令其他4架飞机留下来在船的上方盘旋，他自己回去寻找布坎南的位置并保护他。但费克到达那里时却找不到布坎南。他绕着东京湾飞了25分钟，正要绝望的时候，他的眼睛看到阳光一闪。他又飞了大约3英里（4.8千米），找到了布坎南。布坎南按照书上的方法动用了自己的信号镜。

与此同时，船的进展很慢。它花了将近两个小时才赶到，空中护航的飞机开始一架接一架地遇到麻烦，费克一个接一个地命令他们返回我们的船，而我们的船却越来越远。

加利福尼亚州佩塔卢马的厄尔·松纳上尉失去了他的无线电，不得不离开。华盛顿州首府奥林匹亚的马克斯·巴恩斯中尉的汽油严重不足，费克让他返航。印第安纳州曼西的鲍勃·默里上尉也因为同样的理由返航。这样就只剩下费克上尉在橡皮艇中人头上盘旋，阿肯色州斯普林代尔的阿诺德·伯纳上尉孤独地在空中护送救援船。

最后，船已经过了海湾入口。船长开始担心。他必须在布满大炮的岛屿周围3英里之内航行；他离陆地只有5分钟的飞行距离，日本飞机可以把他干掉。此外，他看了看他的海图，发现自己正处于“限制水域”，这意味着那里可能有水雷。一艘船当然不应该去这种地方。

船长用无线电通知费克，说他不能再往前走了。费克回电说：“只剩两英里（3.2千米）了。请试试。”

船长回答说：“好吧，我们试试。”

于是他们成功了。他们直入狮子的嘴里，拉出我们的飞行员，安全地脱身。然后，留到最后的费克和伯纳才开始回家。所有其他人返回后3个小时他们才回到我们身边。本来3小时的任务他们飞了6个小时，但他们这样做帮助拯救了一个美国人的生命。

那天晚上，我躺在自己的铺位上读一本飞行杂志。那是将近6个月之前的10月份杂志。这是《海军航空》杂志的年刊。在第248页一篇题为《航母上的生活》的文章中有这样一段话：“知道即使在东京港被击落，海军也会来救你，这种感觉太好了。”写这篇文章时，这种情况还没有发生。这就是预言。

第二天，救援船通过无线电告诉我们，布坎南感觉很好，而且为了公平起见，他们还救了另一名海军飞行员——一名闷闷不乐的日本飞行员，以及一艘日本巡逻艇上一名蓬头垢面、孤零零的幸存者！

我了解到这并不是布坎南少尉和费克上尉第一次共同经历激动人心的时刻。去年秋天，在台湾附近，70架日本飞机扑向我们两艘严重损坏的巡洋舰。费克率领一个8人飞行队，布坎南是其中之一。这8架飞机迎战70架日本飞机。

他们击落了29架，只损失了一架飞机，瓦解了攻击，拯救了巡洋舰。

费克和布坎南在那次行动中各打掉了5架日本飞机。两人都因为这项工作获得了海军十字勋章[①]。所以东京湾的小事件并没有让他们惊慌失措。

第一次看到费克上尉时，我对自己说："这肯定是个西部人"。在真正了解他之前，我就喜欢上了他。他看起来就是那种饱经风霜的牛仔。然而他骗过了我，原来他是一个新英格兰人，在马萨诸塞州出生，是新罕布什尔大学的毕业生，学的是商科（他26岁）。但他有西部人稳重的特点。他非常安静，有礼貌，知道如何处理事情，而且从不激动。他总共击落了7架飞机。其他人形容他是那种如果你遇到麻烦会希望他在身边的人。对此，布坎南少尉无疑会说："同意！"

我们出击之后在南部岛屿的那个晚上，每个人都很放松，有一种完成一项危险工作的放松感。他们在三四天内第一次放映电影。那是一部西部片，叫《老圣达菲的灯光》[②]，有标准的英雄和恶棍，还有脱缰之马和枪击等等一切。那些飞行员欢迎它，就像现代观众欢迎《醉汉》[③]一样。我们几乎把坏蛋从银幕上嘘出来。我们对所有暗箱操作喝倒彩，我们为所有的善举欢呼，当英雄把女孩抱在怀里时，我们吹着口哨鼓掌。

我想这是我们整个旅途中最喜欢的电影。

我们旅程中第一位击落日本飞机的飞行员是亚拉巴马州迪凯特的弗兰克·特鲁普少尉。那是一架侦察机，他在我们到达东京水域的前一天击落了它。这是他击落的第5架敌机，这使他成为一名王牌飞行员。特鲁普说，自己和队友同时发现了它，他抢先一步的唯一原因是他恰好比队友更接近它。巡逻队的小伙子们说，当他们发现一架落单的日本飞机，队里每个人都大开杀戒，就像赛马一样，看谁先进入射击距离。那次是特鲁普。

排在特鲁普后面的是鲍勃·希克尔少尉，住在加利福尼亚州长滩市圣安娜街146号。希克尔已经逐渐加入"经常当伴娘，永不做新娘"的行列。他三次和特鲁普一起出动，特鲁普总能打下一架飞机。希克尔开玩笑说："现在特

① 美国海军部授予的最高等级的勋章，奖励特别英勇的行为。

② 1944年上映，弗兰克·麦克唐纳导演，罗伊·罗杰斯出演。

③ 1935年上映，艾伯特·赫尔曼导演，詹姆斯·默里出演。

鲁普已经有5架了，他必须开始帮我弄一些。”就在第二天早上，希克尔容光焕发地回来了，他打下了自己的第一架飞机。是的，特鲁普和他在一起，但希克尔完全是靠自己，没有任何帮助。我问希克尔感觉如何，他说他太兴奋、太急切，以至于日本飞机在空中翻转爆炸时，他几乎飞到了碎片里。

在我的其他飞行员朋友中，有来自印第安纳州谢尔比维尔的普莱斯·格林利上尉，他是战斗机中队的副队长。他个子不高，面容和善，吸烟斗，在船上总是穿着室内便鞋。他打下过一架日本飞机。还不知道他的名字和他来自哪里之前，我问他是否与著名的山地人普莱斯·格林利有什么关系，我在印第安纳州见过后者几次。

“是的，”这位战斗机飞行员说，“他是我的父亲！”

年轻的格林利是安纳波利斯[①]的毕业生。他的妻子和襁褓中的女儿住在谢尔比维尔，他的小屋里到处都是她们的彩色照片。他当时正利用业余时间用椰子为小女儿做一个小猪储蓄罐。

匹兹堡德文希尔大街623号的小赫伯特·吉德尼少尉是一名鱼雷轰炸机飞行员，飞越东京是他的第一次战斗出击。他说自己全神贯注于做好每一件事，所以一点也不害怕。吉德尼是个大个子。他曾就读于利哈伊大学，你可以赌咒发誓说他是一名橄榄球运动员。[②]不过，错了，他最大的爱好是滑雪。他经常到新英格兰地区去滑雪，甚至走起路来就像在滑雪板上滑行！吉德尼写信的方式我以前从未见过。他认为收到信件的唯一途径就是写信。所以他每周写16封信——不多也不少。他有一份16人的名单，像记分牌一样列在一张大纸上，他写完信后会逐一核对。

霍华德·斯基德莫尔上尉，另一位鱼雷轰炸机飞行员，来自伊利诺伊州的维拉格罗夫。当他告诉我时，我说：“哎呀，那是我母亲出生的地方。”然后我开始想我搞错了，她是在往南几英里的卡马戈出生的。现在我又不确定了。无论如何，斯基德莫尔上尉在我的家乡印第安纳州达纳镇附近有很多亲戚，他曾多次到那里去看望他们。他在我们船上有一次奇怪的经历。他坐在他的飞机

① 安纳波利斯，美国马里兰州首府，美国海军军官学校所在地。

② 利哈伊大学的橄榄球队——山鹰队成立于1884年。

上，发动机正在运转，准备开始起飞。而就在这时，一枚日本人的炸弹击中甲板，就在斯基德莫尔的飞机前面不到十几英尺的地方。它杀死了几个人，在甲板上撕开了一个大洞。然而，斯基德摩尔并没受到擦伤，近距离的爆炸甚至没有震聋他，也没有让他头痛。

飞机从一次攻击行动中返回时会围绕着它们的船转圈，直至收到降落的信号。然后，它们每次有一架飞机冲出队形，进入所谓的“着陆圈”。它们试图拉开空间，这样一架飞机着陆后能为下一架进场的飞机让开道路。

当准备进场的飞行员还有大约半英里远时，飞机起落指挥官开始用手势语向他发出指示。他被称为飞机起落指挥官，是船上最重要的人之一。他自己也是一名飞行员，但他的工作并不是在飞行员之间互相调换的兼职。他接受过特别训练，只做这一件事。

飞机起落指挥官站在船尾的导航台上。在他身后有一块大帆布，为他的信号提供背景。导航台下面有一张大绳网，如果他掉下来可以接住他。他穿着黄色运动衫，戴黄色头盔，这样进场的飞行员可以很容易地发现他。他两只手中都有一个约为乒乓球拍两倍大小的拍子，有的是黄色，有的是亮橙色。这些是他的信号拍。

从飞机起落指挥官开始发出信号的那一刻起，进场飞行员就一直盯着他。飞机起落指挥官实际上是通过远程控制来驾驶飞机，而飞行员只是一个执行他指令的机器人。通过手势语，飞机起落指挥官告诉他太高或太低，太快或太慢，他的尾钩没有放下，或者其他一堆问题。飞行员进场时纠正了这些错误。如果纠正得很完美，飞机起落指挥官会在他到达飞行甲板前给他一个“关闭引擎”的手势。飞行员立刻把目光从飞机起落指挥官身上移开，再次自主驾驶飞机。只剩下几秒钟时间了。他必须快速行动，让飞机降落。但是，如果在最后一秒时进场方式不正确，飞机起落指挥官就会给他一个疯狂的“挥手离去”信号，飞行员就会“加速”，与甲板擦身而过，然后绕道再做一次尝试。飞机起落指挥官必须在最后一刻，实际上是在几分之一秒内，决定是否让飞行员尝试一下。我不知道还有什么决定比这做得更快。在这个问题上，你肯定不能与任何人进行“讨论”。

我们船上的飞机起落指挥官是一个叫作比尔·格林上尉的好人，他来自爱荷华州的纽顿。他于1942年从爱荷华大学的商科毕业，并在那一年赢得了全美荣誉奖。他打算成为一名律师。

一个飞机起落指挥官首先必须是一个飞行员；第二，他必须是一个精神稳定、拥有良好判断力的人；第三，他必须在某种程度上是一个心理学家，并且了解他的飞行员。比尔·格林具备这三点。每个人都喜欢他，每个人都信任他。有一个不称职的飞机起落指挥官，就会有一群可悲的飞行员。比尔对每个飞行员的飞行特点都了如指掌，以至于他根据飞机的运动就能识别出每一个飞行员，而飞行员离船还有一英里（1.6千米）远呢！

有一次，我在观察我们的着陆，我看到一个飞行员在进场时“挥手离去”了7次，我问比尔这是不是一个纪录。他说这当然不是。几个月前，他不得不向一名飞行员“挥手离去”21次，那人才终于上了甲板。这意味着有一个飞行员试图降落近两个小时！

飞机起落指挥官的工作很危险。很多时候，比尔不得不躲避、跳跃甚至奔跑。船上照相馆有一张不可思议的照片：比尔真的是被一架几乎要坠落的飞机追着穿过甲板。

每艘航母上总有一个助手，训练自己如何正式接受这项工作。比尔的助手是卡尔·波特少尉，来自犹他州奥格登。有一天，我鼓起勇气，在他们引导一整队飞机降落时回去和他们站在一起。你可以赌咒说每架飞机都会正好落在你的头上。还没结束我已经决定，如果我管理海军，我会让它们全部降落在水中。

关于航空母舰的运作方式，我一直不明白的一点是，当一架飞机着陆或起飞时，他们是如何处理其余飞机的。我曾以为飞行甲板必须清理得干干净净，一旦一架飞机起飞，他们就用电梯把下一架飞机从下层甲板带上来送走。

根本不是这样。在着陆和起飞时，总是有闲置的飞机留在甲板上。必须这样做，因为下面的机库甲板不够大，无法容纳所有的飞机。但是，这些闲置的飞机从来都不在甲板的一侧——它们在这头儿或那头儿。

他们是这样做的。飞机起飞和降落时总是从船尾到船头。起飞时，所有的飞机都紧挨着停在甲板后部。所有的飞机都有折叠式机翼，这个功能是这场战争的巨大贡献之一。否则航母很难携带足够的飞机为自己正名。

这些停放的飞机可能占了飞行甲板的八分之一——后八分之一。当他们准备让飞机起飞时，所有的发动机都启动预热，而这些飞机仍然紧紧地停在一起。噪声非常可怕。愤怒的螺旋桨在另一架飞机机尾方圆几英寸内打转。十几个推飞机的人在这些飞舞的螺旋桨左右、下面和中间匍匐前进，调整垫块，解开固定飞机的绳子。

他们准备好后，前排中间的飞机滑出几英尺。他的折叠机翼展开。飞行员测试操作，放下他的襟翼。站在他前面和右边的信号员用动作指示他何时启动。他踩住刹车，加快发动机的速度，直到噪声震耳欲聋，然后信号员俯下身子，戏剧性地向前挥动手臂，仿佛亲自为飞机提供动力。

飞机开始滚动，前方八分之七的甲板是空的——没有一架飞机或一个人。一架飞机刚走，下一架飞机就已经准备好了，展开翅膀，启动引擎。它们一架接一架地起飞，间隔不到一分钟，直到整个中队都升空。

飞行编队最后一架飞机起飞的那一刻，一个高音喇叭发出信号，偌大的飞行甲板瞬间人山人海。通常有几架飞机会留在甲板上，并未计划起飞。所有这些飞机都被立即拖到前面，重新停在那里，因为飞机返航降落时必须使用甲板后端。当它们降落时，整个前端都停满了飞机。一道由高过头顶的钢索组成的屏障横在甲板上，阻止任何野蛮降落的飞机撞上前面紧密停放的一堆飞机。

一架飞机刚降落，屏障就被放下，飞机从上面滑过去，屏障又为下一个进场的飞行员再次升起。刚刚降落的飞机停进前方其他飞机中间，飞行员关闭发动机。最后一架飞机降落后，高音喇叭响起，所有的人都冲出来，飞机被拖回甲板后部，准备下一次起飞。

在飞机实际降落过程中，升降机几乎从未放下。它只在两次飞行之间使用，用来将飞机运到车库或者把新飞机运上来。

这种将飞机从飞行甲板一头移到另一头的做法被称为“重置”。一天到晚都在干这种活，来来回回，来来回回。这些飞机由小型福特森牵引车拉动。它们跑来跑去时看起来就像你们在嘉年华上撞来撞去的那些小电动车。

在晚上，大概有三分之二的飞机被放置在甲板上。它们被紧密地停在一起，用粗绳子绑在飞行甲板的格栅上。如果船驶入风暴中，则用钢索将它们绑得更牢。整晚都有人在它们中间坚守岗位，确保没有任何损坏或差错。

尽管这样，有时海洋是如此汹涌澎湃，甲板倾斜得如此厉害，飞机会摆脱所有系泊设备，呼啸着冲过甲板。那时候我就在船舱里，晕船晕得厉害。

第五章 爱日—冲绳

我在一辆运兵车上，那是我们猛攻冲绳的前一天晚上。我们很紧张。任何有理智的人在D日[①]前一天晚上都会紧张。你感觉很虚弱，你试着去想一些事情，但你的头脑却顽固地想起明天有多么可怕。它拉扯着你的灵魂，你会做噩梦。但这种恐惧一点也不意味着缺乏信心。我们会拿下冲绳——没有人对此有任何怀疑。但我们知道我们将不得不为此付出代价。船上某些人活不过24小时了。

我们属于护航舰队。很多很多的大船排成一列纵队，我们的军舰在外围护送。我们看上去令人印象深刻——尽管我们只是来自许多不同地方的许多类似护航船队之一。我们已经在路上走了很多天。我们是有史以来太平洋上航行的最大、最强的军队——我们将怀着期待投入太平洋上迄今为止规模最大的战斗。

我们的船是一艘APA，即攻击运输舰，也是一名老兵。她的服役绶带上有五颗星——非洲、西西里、意大利本土、诺曼底和法国南部，她还戴着紫心勋章、铜星勋章、功绩勋章和银星勋章[②]。她在世界的另一边表现出色，我们希

① 用英文中“日（Date）”的首字母“D”代表一次作战发动的日期，最著名的D日是诺曼底战役打响的1944年6月6日。

② 功绩勋章颁给服役期间表现出色和有特殊贡献的人，银星勋章颁给战斗中表现英勇的人。

望她能在太平洋上继续走运。我们搭载的是海军陆战队员。他们中有些人是第一次参加战斗，另一些是从瓜达尔卡纳尔岛就开始作战的老兵。他们是一群粗犷、没刮脸、能干的美国人。我和他们一起登陆，我觉得我受到了优待。

我与来自马里兰州肯辛顿的海军陆战队少校里德·泰勒同住一个舱室。他是瓜达尔卡纳尔岛的老兵，他开玩笑地贬低那些没经历过“绿色地狱”[①]的新手。这位少校和我算是意气相投，我们相处得很好。我们有一个最舒适的船舱，整个旅途中我们几乎都在里面睡觉。我们白天黑夜都在睡觉，许多人也这么干。一个人是否能为未来的严峻考验储存睡眠和能量，这个问题每天都在争论。医生说这是无稽之谈——人不可能储存睡眠。

不打盹的时候，我读了两本书。它们是鲍勃·霍普的《我从未离开过家》（我多么希望我从未离开过！）和鲍勃·凯西的《如此有趣的人》[②]。我只希望能亲耳听到鲍勃·凯西讲述所有这些故事，躺在他法国的行军床上打摆子一样放声大笑。鲍勃带来的笑声对当时的我们来说是件好事。一位海军陆战队军官说：“我三天没笑过了。”

我们的旅程相当顺利，队伍里没有多少人晕船。下方船舱里，海军陆战队员睡在四层高的架子上。这种旅行方式并不舒服，但我从未听到有人抱怨。天气好的时候，他们会到甲板上晒太阳、休息、洗衣服，或者躺着看书，打牌。我们没有电影。日落时船内一片漆黑，之后只有昏暗的灯光。我们吃得很好。我们每天早上都能在一份油印的报纸上看到新闻，船上的军官每天一到两次用喇叭广播最新消息。

他们每天向我们通报我们登陆前轰炸冲绳的进展。每一个小小的好消息都让我们欢欣鼓舞。当然，船上满是或好或坏的流言，但从没有人相信过。军官们每天都在开会理清登陆的最后细节。日复一日，海军陆战队员被不厌其烦地告知接下来要做什么。

---

① 指瓜达尔卡纳尔岛。

② 鲍勃·霍普（1903—2003），英裔美国喜剧演员，获得美国武装部队荣誉退伍军人称号，《我从未离开过家》讲述他参加劳军组织为士兵表演的故事。罗伯特·约瑟夫·凯西（1890—1962），记者和专栏作家，《如此有趣的人》原为他的报纸专栏标题。

我们读到的关于冲绳的所有资料都强调那个地方有大量的蛇。害怕蛇的人出奇地多。“冲绳蛇”是所有人共同的谈资。

最后一天，我们把钱换成了新伪造的“日本军票”，领取了两天的K口粮，最后洗了一次澡，并在晚饭前收拾好了我们的包。我们吃了一顿火鸡大餐。小伙子们说：“养肥就要准备杀了。”在最后那个下午的3点钟，举行了圣餐仪式[①]。那是复活节星期日的前一天下午。我们中很多人知道明天要战斗，不禁感到令人伤心的讽刺。

我从未搞懂为什么D日的传统名称在那次进攻中被改成了“爱日”。可能因为我们是在复活节星期日登陆的，有人感受到了兄弟之爱的精神。无论如何，当“爱日”的黎明到来，粉红色的太阳升起来揭开了笼罩在我们周围的东方黑暗，我们被震惊了。因为我们所有的主要护航船队都汇合在一起，它们在我们周围形成一支巨大的舰队，绵延数英里。大约有1500艘船，还有数以千计的小型登陆艇和它们携带的小船。舰艇不像在诺曼底那么多，但就海军力量和实际人员以及战力而言，它相当于对欧洲的进攻。我们对冲绳的攻击从来不是三心二意的。

我们在凌晨4点半吃了火腿和鸡蛋当早餐。我们把笨重的背包绑在背上，更重的装备则留在船上，几天后再带上岸。我们上甲板时，天刚蒙蒙亮。甲板上的人影影绰绰，黑压压一片。我们可以看到地平线上闪烁的光芒向海岸移动。

我们的突击运输船在甲板上装载了许多车辆人员登陆艇（LCVP）。一座吊臂起重机把它们吊在船舷两侧，它们挂靠在栏杆上时我们蜂拥而入，然后绞车将它们放进水中。我登上第一艘小艇离开我们的船。我们出发时刚刚破晓，离H时[②]还有两个多小时。我们漫长的海上旅行结束了。我们的时间不多了。就是这样了。

在我们周围，其他数以百计的船只被放下去搅动着水面，但缺乏组织。它们还没有形成浪潮。这些先遣船只主要装载指挥员，他们将在接下来几个小时

---

① 原文也指耶稣被钉十字架前与自己门徒的最后的晚餐。

② 用英文中“时（Hour）”的首字母“H”代表一次作战发动的时刻。

里管理进攻者冲向海岸的洪流。

我们嘎嘎地向海岸行驶了一个多小时，因为我们在离岸很远的地方就停下来了。我们的目标是离海滩约两英里（3.2千米）的一艘小型指挥船。几十艘这样的小型指挥船在我们长长的滩头阵地上排成一排，大约相隔1/4英里（402米）。它们是我们进攻行动的交通警察。它们看起来都一样，我们必须按编号找到我们那艘。海上交通波涛翻滚，很容易迷航，而我们也确实迷失了。我们到达之后花了半个小时才找到自己的指挥船。

对敌人海岸的攻击是一件需要严密组织的事情。它如此错综复杂，以至于不可能弄清所有细枝末节。在我们的军队中，没有一个人了解进攻行动的全貌。

但是，为了简要说明，假设我们要在4英里（6.4千米）长的战线上侵入敌人的一片海滩。这不会是一次全面侵入，而是一打或更多的小型侵入，同时一起进行。每个战斗小组负责自己的侵入行动，而一个战斗小组就是一个团。我们的团长和他的参谋在小指挥船上，只指挥我们团的部队。

我们有“黄色一号”和“黄色二号”海滩。我们团部队组成的波浪从几英里远的海上径直冲向这些海滩。两边的其他指挥船与我们无关，负责指引其他波浪。每一处都是一艘指挥船自己的私人小演出。

正如我以前所说，对一个人来说，战争不会超过他左右各100码（91.4米）的范围。我们在冲绳的情形也是如此。

在冲绳行动H时前一个半小时，我们庞大的舰队开始用它的大炮对海岸进行最后的、强有力的轰击。他们已经这样干了一个星期，但这一次集结炮击的猛烈程度前所未有。炮击的威力令人毛骨悚然。大片的火光从一个炮群中闪现出来，灰褐色的烟雾膨胀为巨大的云团，然后轰隆隆的声响和震荡掠过水面击中了你。把这种景象扩大几百倍，你就能明白场面有多混乱。现在，一艘战舰冒出的烟雾时而会形成一个烟圈，一个有20或30英尺（6米或9米）宽的巨大烟圈，完美对称地向上飘去。

然后是我们的航母飞机，向海滩俯冲，还有携带重磅炸弹和燃烧弹的鱼雷机，发射出深红色的火光。烟雾和尘埃从岸边升起，高达数千英尺，直到最后完全遮盖住陆地。炸弹、机枪扫射、引擎轰鸣与海军炮击的隆隆声混在一起，似乎淹没了一切存在。可怕的震荡在空气中产生了振动——一种震颤——它令人痛苦，像用看不见的鼓槌敲击着耳朵。在这段时间里，我们身后的突击艇一波又一波地涌来。

水面上乱流涌动：通信艇和指挥艇跑来跑去，中型登陆舰和运输登陆舰缓慢前进到它们的卸货区，充当向导的机动鱼雷艇四处猛冲。甚至驱逐舰也在舰队中威严地移动着，因为它们正在为轰炸海岸相互靠拢。一波又一波突击艇从我们的小指挥船和同类的几十艘船上得到指示和告诫，或是加快速度，或是放慢脚步。

H时定在8:30。上午8点，广播里传来了指示，一个洪亮深沉的声音在海面上响起，让我们组成第一波和第二波攻势，抓紧时间活动起来。我们的第一波仅来自两栖坦克上的重炮，坦克将上岸并炸毁海滩上的碉堡。在它们行动一分钟之后是第二波——我们的第一支步兵。此后，每隔10分钟就来一波。第6波在第一波上岸之前就已经出动。第15波在第6波到达海滩之前就开始前进。情况就是这样。

我们在指挥船上待了大约一个小时。我感到很痛苦，我的心沉甸甸的难受极了。知道一小时后你可能会死，这没有任何浪漫可言。

我认识的一些军官上了船。他们直到下午才会上岸，他们想谈谈。我根本无法和人聊天。我下去最后一次使用文明的厕所，未来许多天就没这机会了。我喝了一口水，尽管我并不渴。这时，一个水兵上来自我介绍，说他读了专栏，一帮水兵就在甲板上聚了起来。

一个黑发理得很短、戴眼镜的水兵给我一支雪茄。我甚至没想起来记下他的名字。我告诉他我不抽雪茄，但我要为我们的团长拿一支，他几乎靠雪茄为生，而且快要抽完了。几分钟后，那个水兵又拿来五支雪茄，准备送给团长。他们想给我糖果、香烟和饼干，但我告诉他们我已经有很多了。

电台传来消息说第一波和第二波部队登陆时没有遭到什么反抗，海滩上也没有地雷。到目前为止，一切顺利。我们用双筒望远镜观察海岸。我们可以看到坦克在田野上移动，第二波部队向内陆前行，他们的腰杆挺得笔直。海滩上溅起一些水花，但我们看不出岸上有任何真正的火力。

这一切都极不确定，但有所暗示。沉重的心情开始放松。我并没有真正意识到这一点，但我发现自己与水手们的交谈更加轻松了，而且不知为什么，我逐渐觉得我们将幸免于难。第7波部队行动的时候要带上我们。我甚至没看见它在靠近。突然，他们叫我的名字，说船已经靠上来了。我拿起我的背包跑向栏杆。我很高兴他们来得如此突然。水兵们一遍又一遍地喊着："祝你好运！"并向我们挥手。我们上路了。

车辆人员登陆艇如此拥挤，伙计们只能紧挨着站在一起。我认识他们中的大多数人，因为他们都是来自载我们过来的那艘船。在把我们从指挥船上接过来之前，他们已经行驶了一个小时，身上都被水花打湿了。这个温暖的清晨阳光明媚，但湿透了的他们全都冻得不行。有些人冷得直打哆嗦，他们互相开玩笑说发抖是因为害怕而不是寒冷。我们笑起来都好像有病。路上我们绝大部分时间都在聊天，但我不太记得我们说了什么。

这些太平洋岛屿有一个糟糕之处，我们在任何一次欧洲入侵中都没有遇到过，那就是位于水下三四百码（274米至366米）处的暗礁。无论大船小船都不能登上海滩，因为无法越过礁石；因此，我们不得不在离岸边半英里（805米）的地方再次更换交通工具。我们跑上旁边等待着我们的一队履带式登陆车，也就是水路两用牵引车。它们就像大卡车，只不过安在履带式牵引机上。在水中时，牵引机杯子形状的履带板推动它前进。落到地面之后，它像牵引机一样爬行。它可以下海或登陆行驶数英里。

我们的包裹太重了，很难从一条船转到另一条船，我们的行李花了大约10分钟才转移完毕。然后我们开始了最后一段旅程，真正重要的一段路。

恐怖的轰击在H时前一分钟完全停止。到现在差不多过去了一个小时，战舰又开始时断时续地射击。内陆燃起不大的火焰，高地上的机场升起一团巨大的黑烟。但笼罩在海滩上的烟尘云雾已被吹散，我们可以清楚地看到岸上的人和我们之前一波部队在登陆。

我们都以为登上海滩时曳光弹会像冰雹一样落下，迫击炮弹会撒在沙地上，火炮的炮弹会呼啸着飞进我们周围的海水。然而我们却看不到前面有一点开火的痕迹。我们希望那是真的。我们正这样期盼着，有人拿出水壶喝了一口。人们在接近滩头时会口渴。水壶转了一圈。到我这儿我喝了一大口，几乎窒息。因为那根本不是水，而是没掺水的白兰地！

在轰炸和整个登陆期间，一架孤独的四引擎解放者轰炸机[1]在海滩上空缓慢地飞来飞去。我们对它的胆量惊叹不已，它看起来似乎是一个容易被高射炮攻击的目标。然而它似乎并没有被击中。解放者轰炸机对航母来说太大了，所以它必须从菲律宾、硫黄岛或塞班岛一路飞来。我们推测它载有摄影师。它看起来很不合时宜，独自在上方漫不经心地笨拙前行。我们正在凝望着解放者飞机，突然，履带式登陆车碰到了地面，向一边歪过去，好像要翻倒，然后砰的一声巨响向后倾斜，几乎把我们摔在地上。我们正在穿越珊瑚礁。这次穿越运气很好，海面很平静，珊瑚礁上没有巨浪。

穿过礁石，登陆车在坎坷不平的珊瑚上摇摇摆摆、歪歪斜斜地前进。然后，它终于爬出水面上了沙地。我们上到离水边大约20英尺（6米）的地方，驾驶员放下登陆车尾部的坡道。我们走出来。H时过后一个半小时，我们在冲绳岛上没有遭到射击，甚至连脚也没弄湿。我在日本土地上听到的第一句话是来自一名难以置信的海军陆战队员，他说："该死，这就像麦克阿瑟的一次登陆。"

我们在完全没有遇到抵抗的情况下登陆了，这对海军陆战队员来说确实是一种奇特的经历。这真是不可思议；我们做梦也没想到会是这样。我们都以为海滩上会有屠杀。在我们的右边和左边会有一些抵抗，但在我们的海滩上，什么都没有，绝对没有。

当然，我们并不指望情况会一直如此——海军陆战队员不会这样自欺欺人。当然，前头会有艰苦的战斗，我们都双指交叉以求好运。但是，我们大部分人上了岸，补给滚滚而来，这种情况下我们获得了稳固的立足点，我们很感激这份礼物。

那是一个熙和的日子。一名海军陆战队员在热带地区已经待了几个月，他说："我离家后从未遇到这么像美国的天气。"

阳光明媚，非常温暖，没有风。我们听说会很冷，许多小伙子都后悔穿了厚厚的内衣，现在统统汗流浃背。我穿了两条裤子，但很快就脱掉了其中一

① B-24重型轰炸机。

条。我们穿着有人字图案的绿色作战服。旅程开始时每个人穿的都是卡其布军服，那天早上在船上换了衣服，把他们的旧卡其布衣服放在床铺上，由海军收集、清洗，用来给战俘和我们自己失去衣服的伤员穿。

我们只带了能背动的东西上岸。当我们穿上绿色新制服时，一名海军陆战队员说："最新的复活节风格——人字形斜纹。"

我曾害怕会看到海滩上到处散落着残缺不全的尸体，我不情不愿地第一次仔细打量海滩。于是，就像电影中一个人看向远方，然后突然不相信地回头看，我发现哪儿都没有尸体——也没有伤员。多么美妙的感觉啊！

事实上，我们整个团上岸时只有两个人受伤：一个海军陆战队员从履带式登陆车下来时弄伤了脚；另一个，真没想到，中暑了！为了增加野餐的气氛，他们为我准备了一大包火鸡翅、面包、橙子和苹果。因此，上岸后第一顿饭我们不是匆匆吃一口K口粮，而是坐在那里吃火鸡翅膀和橙子。

岛上白垩覆盖的低矮悬崖上有一些洞穴，里面有几英尺高的砖色骨灰瓮。这些骨灰瓮里装着许多高贵祖先的骨灰。我们的炮击把许多这类墓穴炸得粉碎。为小心起见，我们的大炮错过的地方，士兵和海军陆战队员们撬开入口处的石板又检查了一遍。

从面前的大海可以望见我们强大的舰队耸立在那里，向岸边延伸出几十条小黑线——我们成千上万的登陆艇带来了更多的人、大炮以及物资。而在我身后不到两英尺（0.6米）的地方，是一山洞曾经的日本人。这一切都很妥帖。毕竟这是一个美好的复活节星期日。

我以前从未见过遭遇侵入的海滩会像冲绳这样。在整个海滩上没有一个死人或受伤的人。医疗兵坐在他们的绷带包、血浆袋和担架中间无所事事。没有一艘船着火，也没有一艘船倒在礁石或海岸线上。侵入时几乎不可避免的大屠杀神奇而美妙地没有出现。

我们登陆时海滩上几乎没有人。我们前面几波突击队已经向内陆推进，而会让海滩活跃运转起来的人和机器的巨浪还在我们身后很远的地方翻滚。推土机和吉普车还没有到达。没有任何活动，也几乎没有任何声音。就好像我们是最初的探险者一样。

我们的小分队，也就是团部工作人员，转到海滩后面大约100码（91米）的悬崖脚下。那里到处都是洞穴，我们海军的炮火在悬崖脚下打出一片碎石。

不过仍有几个洞口敞开着。我们决定在那里安营扎寨，直到团长利用送信人带来的信息在脑海中描绘出局势的发展。

除了军官之外，大约有一百个人和我们在一起。这些人由来自华盛顿州的安迪·安德森军士长领导。安迪让他们做的第一件事是确保没有日本人躲在山洞里对我们打冷枪，因为第一波攻击速度太快，无法将所有人都清理出来——如果有人在那里的话。所以他们悄悄走到一个洞口，准备好步枪，安迪会拿出一颗手榴弹扔进洞里。但第一颗手榴弹撞到洞壁滚了出来。安迪扑到沙滩上，我们其他人都趴下来。手榴弹砰的一声爆炸了，但没人受伤。从那时起，我们就嘲笑安迪，说他给我们展示了海军陆战队的精湛枪法。

海军陆战队员是伟大的战士，除此之外我相信他们是我接触过的最友好的一群人。我从来没有遇到过不友好的人们，但让你开心、宾至如归似乎已经成了海军陆战队员的天性。

他们以前从未遇到过类似冲绳的事情。他们已经习惯了海滩上的屠杀。他们一直对我说："如果你以前能和我们在一起，我们就会给你找一些刺激。"

我回答说："兄弟，我这辈子需要的刺激都已经有了。这种侵入很适合我。"

我开始在海滩上来回徘徊。一个小伙子手里拿着一个小花瓶，说："这就是冲绳的第一个纪念品！"他是詹姆斯·科斯比，一级药剂师，来自伊利诺伊州克里尔斯普林斯。他发现这个花瓶躺在一个墓穴的外面。

然后我注意到一个身材高大、负重的海军陆战队员，他肩上扛着一卷电话线，用绳子牵着一只白色的母山羊。我拦住他说："你想让你和你的山羊上报纸吗？"

他咧嘴一笑，说："当然，为什么不呢？"

他是来自得克萨斯州贝尔德的一等兵本·格洛弗。他在家里是一名电话架线员，他在这儿也干同样的活儿。架线员总是第一批上岸。

到了爱日的晚上，几十个海军陆战队员都有了小山羊当宠物，领着它们到处跑。冲绳有很多山羊，小山羊是那么白，那么可爱，我们这些喜欢动物的美国人忍不住要收养它们。我看到一个海军陆战队员征用了一匹马，让它驮着自己的行李。另一个人有一辆自行车。到了爱日后第三天，我确信他们会背着日本的小婴儿。美国人是最奇妙的人！为什么不能每个人都像他们一样？

实际上，冲绳看起来与美国大部分地区没有什么不同。其实它看起来比海军陆战队过去三年中看到的任何地方都更像美国。气候是温带的，而不是热带的，植被也是如此。海滩及其周边有热带树木，我想它们是露兜树属灌木，但也有许多枝条平伸的松科树。

开头两天我的团经过的地方被开垦过。地面从海里逐渐升起，形成小块田地，看起来与夏末的印第安纳州毫无区别，那时候东西已经开始被晒得又干又黑，只是这些田地要小得多。现在田里的小麦已经熟透了，看起来和我们的一样。海军陆战队员用小镰刀割麦。其他田地里有甘蔗和红薯。

田地的边缘有沟渠，分隔它们的是大约两英尺（0.6米）宽的田埂。田埂顶上是小路。整个地区都是狭窄的土路，偶尔也有相当体面的碎石路。当你进入内陆，这个地方变得更加崎岖。山上的耕地较少，树木较多。这真是一个漂亮的地方；我们曾读到过冲绳这个地区毫无价值，但我想我们大多数人都对它的美丽感到惊讶。

我们抓住的冲绳平民是很可怜的。剩下的似乎只有非常老或非常小的人，他们都非常、非常贫穷。他们个人不怎么爱干净，他们的家非常肮脏。我一次又一次地听到海军陆战队员说："如果人民不那么脏，这里也许是一个好地方。"

他们的生活水平明显很低。然而我一直不明白为什么贫穷和污秽必须画等号。一个人不一定要很富裕才能保持清洁，但显然他必须很富裕才想要保持清洁。我们发现世界各地都是如此。

这些人的穿着和我们在图片中看到的日本人一样：妇女穿着和服，老人穿着紧身裤。有些人穿着到膝盖的宽松衣服，露出瘦小的腿。孩子们和世界各地的孩子一样可爱；我注意到海军陆战队员经过时伸手把他们的头发弄得乱蓬蓬的。我们聚拢所有平民，把他们安置在营地里，他们对这一切感到迷惑不解。

我们的猛烈轰炸开始时，大多数农户肯定都逃了出来。在我们到来之前，很多农舍不是被拆毁就是被烧成了废墟。经过一座农舍的废墟时，我们通常会闻到里面令人作呕的死亡气味。但是总有一些人无论如何也不肯离开。我们不禁为头几天遇到的冲绳人感到难过。我们发现有两个人会说一点英语。他们曾经住在夏威夷。其中一个老人的儿子（夏威夷 / 日本人）在某支美国军队服役！

他们都被轰击吓坏了，我想他们也相当茫然，他们说起话来语无伦次。我不相信他们对发生的一切有任何概念。正如一位海军陆战队军官所说："这些可怜的鬼子。我打赌他们认为这是世界末日。"

他们显然被吓得要死。海军陆战队员发现许多人躲在山洞里。他们在一个山洞里发现了两个75岁或者更老的老太太，她们正在照顾一个瘫痪的女孩。其中一位老妇人有一个装了一些钱的小脏袋子。她哭着想把钱交给海军陆战队员——我想，她希望用钱疏通让自己逃过死刑。这群冲绳人接受了种种关于我们施加酷刑的宣传，之后发现我们复杂的侵入计划包括直接带来充足的物资养活他们，他们变得迷惑不解。

在冲绳的第一个下午，我那一组海军陆战队员们向内陆走了大约1.5英里（2.4千米）。我们的车辆还没有上岸，所以我们不得不把所有的东西都背在背上。我自己也照样超载了。我有两个水壶、一个野战背包、一条卷在斗篷里的毯子、三个橡胶救生圈、一把铲子，还有各种刀子、急救包，等等。此外，我还带着两件外套和一条额外的裤子，而且天气比地狱还热。

这一切的结果是，我有生以来第一次跟不上队伍了。我讨厌时不时坐下来休息，但我不得不这样做，让其他人走在前面。（这辈子最终还是干出这种罪恶和不道德的事。）无论如何，我们终于到达了目的地。我们在一个山坡上停下来，扔下我们的装备，把我们的电话和地上的线连接起来，准备开始工作。就是说，其他人都准备好了。我躺在草地上休息了一个小时。

然后我们开始为晚上做准备。我们认为日本人将整夜轰炸我们，他们的大炮很快就会从山上开炮，天黑后一些诡秘的渗透者会开始潜入。所以我们挖了散兵坑。山坡很陡，于是我在一道矮路堤脚下选择了一块合适的洼地，挖起来不用大动干戈。

现在我们来谈谈救生圈。你可能想知道为什么我在旱地上带着三个救生圈。好吧，我确实明白自己在做什么。只要把我的三个救生圈充气放到散兵坑里，我就有了你见过的最漂亮的简易席梦思。在欧洲的几次侵入之后，我们最终学会了这一招，在法国，我整个夏天都舒舒服服地睡在三个充气救生圈上。只为看看海军陆战队员的反应就值得费劲带上它们。他们会走过来看这个奇怪的装置，站在那里，盯着看，然后说："好吧，我真该死。为什么我就想不到这个！"

然后我们拿出K口粮，我的朋友里德·泰勒少校来了，他像印第安人那样蹲着，而我用海军陆战队发的一些新燃料片为我们俩煮热咖啡。我们吃饱喝足时天已经快黑了。

所有不在我们小营地边上站岗或者不在战地电话旁值班的人都去睡觉了，因为在日本的土地上，没有必要不会在晚上走动。上床睡觉对除我之外的所有人来说都只是一种比喻。我似乎是唯一一个带了毯子的人，而且毫无疑问我是唯一一个有舒适柔软的救生圈可以睡的人。其他人都睡在散兵坑的地上，身上裹着斗篷。斗篷能防风、防水，但并不保暖。其实，它似乎把你身体里的所有温暖都吸走传送到空气中了。

我们在冲绳的第一个晚上是不可思议的，充满了旧时熟悉的声音——令人兴奋、悲伤、疲惫的细小战争之声。我已经有六个月没有睡在地上或者听到步枪的声音了。

我们在乡下一个漂亮、郁郁葱葱的斜坡上。前线在前方约1000码（914米）处，其他部队在我们周围扎营。还有一些狙击手躲在附近。一名手臂中弹的军官在天黑前被送过来，所以我们都打起十二分的精神。

就在黄昏时分，三架飞机在海滩方向上空缓慢飞过。我们没有注意，以为是我们自己的飞机。但他们并不是。刹那间海滩变成了地狱。我们的整个舰队和岸上的大炮开始向天空射击。我从来没有见过这么浓密的高射炮火。正如一位海军陆战队员所说，炮弹盖住了天空。当那些日本飞行员在我们登陆冲绳仅10小时后飞入那场炮弹风暴时，他们一定以为世界末日来临了。三架飞机都被击落了。

随着黑暗降临，我们钻进散兵坑，安顿下来过夜。乡野变得像墓地一样死寂——死寂，仅仅在枪声的间隔中。唯一的声音是战争的声音。根本就没有乡野的声音。天空中繁星点点。

汤姆·布朗上尉就在我旁边的散兵坑里。我们躺在那里仰望星空，他说："那是北斗七星。这是我在太平洋地区第一次看到。"这个师的海军陆战队在南十字星座下完成了所有的战斗，而我们的北斗七星并没有出现。

天完全黑下来之后，照明弹开始照亮我们前方火线的乡野。它们被装在我们战舰的炮弹里，定时在我们的战线上方爆炸，然后用降落伞飘下来。这是为了一直照亮乡野，让我们可以看见试图渗透的日本人，潜入是他们最喜欢的伎俩之一。照明弹以每分钟数枚的速度发射，从黄昏到月圆之夜。那之后就足够亮不需要照明弹了。

整个晚上，有两三艘船一直在缓慢地炮击远处猜想是日本人藏身处的山丘。这不是轰炸，只是每分钟两三发炮弹。它们正好从我们头上取道，我发现掠过的炮弹在世界这一边和另一边同样发出幽灵般的“窗帘沙沙”声。

我的散兵坑离放在地上的两部野战电话和两台野战电台只有20英尺（6米）。整个晚上，军官们都坐在那里，用这四件通信工具指挥我们的部队。我躺在黑暗中倾听，这些声音熟悉得令人震惊——话语、想法和行动都是我在步兵部队很久以来早已熟悉的。整个晚上，我都能在黑暗中听到这些低沉的声音，那是在前线指挥战争的人的声音。

天黑后不久，步枪开始射击，先是前方远处传来一阵枪声，也许有十几声，然后沉寂了许久。再接着从左侧传来另一阵枪声，又是一片寂静。现在更近处的机枪开火了，衬托着零零散散的几声枪响。然后又是长时间的寂静。诡异。整个晚上都是这样：前方天空中的照明弹，我们身后大炮的轰响，炮弹飞过的呼啸声，来来往往的几个黑影，电话里低沉的声音，步枪的枪声，星星，广阔天空下夜晚潮湿的空气。

我又回到了我早已熟悉的那种生活。这是我熟悉的老套路，并未因为距离或时间与世界另一边的战争有什么不同——这种套路深深地嵌入我的灵魂，我又回到这条路上，躺在那儿，似乎在我的生活中从不知道还有其他什么东西。而我们有几百万人。

白天一直很热，但晚上变得非常冷，露水逐渐变得非常浓重，浸湿了一切。其他人几乎全都冻僵了，没睡多久，但我一生中只有这次像地毯上的虫子一样温暖舒服。但是我睡得并不好。总有一个地方不如人意，这一次就是蚊子。我以前从未被它们这样折磨过。它们执着顽强。它们不屈不挠。而且它们是我遇到过的最吵的蚊子。它们太吵闹了，我把毯子拉到脸边紧紧捂住耳朵，还是能听到它们。我往脸上浇了两次海军陆战队发的驱蚊剂，但没有任何作用。到了11点，我终于睡着了。凌晨2点，我醒了，感觉哪里不对劲。原来是脸。我的上嘴唇肿得很厉害，我以为下面藏了一个鸽子蛋。我的鼻子肿得很厉害，皮肤都被拉紧了。我的左眼几乎睁不开。之后我就钻进毯子里，宁可窒息也不出来。我真的这样睡了，但是因为呼吸困难第二天早上我昏昏沉沉、迷迷糊糊的。

那些蚊子真的把我吓坏了。我听说冲绳有疟疾，而那晚打进我身体的蚊子毒液肯定足以让半个加利福尼亚的人染上疟疾。因此，我老早就开始服用阿的平[①]，这在我人生中还是第一次。

① 预防和治疗疟疾的药物。

第六章　来自火星的人

在海军陆战队团部待了不长时间后，我转到一个连队，几天里和他们一起生活和行军。该连属于海军陆战队第一师。我向连长做了自我介绍，他带着我在连队周围走上半个小时，然后把我留给了士兵们。他们已经在这里过了夜，并在四下里布置了防御工事，没有任何日本人能够潜入，同时也可以应对任何大规模进攻。这个连队驻在一座长约300码（274米）、宽约100码（91米）的山上。士兵们在山的两边挖掩体，山脚下有一个迫击炮排，所有人准备好向任何方向射击。

我们在岛上所处的位置当时还没有被宣布为“安全”，而且我们已经收到警告说当晚可能有来自海上的攻击。没有人敢心存侥幸。“这是我们有史以来最完美的防御位置，”连长说，“一个连可以挡住一整个营好几天。如果日本人守住了这些山头，他们可以阻挡我们一个星期。”

连长是来自南卡罗来纳州克劳森的朱利安·杜森伯瑞上尉，一个有着温和南方口音的年轻人。他的黑头发几乎全剃光了，由于服用阿的平，他的脸色有点发黄。他对他的部下很随和，你可以看出他们喜欢他。巧合的是，他的24岁生日是在4月1日——我们在冲绳登陆的复活节星期日。他的母亲在信中说，她希望他能有一个快乐的生日。“那是最令我开心的生日礼物，”他说，“经历了爱日，连队没有一个人伤亡。”

杜森伯瑞上尉说我可以选择两个地方与他的连队共度第一夜。一个是和他住在他的指挥所，一个沙袋围成的圆形日本大炮台。日本人从未使用过它，但他们在里面插了一根木头指向大海，所以从空中侦察它看起来像一门炮。杜森伯瑞上尉和他的几名军官在炮台里地面上铺了雨披，把他们的电话挂在附近一棵树上，做好战斗准备。炮台没有屋顶。它就在一座山的巅峰上，气温低，风又大。

我的另一个选择是和几个士兵住在他们自己修建的一个吉卜赛人样式的小藏身处，那里为我留了位置。那地方是半山坡远离大海的一小块平地。他们把雨披绑在树上做了一个屋顶，地上还铺了一些在一间农舍里找到的日本草席。我选择了第二个地方，部分原因是那里比较暖和，同时我也想和士兵们在一起。

我的两个“室友”是得克萨斯州达拉斯市普林斯顿街3400号的小马丁·克莱顿下士和密歇根州兰辛市北福斯特街322号的一等兵威廉·格罗斯。克莱顿的绰号是“猎鸟狗”，从来没有人叫过他别的名字。他又高又瘦，皮肤黝黑，看起来几乎像拉丁人。他留着一撮小胡子，几周来他一直在努力让它长长点，还拿这件事开玩笑。格罗斯被简单地叫作格罗斯。他非常安静，细心周到。两个人照顾了我好几天。他们俩已经是非常亲密的朋友，战后他们打算一起去加州大学洛杉矶分校完成他们的学业。

小伙子们说我们可以在同一张“床”上并排睡。于是我为晚上好好睡觉贡献出了自己的毯子，它真是大受欢迎。那些海军陆战队员每天晚上都睡在地上，除了冰冷的橡胶雨披没有任何遮盖，几乎要被冻死。他们的背包太重了，没能带着毯子上岸。但我除了雨披还带了一条毯子。

隔壁邻居离我们大约3英尺（0.9米）远，在山坡上有一块类似的平地，他们也用雨披做屋顶。这两个人是来自加利福尼亚科罗纳多的尼尔·安德森中士和来自佛罗里达州坦帕的乔治·瓦利多中士。于是我们五个人打成一片，在我们的“房子”前一棵树下生火做晚饭。

其他小队的海军陆战队员在山坡上到处生火。我们正在吃饭，另一名海军陆战队员走了过来，给猎鸟狗送来一大块他们刚刚烤好的猪肉。猎鸟狗给我一些，吃了几天K口粮后，它确实很好吃。几个小伙子发现他们的K口粮发霉了，我的也一样。它们是老式的那种，我们最后认定它们是1942年的口粮，可能一直储存在澳大利亚。

突然，从山坡往下几码远的地方，我们听到有人大喊大叫、破口大骂，然后是哄堂大笑。一名海军陆战队员加热一个口粮罐头，它是加压包装的，罐头被撬开时爆炸了，把热蛋黄喷到他身上。通常情况下，士兵们在加热前会把罐头打开一点释放压力，这样它就不会爆炸了。

晚饭后，我们在火上烧了我们的口粮盒，用水壶里的水刷牙，然后就坐在地上围着火聊天。其他海军陆战队员也陆续走过来，一会儿工夫有十几个人围坐在一起。我们抽着烟谈天说地。第一个话题是，就像所有部队一样，我们对登陆时无人抵抗感到惊讶。然后他们开始问我对这里的情况有何看法，与欧洲比怎么样。还有我认为战争何时会结束。当然，我不知道任何答案，但这就是没话找话说。士兵们讲笑话，他们经常骂人，他们唠叨过去突击的故事，他们一本正经地谈论战争和最终回家时会发生什么。

我们就这样聊了大约一个小时，然后天色渐渐暗下来，山坡上传来喊话声，命令我们把火扑灭。命令传来传去，小伙子们渐渐回到自己的散兵坑或山坡上的防空洞里，而猎鸟狗、格罗斯和我则去睡觉。在灯火管制的地方，天黑后没有其他事情可做。

那个夜晚在这场战争中我度过的几百个悲惨夜晚里也属于最悲惨的之一。睡觉还太早，所以我们就躺在黑暗中又聊了一会儿。你可以隐约听到整个山坡上的声音。当然，我们没有脱衣服，在战场上没有人脱衣服。我把靴子脱了，但猎鸟狗和格罗斯还穿着，因为他们从凌晨1点到2点都要守着战地电话。我们一根又一根地抽烟。没必要藏在毯子里抽，因为我们的位置有所遮挡，从远处看不到抽烟。

蚊子开始在我们头上嗡嗡叫。冲绳的蚊子听起来像火焰喷射器，既赶不走也没法置之不理。我从口袋里拿出一小瓶防蚊液，涂在脸上和脖子上，尽管我知道这没什么用。其他伙计甚至不为所动。过了一会儿，山坡上渐渐安静下来。几个小时过去了。拍蚊子的声音不时传来，我们每个人都知道其他人并没有睡着。

突然间，猎鸟狗坐起来拉下袜子开始搔痒。草地上的跳蚤追着他咬。不知为什么，我对跳蚤是免疫的。虽然一半的小伙子被令人刺痒的小跳蚤咬得遍体鳞伤，但我从来没被咬过。不过对蚊子来说我是世界上最可口的美味佳肴。每天早上醒来时，我至少有一只眼睛肿得睁不开。

整个晚上都是这样——我有双倍的蚊子，其他人既有蚊子又有跳蚤。你可以听到海军陆战队员在山坡上低声地骂了一整夜。突然，就在我们下面的山坡爆发了一场可怕的骚乱，一名海军陆战队员跳到月光下，一边骂一边拉扯着自己的衣服。“我再也受不了这些该死的东西了，”他喊道，“我必须脱掉我的衣服。”

我们在雨披下大笑，而他站在月光下脱了个精光，尽管非常寒冷。他拿着衣服又抖又刷，撒上防虫粉，然后又穿回去。这个不幸的家伙是密歇根州杰克逊市弗朗西斯巷101号的下士利兰·泰勒。他今年33岁，绰号老爹。老爹是个“人物”。他留着黑胡子，即使在前线也戴着卡其布的海外军礼帽，这两点让他很扎眼。老爹回去睡觉后，一切都安静了几个小时，但几乎没有人睡着。第二天早上，警卫的小伙子们说，老爹那天晚上肯定抽了三包烟。猎鸟狗、格罗斯和我也抽了这么多。

差一刻一点，一个警卫的小伙子来叫醒我的床友，但他们没有睡着。我以为他们不在的时候自己可能会睡着，但我睡不着。蚊子真的让我苦不堪言。他们大概两点回来，脱掉鞋子躺下。我的毯子盖在我们三个身上，暖洋洋的，至少我们还有这个。

整个晚上，我们甚至不用抬头就能看到我们舰队大炮的闪光掠过岛屿。他们正在炮击南部地区，同时发射信号弹照亮那里的战线。有时我们真的可以看到烧红的炮弹，在整个飞行过程中保持水平，离我们10英里（16千米）远，然后就我们看见了它们。整个晚上，我们连队的迫击炮经常接到命令向我们身后的海滩发射照明弹，确保没有东西靠近。

有一次，我们前面的灌木丛清楚地沙沙作响。当然，我首先认为那是日本人，但立刻意识到日本人不会发出那么大的声音，我确定那是迫击炮兵征用的一匹马撞进了灌木丛。这就是真相。

老爹泰勒一开始也以为有日本人。第二天早上，和老爹一起睡觉的“布雷迪”·布拉德肖说，夜里老爹使劲摇晃他把他叫醒，还借了一把点45手枪以防万一。布雷迪对此笑个没完，因为在他们之间的地上一直摆着一个军火库，包括两把卡宾枪、两把霰弹枪，还有老爹自己的点45。

大约4:30，我想我们因为太累确实睡了一会儿。这给了蚊子可乘之机。当我们在黎明时分醒来，僵硬地爬到阳光下，我的右眼照例肿了起来。

所有对这个战争之夜的描述都很“不拘一格”，但除了子弹之外，还有很多东西使战争成为地狱。

早餐后我们立即开始行动。我们要行军大约1.5英里（2.4千米），然后挖地三尺，在一个地方待上几天，巡逻并驱逐该地区少数隐藏的日本人。我们在行军中没有任何危险——至少我们认为我们没有危险，而且并非所有的海军陆战队员都戴着钢盔。有些人戴着绿色斜纹帽，有些人戴着棒球帽，有些人甚至戴着他们在日本人家里找到的民用毡帽。不知何故，世界各地的士兵都喜欢戴上古怪的地方帽子。我在意大利看到过戴着黑丝折叠大礼帽的士兵，而在这里，我看到过身穿作战服的海军陆战队员戴着巴拿马草帽。我一直很喜欢和步兵连一起赶路，即使是在意大利和法国我们不得不面对的那些可怕行军中。但那天早上的行动确实很愉快。时间很早，空气清新。气温适宜，乡野也很秀丽。我们全都感到了那种前程一片坦途的轻松。一些小伙子甚至在抽雪茄。

前进的士兵队伍中总有一些好玩的景象。我们的迫击炮排征用了十几匹当地的马来运载重物。一名海军陆战队员用一条日本和服腰带——日本妇女背上常围的那种带子，把包裹绑在马背上。他脏兮兮的没有刮脸，牵着一匹栗色马，马胸前用黑白丝条系着一个大大的蝴蝶领结，有三英尺（0.9米）宽，另一条系在它的肚子下面，无论从哪边看都很醒目。

部队在行动时会携带最稀奇古怪的东西。一名海军陆战队员手里拿着一本日本人的相册。一个人拿着一个柳条篮子。另一个人拿着一个漆制的托盘。他们甚至把一台带有日本人唱片的哥伦比亚留声机绑在马背上。他们中的许多人要么戴着日本徽章，要么穿着残缺不全的日本制服。后来颁发了一道命令，任何被抓到穿日本人衣服的海军陆战队员都会被送去安葬战友。也许这是为了防止海军陆战队员出于误会向自己人开枪。

我们前面的队伍经常停滞不前，我们每隔100码（91.4米）左右就会止步坐下来。一名海军陆战队员在评论慢悠悠地前进时说："有时我们像开膛鸭子[①]一样飞，其他时候我们只是匍匐前进。"这句话在队伍中往后传："睁大你的眼睛看飞机。"大约每六个人就有一个转过头来重复这句话，这句话就像波浪一

① 指1925年至1946年间发给美国退役军人的"荣誉服务翻领徽章"，图案是胸口被徽章边缘分割成两半的一只鹰，有人形容它更像一只鸭子，所以有此绰号。

样沿着纵队传了下去。到队尾它被传成这样："睁大眼睛看飞机——睁大眼睛看白菜——睁大眼睛看艺妓姑娘。"

我们几乎接踵向前，海军陆战队员排成不间断的两条线。猎鸟狗在我身后。他说："像这样的纵队会让日本的飞行员感到高兴。"

另一个人说，"如果一架日本飞机从山上过来，我们都会像保龄球一样倒下。"但是日本飞机没来。

某次停歇时传来了我们可以坐下的消息，但我们不能脱掉背包。队伍中传来了音乐，是口琴和尤克里里琴演奏的《你是我的阳光》。音乐结束时，海军陆战队员喊出了他们想听的曲目。这场小型音乐会在冲绳战场上持续了5到10分钟。吹口琴的是一等兵威廉·加布里埃尔，一名巴祖卡反坦克火箭筒手，来自得克萨斯州距离休斯敦市约10英里（16千米）远、13号乡村邮道上的一座农场。他只有19岁，但已经是一名受过一次伤的老兵了。红头发的他是我见过的最害羞的士兵，腼腆得几乎不会说话。但他肯定能让口琴说话。与他一起用冲绳常见的一种尤克里里琴演奏的是一位军官，来自洛杉矶米拉马尔大道6023号的"骨头"·卡斯特斯中尉。那是一种有三根弦的乐器，琴头由紧绷的蛇皮制成。光是看一眼就会让我心惊肉跳。

我们又开始往前走，道路畅通了，这一次我们走得就像众所周知的开膛鸭子，大约一英里(1.6千米)后我们到了，所有人都气喘吁吁。

快中午我才第一次看到日本兵，那时我们刚刚赶到我们的新宿营地。小伙子们扔下他们的背包，坐在地上，摘下头盔，擦抹他们汗湿的额头。我们在一座山脚下的小草丛中。大多数山坡上都有藏着生活用品的洞穴。它们是猎取纪念品的好去处，而所有海军陆战队员都是纪念品猎人。因此我们的两个小伙子没有休息，立即开始穿过灌木丛寻找山洞和纪念品。他们走了大约50码（46米），其中一个人喊道："这灌木丛下有个日本兵。"

我们并没有太激动，因为我们大多数人都认为他指的是一个死去的日本人。但有三四个伙计站起来上了山。过了一会儿，又有人喊道："嘿，又有一个。他们还活着，他们有步枪。"

小伙子们坚定地朝他们走去。日本人躺在两丛灌木下面，双手举过耳朵，假装睡着了。海军陆战队员包围了灌木丛，用枪指着日本人，命令他们出来。但日本人吓得不敢动。他们只是躺在那里眨着眼睛。

一般的日本士兵都会出来射击，但是，谢天谢地，这些人不一样。他们被吓坏了，海军陆战队员不得不走进灌木丛，把他们扛出来扔到空地上。我对抓捕行动的贡献是站在一边，尽可能装出一副凶神恶煞的样子。

一个日本人身材矮小，大约30岁。另一个只是16或17岁的男孩，但体型不错，身材很好。他的军衔是上等兵，另一个是下士。他们来自日本本岛，而不是冲绳本地的卫兵。他们两人全都抖成一团。下士下巴上的肌肉在抽搐。那孩子的脸白得像生了病，他被吓得不知所措，甚至不能理解手语。

我们从来不知道那两个日本人为什么不战斗。他们有很好的步枪和“土豆捣碎器”①。他们本可以站在灌木丛后面，把手榴弹扔进我们紧紧挤在一起的队伍里，让自己轻松地杀伤二十几个人。海军陆战队员们拿起了他们的武器。一名海军陆战队员试图用手册上学的日语指挥下士，但这家伙听不懂。这个害怕的孩子只是站在那里，汗如雨下。我猜他以为自己已经死了。最后我们把他们送回了团里。

发现日本人的两名海军陆战队员是下士杰克·奥塞格，来自与辛辛那提隔河相望的肯塔基州的锡尔弗格罗夫，以及来自密歇根州休伦港的一等兵劳伦斯·本内特。冲绳是本内特的第一次突击，这些是他见过的第一批日本士兵。他30岁，已婚，有一个女婴。在家乡，他是一名货运调度员。

日本下士有一个烟盒一样的金属照片夹，里面照片上的人我们认为是三位日本电影明星。这些照片很好看，每个人都要看一看。

奥塞格经历过一次太平洋突袭，但这是他第一次活捉日本人。他是一个猎取纪念品的老手，他确定会到手一支日本步枪。那支步枪让所有人都羡慕不已。后来我们围坐在一起讨论这次抓捕行动时，其他人都想把它买下来或者拿别的东西交换。老爹泰勒提出用100美元购买它，遭到拒绝。然后泰勒又开价4夸脱（3.8升）的威士忌。回答仍然是否定的。然后他又开价8夸脱（7.6升）。奥塞格有点动摇了。他说：“你从哪里能弄到8夸脱的威士忌？”老爹说他不知道。于是奥塞格留下了那支步枪。

① 德国生产的一种木柄手榴弹。

看到一群美军士兵在有机会安顿几天的地方像在自己家里一样随便真是太棒了。我的连队在一个被炸弹炸毁的村庄边上挖掘掩体。这个古朴的村庄富有神韵。我对它与西西里岛和意大利本土的村庄如此相似感到惊讶，它看起来真的没那么多东方韵味。房屋是木制单层建筑，周围有小菜园。每块土地都没有围墙，而是用一排排灌木或乔木分隔。鹅卵石铺成的街道蜿蜒曲折，两边耸立着高墙，宽度刚好够一辆吉普车行驶。

该镇大部分地方都变成了废墟。几十间房屋被烧毁，只剩下灰烬和屋顶的红瓦片。我在周围转了转，清点发现街上还有四具冲绳人的尸体。除此以外，所有人都抛弃了这个镇子。人们都带着大部分个人物品逃到山坡上的山洞里。日本人的房子里几乎没有家具，所以他们不必担心这个问题。

几天后，小道消息传到他们那里，说我们对他们很好，于是他们开始成群结队地出来投降。我听到一个故事说有一百个冲绳平民中间有一个日本兵，当他们发觉士兵讲述的关于美国人暴行的故事是谎言，我们的宪兵不得不出面阻止他们殴打此人。

我们的连长在镇子边缘的高地上挑选了一座漂亮的小房子作为他的指挥所。房子非常小，相当干净，地板上铺着编织的草席。几个军官和十几个人搬进去，睡在地板上，我们在后面一个露天石灶上做口粮。

随后传来的消息让全连的人计划在这里待上几天。有两个排被指派沿着附近山丘外侧挖掘战壕，构筑外围防线。小伙子们被告知可以保留他们征用的马匹，可以从房子里搬出木板为自己建造简陋的小屋，但不能拿其他东西。除了空袭警戒期间，其他时候他们可以生火。

第二天他们才开始在灌木丛中进行日常扫荡巡逻，所以他们有一个下午的时间把自己弄干净，修补自己的小房子。不同的人做不同的事情。有些人建造了精心设计的房子，大小与鸡舍差不多，有地垫和椅子，屋顶上挂着煤油灯。一个墨西哥州的小伙子挖了一个洞，用木板盖住，然后用刷子把它伪装得非常完美，你完全看不出来。有些人整个下午都在河里洗澡和洗衣服。其他人骑自行车或者骑马在镇上来回溜达。有些人在镇子荒废的房子里找吃的。有些人去抓鸡做饭。有些人成群结队地坐着聊天。有些人只是睡觉。

最终发布了一项命令，禁止穿日本人的衣服，禁止吃任何当地的蔬菜、猪肉、山羊、牛肉或鸡肉。但在命令下达之前，一些海军陆战队员从被击毁的房屋中挖出了许多日本和服，穿着它们清洗自己仅有的衣服。这是一个有趣的景象——那几十个脏兮兮、没刮胡子的海军陆战队员穿着女人的粉红色和蓝色和服走来走去。来自田纳西州弗莱森的三等兵雷蒙德·亚当斯是一个典型代表。他在河畔悬崖边上给自己修了一个防空洞，视野开阔，还有一个面积不大、绿草茵茵的漂亮前院。他在那里打了桩，生了火，把他的头盔当成锅挂在上面，他正在炖一只鸡。他脱掉自己的衣服，换上了一件漂亮的粉白色和服。

随后过来的一个朋友推着一辆缺少一个脚踏板的日本自行车，亚当斯想骑着它在附近一条小路上往返，但是失败了。如果有一部关于海军陆战队的战争剧，我希望他们能在剧中加入一位身穿粉白色和服，炖着鸡肉，试图骑着单踏板自行车穿过一座日本村庄的废墟，看起来很强悍的士兵。三等兵亚当斯已经结婚，有一个从未见过的八个月大的儿子。如果孩子哪天能看到他的父亲，他可能会笑得肚子疼。

我在船上时，有人顺走了我的工作服和战斗夹克，所以我得到了一件海军夹克，里面衬有羊毛。它比我以前的衣服要暖和得多，背面印有白色的大字：美国海军。我第一次走过连队防区时就穿着它，那天晚上，我们坐在地上围着小火堆热我们的K口粮当晚餐，我同样穿着它。那时，我已经和许多伙计混熟了，我们彼此都无拘无束。

我们会把一些真正的咖啡倒在我们的水壶杯里，天黑前围坐在一起喝。然后一个小伙子开始笑着对我说："你知道吗，你刚来的时候，我们看到你背上的海军大字，你过去后，我对其他人说，'那家伙是个上将。看看这个白头发的老家伙。他在海军里待了一辈子。他一定会得到一枚勋章的，千真万确。'"

这个好玩的想法是来自俄克拉荷马州塔尔萨市东14街1743号的一等兵阿尔伯特·施瓦布最先提出来的。他是一名火焰喷射器操作手，火焰喷射器操作手必须是身强体健的家伙，因为他们携带的设备重达75磅（34千克），而且他们很容易被敌人击中。但是看到阿尔伯特坐在那里给他自己和我讲那个笑话，你根本不会知道他是一个糙汉子。我不是海军上将，也不会得到任何勋章，但事情进展得还算顺利时，你的确能从这场战争中得到很多笑料。

一天早上吃完早餐后，我们十几个人坐在铺着垫子的地板上，一边喝咖啡一边聊天。所有人这些天来都灰头土脸的。突然，骨头站起来说："我今天早上把指甲弄干净了，感觉确实很好。"

然后我的朋友猎鸟狗把他自己那双污迹斑斑的手伸到面前看了很久，说："如果我去达拉斯吃饭，把这些东西放在白色桌布上，我想知道会发生什么。"

许多在路边游荡的冲绳平民向遇到的每一个美国人低头鞠躬。我不知道这是出于恐惧还是本地人的礼貌，但无论如何他们都会这样做。而美国人，作为美国人，通常也会鞠躬回礼。

我的一个海军陆战队员朋友被卷入了其中一个小小的鞠躬事件。他是一等兵罗伊·塞勒斯，一个来自俄亥俄州阿米利亚的机枪手。罗伊已经结婚，有一个两岁的小女儿。他曾经是辛辛那提铣床公司的一名机械师，他也打过半职业球赛。罗伊留起胡子看上去就像舞台剧中的流浪汉。他只有27岁，但看起来要老得多；事实上，他有个绰号叫"老男人"。

那次"老男人"尝试沿着我们在岸边扎营的一条小河骑一辆日本自行车。地面高低不平，自行车只有一个踏板，罗伊很费力地立住它。就在这时，一个老冲绳人走过我们的小营地，他没戴帽子，穿着黑色和服，扛着一个脏兮兮的麻袋。他本不应该这样大摇大摆地进来，但这不关我们的事，我们也没有骚扰他。他经过时向左右两边的每个人鞠躬。然后他遇到了骑着单踏板自行车的机枪手塞勒斯。罗伊已经应接不暇，但骑到冲绳人身边时，他还是在车把上深深鞠了一躬，结果撞进一条沟里，失去平衡翻了过去。冲绳人带着东方人的高深莫测，回了一躬，再也没有回头。

我们都放声大笑。"在这里谁向谁鞠躬？"我们问。罗伊否认他先鞠躬，但我们知道是怎么回事。他决定把自己的旧自行车送给一个不像他这样彬彬有礼的人。

有一天我们的连队正在前进，看着一排排密密麻麻的海军陆战队员，有一瞬间我以为自己回到了意大利。那里出现的肯定是比尔·莫尔丁[①]的卡通人物美国大兵——那个严肃、有胡子、肮脏、耷拉着脑袋、疲惫的步兵老伙计。这个人就是一等兵厄本·瓦尚，来自新罕布什尔州拉科尼亚的法裔加拿大人。他

① 威廉·亨利·莫尔丁（1921—2003），美国漫画家，两次获得普利策奖，最著名的作品是描绘美国大兵的二战漫画。

有一个兄弟，威廉，在德国作战。厄本是莫尔丁士兵的完美代言人，所以我请团里的摄影师给他拍了一张照片寄回美国。如果你看过，你就可以向任何不相信的人证明，士兵们确实是莫尔丁塑造的样子。

一天晚上，我们在一个小山坡上露营，这个山坡一直延伸到俯瞰小河的悬崖上。高高的悬崖直上直下，顶上就像一个小公园，有梯田，虽然没有耕种，柔顺的青草上面点缀着枝条笔直的小松树。从悬崖上往下看，河水拐了个弯。一座古老的石桥横跨河上，桥的尽头是一座村庄——或者说曾经是一座村庄。现在，它只是垂头丧气的茅草屋顶中间的一片废墟。小山谷从河流转弯处向四面八方延伸——你从未见过如此美丽、安宁的景象。它具有古典的温柔，以及日本彩色木刻水印画特有的小巧之美和精致。在战争的喧嚣之后，还有一种悲伤、神秘的寂静。

明亮的太阳晒热了早晨，清爽的微风在松树间吟唱。听不到任何枪声或战争的声音。我在悬崖上坐了很久，只是看着。我注意到很多海军陆战队员也坐在那里，也只是看着。

你们在美国的家乡也许天南海北，各在一方，但你仍然可以在冲绳找到像你家乡一样的风景。南方人说，红色的黏土和松树使他们想起了佐治亚州。来自西部的人从连绵起伏的青翠山丘上看到了加利福尼亚，有些地方树木繁茂，有些地方一小块一小块绿色田地纵横交错。而耕作的平原看起来像我们的中西部。

我在这场战争中去过不少地方，冲绳是少数几个我们的部队没有抱怨糟透了的地方之一。事实上，大多数人说，如果不是战争，如果人们没那么肮脏，他们会喜欢冲绳。农村很整洁，小农场保存得很完好。当时的气候极佳，景色也的确令人愉悦。最难忍受的烦恼是蚊子、跳蚤，以及看到那些可怜的人。

冲绳的大部分道路是供小马车使用的狭窄土路，但也有几条宽一点的碎石路。一个人贴切地形容为“路况糟糕的出色道路网”。当然，我们繁忙的交通让道路雪上加霜，路上的尘土快要把轮胎埋上了，出行部队的士兵脸上像是戴上了灰尘面罩。推土机和铲土机一直在工作。

我以前提过我们还没到冲绳时对蛇的恐惧。所有提前发给我们的小册子都对此长篇大论，告诉我们有三种毒蛇，每一种都有致命的毒性。我们被警告不要在大道上闲逛，不要在树下停留，以免蛇落在我们身上。（好像你不离开道路就能打仗一样！）一些部队的简报让海军陆战队员害怕蛇更甚于害怕日本人。

我密切关注并进行了大量的调查，发现我们所在的冲绳中部地区几乎没有蛇。我们的部队几乎在每一寸土地上行走，逛荡，爬行，睡觉。举例来说，在我的团里就只看到过两条蛇。一条被发现时已经死了，另一条被一个营的军医杀死，他把它卷在1加仑（3.8升）的玻璃罐里，当成纪念品送到团指挥所。那是一条凶恶的响尾蛇，一种叫做哈布的蛇。

这就是仅有的我听说过的蛇。有传言说在一个营里，他们抓住了几条蛇当成宠物，但是我不相信。当地人说，直到30年代中期，岛上还到处都是蛇，当时进口了一些獴，杀死了大部分的蛇。但是我们没有看到任何獴，所以不知道这个故事是真是假。通讯员约翰·拉德纳说，他唯一的解释是，圣帕特里克[①]曾经到这里游历，并且带走了所有的蛇。

被称为“波普”的海军陆战队下士利兰·泰勒在藏于山洞的柳条筐里发现了四件你前所未见的漂亮日本睡衣。它们显然是全新的，甚至从未被穿过。它们看起来令人激动，摸起来很柔软。波普挎着篮子从一个地方到另一个地方，直到他有机会把它们运回家给他妻子。

一天早上，我在我们的迫击炮排溜达，碰到了一个和我有许多共同点的年轻人。我们都来自阿尔伯克基，我们都有蚊子问题。他是来自西圣菲街508号的一等兵迪克·特劳特。他的两只眼睛被蚊子咬得几乎睁不开了，而我的眼睛每天早上至少有一只肿得看不见东西。我们俩看起来都很滑稽。迪克还只是个孩子。他在海军陆战队待了19个月，在海外待了一年——一个参加过战斗的老兵，仍然只有17岁。迪克给电影明星写信，秀兰·邓波儿曾按照他的要求给他的连队寄过一张亲笔签名照片。迪克非常害羞和安静，我感觉他一定非常孤独，但其他人说不是那样，他与别人相处得不错。

我去任何地方都是由海军陆战队员开吉普车送我，其中一位是来自纽约布朗克斯区霍夫曼街2403号的一等兵巴兹·维特雷。除了驾驶吉普车，巴兹还有

---

① 圣帕特里克（约385—约461），爱尔兰的守护圣徒，传说他把蛇赶出了爱尔兰。

别的特长。他被称为海军陆战队的宾・克罗斯比[①]。如果闭上眼睛听得不那么仔细，你很难分辨出其中的差别。我第一次见到巴兹是在前往冲绳的船上。他和一个朋友每天下午在甲板上举行即兴音乐会。在热带温暖的阳光下，他们坐在舱口上，很快就会有几十名海军陆战队员和水手挤在他们周围，静静地聆听欣赏。这使战争之旅几乎就像一次加勒比海的豪华巡航。

巴兹的搭档是来自爱荷华州得梅因市利文斯顿街225号的一等兵约翰尼・马图雷罗。约翰尼会拉手风琴。当然，他是个意大利人，对手风琴有着意大利人的天赋。他也唱歌，但他说作为一个歌手自己的名字是“不那么棒的弗兰克[②]”。约翰尼演奏了一首他自己创作的曲子——一首可爱的曲子。他把它寄给了GI出版公司，或者美国的其他什么公司，我十分确定如果它能被广泛地演奏将会风行一时。这是一首多愁善感的曲子，叫作《为什么我必须在这里孤独地生活？》，约翰尼是为他在老家的女友写的，但他咧嘴笑着承认他们“闹翻了”。

约翰尼在爱日上了岸，两天后他的手风琴也上了岸。闲暇时，他坐在路边为海军陆战队抓来的一帮冲绳人演奏。他们看起来很喜欢听。在南方的热带气候中，约翰尼的手风琴遇到了很多麻烦。零件会变形、黏连和发霉，他不得不经常把它们拆开、晾干，再洗干净，但这样做是值得的。约翰尼干活时不会太想家。他知道手风琴可能会毁于天气，但他并不在意。他把它从美国带过来，只是为了鼓舞自己的士气。“我总能弄到一架新的手风琴，”约翰尼说，“但我不能再造一个新的我。”

将近两年前，当时我和俄克拉荷马州第45师在西西里，后来在意大利，我了解到他们有一些纳瓦霍印第安人通信兵。需要通过电话下达保密命令时，这些人就会用纳瓦霍语互相传达。实际上，除了另一个纳瓦霍人，世界上没有人听得懂纳瓦霍语。我所在的团也有一些。大约有8名印第安人从事这项特殊工作。他们是优秀的海军陆战队员，并为此感到非常自豪。

他们中间有一对兄弟，名字都叫乔。他们的姓氏不同。我猜这是纳瓦霍人

---

① 宾・克罗斯比（1904—1977），美国历史上最受欢迎的音乐人之一。

② 弗兰克・西纳特拉（1915—1998），20世纪最优秀的美国流行男歌手之一。

的习俗，虽然我以前对此一无所知。其中一个人，即一等兵乔·盖特伍德，在阿尔伯克基的印第安人学校上学。事实上，我们的房子就在同一条街上，乔说看到家乡的人肯定很高兴。乔在太平洋战场上待了三年，他曾受伤并被授予紫心勋章。他34岁，在老家有让他惦念的五个孩子。

乔的兄弟是乔·凯尔伍德，他也在太平洋战场上待了三年。其他几个人是来自亚利桑那州温斯洛的一等兵亚历克斯·威廉姆斯，以及来自亚利桑那州迪法恩斯堡——那里是纳瓦霍人保留地的首府——的列兵奥斯卡·卡罗尔。大多数人都来自迪弗来斯堡附近，曾经为印第安事务局工作。

印第安小伙子们在我们到达冲绳之前就知道进攻登陆不会很艰难。他们是船队中唯一知道这一点的人。一来他们看到了征兆，二来他们利用了自己的影响力。

在船队离开遥远南方的热带岛屿之前——自上次战役以来纳瓦霍人一直在那里训练，小伙子们表演了一场仪式性的舞蹈。红十字会提供了一些彩布、用来抹脸的颜料，他们再加上鸡毛、海贝壳、椰子、空口粮罐和步枪弹壳来制作印第安服饰。然后他们在热带棕榈树下表演自己本族的仪式颂歌和舞蹈，几千名海军陆战队员充当严肃的观众。在他们的歌声中，他们请求天上的大神为这次突袭抽走日本人的力量。他们用最弱的小指指向日本人的方向，他们用纳瓦霍语唱着海军陆战队之歌来结束他们的仪式性吟唱。

我问乔·盖特伍德，他们是否真的觉得自己的舞蹈与我们顺利登陆有关系，他说小伙子们确实这样认为，而且非常认真，包括他自己。“我知道我们不会出事，”乔说，“因为在来的路上，船队上空出现了彩虹，我知道到时候一切都会好起来的。”

有一天，我从一个破烂不堪的冲绳村庄边上走过，那里的海军陆战队接线员正把电线拉到本地电线杆顶上。当我经过时，站在上面的两名接线员之一紧张地叫骂，他担心摇摆不定的电线杆会被他们俩压断。地面上的人，显然是他们的中士，放心地回应道：“你没有什么可担心的。那是日本皇室的东西。它不可能断掉。”

冲绳的牛很少，但有很多山羊和马。马的个头很小，就像西方的矮种马，大多数是枣红色或栗色的。大多数马匹瘦骨嶙峋，但如果喂养得好，它们看上去很漂亮。它们都被驯服得很好，很温顺。海军陆战队员们得到了数百匹马，仅我们连就有20多匹。小伙子们把他们较重的背包放在它们身上。不仅如此，他们似乎很喜欢骑着马在乡间小路上遛弯。他们装上缰绳，一名海军陆战队员用一根竹子做马勒上的嚼子。他们找出旧垫子当作马鞍下面的鞍褥，甚至还有用山羊皮的。但令人惊讶的是，在一个海军陆战队连队中，有许多人真的不懂如何骑马。

有一个非常瘦小的海军陆战队员非常友好，总是微笑着说些俏皮话。小伙子们说他在战斗中是个不管不顾的家伙。我加入他的连队的那个下午，他不知道我是谁，当我们经过时，他非常恭敬地说："晚上好，上校。"我忍不住暗自发笑。后来他提到这件事，我们也笑了起来，然后他开始叫我厄尼。

他是来自印第安纳波利斯南霍姆斯大道526号的查尔斯·布拉德肖下士。虽然只有19岁，但他已经是第三次参加太平洋地区的战役了。他身上有三块弹片，它们不时地试图从皮肤里钻出来。有一块正要从他的手指里冒出来。

在海军陆战队，布拉德肖下士被简称为"布雷迪"。入伍前，他在宾夕法尼亚铁路公司的一个工段养路班工作。他通常戴着那种宽边的绿色布帽，而不是规定的海军陆战队帽，而且他总是带着一把点45手枪。枪柄上嵌着一块略有弯曲的25美分硬币——正如他所说，"让它值点钱。"

在一个山洞里，布雷迪发现了两本巨大的相册，里面装满了日本女孩、中国女孩、穿制服的年轻日本人的快照，以及摆好姿势的家庭照。他把它们珍藏起来，就好像里面的人他全都认识。他研究了好几个小时，希望能把它带回家。"任何东西都可以当成纪念品"，这可能是海军陆战队的座右铭。

我在冲绳遇到的另一位来自印第安纳波利斯的海军陆战队员是一等兵达拉斯·鲁德，他来自东雷蒙德街1437号，曾经是一名新闻工作者。他在《印第安纳波利斯时报》工作。他8岁时开始做报童，然后进入编辑室做复印员，直至加入海军陆战队。他是一名补充兵，换句话说，他属于为填补伤亡人员空缺而待命的部队。但由于伤亡人数很少，他还没有补上任何人。达拉斯在巴拿马待了22个月，在家里待了一段时间，现在已经在太平洋待了4个月了。他说，冲绳的气候肯定要比巴拿马好。

海军陆战队员可能是杀人者，但他们也和其他人一样多愁善感。我曾与我们连队一个活泼的小伙子聊过，但对他没什么可写的，所以我没有记下他的名字。离开连队那天早上，我和周围的人告别，我能感觉到他想告诉我一些事情，所以我一直转悠直到他说出来。那是关于他大约6周前出生的女儿。这位海军陆战队员是罗伯特·金恩下士，住在俄亥俄州凯霍加福尔斯市塔尔博特大街2430号。他在海军陆战队服役13个月，在太平洋地区服役7个月。自然，他从未见过自己的女儿，但他有一封女儿的来信！

那是一封用幼稚的笔迹写成的微缩胶片邮件①，上面写着："你好，爸爸。我是卡伦·路易丝。我于2月25日9点零4分出生。我的体重是5磅8盎司（2.5千克）。你的女儿，卡伦。"

然后在信的下方有附笔："邮政局长——请快点。我爸爸不知道我在这里。"

鲍勃不知道写这封信的是他的妻子还是他的岳母。他认为可能是他的岳母——A.H.摩根女士——因为上面有她的回信地址。于是我把这个问题记下来，然后问鲍勃他岳母的名字是什么。他望了一会儿天空，然后开始笑起来。"我不知道她的名字是什么，"他说，"我一直就叫她摩根夫人！"

战斗的主要部分是由陆军——我的老朋友，步兵部队——承担的。这一次，海军陆战队很轻松。

海军陆战队在太平洋地区的突击都是如此艰难，而这些人在战斗中表现得如此出色，以至于我在脑海中把海军陆战队员想象成与来自火星的人非常相似的人物。我几乎害怕他们。我确实发现他们很自信，但既不自大也不自作聪明。他们和其他人一样，会感到害怕，会产生疑虑，会憎恨战争。他们和我见过的任何其他士兵一样渴望回家。他们为成为海军陆战队员感到自豪，他们不会加入任何其他部队，虽然他们并不以此为傲。而且我发现他们对步兵有一种合理的尊重。

有一天，我们坐在山坡上谈论步兵的问题。一名海军陆战队员谈到了某个师——一个曾和他们并肩作战的师——并对其大加赞赏。他说："它可以和任何一个海军陆战队的师相提并论。"他说。

"你刚才说什么？"一位听众插话说。

① 第二次世界大战中美军寄送军邮时会先将信件制成缩微胶片，送达目的地后再放大、分发。

这名海军陆战队员重复了一遍，稍微加重了一下语气。另一名海军陆战队员站起来，大声叫道："你听到他说的话了吗？这家伙说有一个陆军师和任何海军陆战队师一样好。他一定是疯了。哈，哈，哈！"

而其他人却在一旁表示赞成，非常清醒地讨论，站在那个赞美陆军师的人一边。

我上战场之前，有几位海军陆战队军官要求我试着去感受一下海军陆战队的精神到底是什么，它的源头是什么，是什么让它保持活力。和平时期的海军陆战队是一支规模不大的部队，它的宣传很亮眼，每个人都是自愿服役，你可以理解为什么他们如此自豪。但随着战争的发展，海军陆战队已经增加了数十万人。它变成了由普通人组成的部队——有的高大，有的矮小，有的人甚至是被征召来的。事实上，它已经改变了，以至于在我看来海军陆战队员和欧洲连队的士兵没什么两样。然而海军陆战队的精神仍然存在。我从未发现是什么让它延续下来的。这些人不一定受过更好的训练，也没有更好的装备，他们的供给往往不像其他部队那样充足。但海军陆战队员仍然认为自己是最出色的士兵，尽管他们中十分之九的人根本就不想当兵。

他们非常清楚他们在这场太平洋战争中的可怕伤亡。在某种程度上，他们甚至还为此感到自豪。任何关于部队之间优劣的争论都是通过引述最大伤亡数量来解决的。他们中的许多人甚至设想过海军陆战队在冲绳的结局。如果海军陆战队各师像在硫黄岛那样被击败，他们觉得很难找到足够的海军陆战队员来重组所有的师。他们甚至有一首嘲弄自己前往冲绳的悲伤的歌，其主题是"再见，海军陆战队！"。

我们团的小伙子不断向我道歉，因为冲绳战役的开始是如此波澜不惊。他们觉得我可能会看轻他们，因为他们没有让我看到血腥的场面。没有什么比这更离谱的了。我可能是那里对此最满意的美国人。我告诉他们这种战斗适合我，而他们无一例外地回答说这也适合他们。同样的话我听到过很多次，几乎成了一种口号："如果战斗都能像这样，我们就不会那么反对战争了。"

不，海军陆战队不渴望战斗。关于他们，我读过许多也听过很多，毫不怀疑必要时他们能挺身而出。对我来说，无论在战场上还是在战场外，他们都是好样的。

后 记

我们与日本的战争在过去几周里进展顺利。我们牢牢占据着冲绳，就像你的脚已经迈进了厨房的大门。我们出色的航母飞行员每天都在削弱日本的空军力量。我从高射炮连得知，我们船上炮组和岸上炮台的防空武器以创纪录的效率攻击日本人的飞机。我们的特遣部队已经完全摧毁了数月以来唯一一支出海的日本特遣部队。由硫黄岛战斗机护航的B-29轰炸机正在袭击日本。冲绳岛上的机场正拔地而起。我们都说，我们肯定很高兴不用和日本人易地而处。

现在这里讨论的一个主要问题是："日本人还能坚持多久？"有各种各样的意见，但没有人真正知道答案。我们不知道，因为没有一个头脑正常的人可以装作了解东方人的思维方式。他们是不可预料的。他们是前后矛盾的。正如一位军官所说："他们今天聪明得出奇，明天又笨得要命。"

他们的价值观与我们的格格不入。来自东京和上海的新闻广播就是一个例子。这些广播完全是荒唐可笑的。在我们到达这里的第一周，他们不断地说起凶猛的反击，实际上没有任何反击。他们说我们的大部分登陆部队被赶回船上，继而被驱逐到远处的海上，但其实他们只是向海滩开了几枪。D日后第四天，他们广播说尽管他们发动了反击，但最终我们有6000名士兵成功登陆。事实是在第一个晚上的日落时分，我们在冲绳岛上有几万名美国人！

关于我们，东京说的全都是彻头彻尾的谎言。然而，也许东京真的相信它。谁也说不准。日本人的想法和我们不一样。

遭到严重削弱的日本空军从现在起只能时断时续地发起攻击，而他们的海军也永远不需要纳入考量。如果你能看到我们这里巨大的海军力量，你很难相信自己的眼睛。这是我在这场战争中看到过的最令人难忘的事情之一。我们有大量的备用部队，就在我们从原来庞大的补给船队卸下货物时，新的补给船队开始抵达。

大部分日本人都在该岛的南端，而且兵力相当可观。北部地区正在被彻底清查，一些落单的日本人被肃清。南部的战斗很激烈，而且直至最后都会如此激烈。我听到一些军官说南端可能变成另一个硫黄岛。这意味着我们将伤亡惨重，但冲绳的结局是不可避免的。

陆军第24步兵团正在进行战斗，与此同时显然我们可以尽情开发岛上其他地方，我们开拓的速度和往常一样。在一个岛上我们想要的这里应有尽有。有足够的地方建造更多的机场，有足够的地方建造道路、巨大的补给站和船只锚地。而我们原本以为会惹麻烦的平民实际上驯良无害。按照美国人的建造方式，这个岛可以在两个月内焕然一新。不久之后，它可能看起来像关岛或珍珠港。我们这里是日本的后门，他们的确拿我们没太多办法。

当然，日本庞大的陆军几乎完好无损。但是，如果真的发生类似欧洲大陆的大规模陆战，我们当下就可以在这里为战争积蓄力量。我们中间有一种战斗精神。人们在猜测太平洋战争何时结束，比我们曾经的预想更加大胆。多年以来它看上去没有尽头，但现在你听到人们谈论可能在圣诞节前回家。有些人真的这样相信，另一些人则手指交叉以求好运，不过每个人都比以前抱有更多的希望。

我们的部队没有战争的疲惫感，而是怀有一种新的渴望：不断扫荡，赶紧把事情做完。

美联社4月18日报道：受同事、大兵和将军们爱戴的战地记者厄尼·派尔今天上午被日本人的机枪子弹射穿左太阳穴而死。

这位著名的专栏作家曾报道过从非洲到冲绳的战争，上午10点15分（东部战争时间星期二晚上9点15分），他在指挥所前方一英里（1.6千米）处遇难。

在英国

为了
那个等待的
女孩

前　言

去年秋天英国上空大规模空战正在进行，伦敦遭受轰炸的苦痛第一次通过海底电报完整真实地传给了在美国的我们，我难以抑制心中的冲动，想要投身到这一切当中。直到今天，我都无法用语言准确表达当时的感受。我是一个专业的旅行者，但驱使我动身的并不是“想看看到底怎么回事”的好奇心。同时我也是一名新闻记者，但几乎没有考虑过可能发回什么“故事”。我只是想以个人名义前往——只是我内心想去。

因为在我看来，伦敦正在发生一场精神上的浩劫——一场灵魂的审判——在我们这个时代再也不会重演。我觉得活在我们的这个时代却要绕开分享时代最重大事件的机会，纯粹就是厌世。不知怎的在我看来，经受伦敦轰炸的恐惧和惊骇洗礼之后，任何人的精神都会不由自主地变得更加完满。

于是我出发了。事情的结果并不像我预料的那样。首先，我在那里的时候，它对我来说从来都不是激动人心的。那里有我想象的一切东西，但显然我没办法被它们激发出伟大高尚的、崭新的思想和心灵。我的意思是，从我自己的角度剖析，我觉得和去之前没有什么不同。我不认为精神获得了净化，也不认为才能得到了提升。我只是在战争的壁炉前烤了一会儿我的小腿；他们——英格兰人民——是构成火焰本身的余烬、煤炭和火苗。我们这些来来去去的人与他们相比是渺小的。

从宣战的那一天起，我就热情地站在不列颠一边。但我并非出自理性去评判世界的是非准则，那些把战争当作“诉讼”的思想家让我感到困惑。我只是希望英国获胜，因为在我看来，英国统治世界比德国统治世界更安全、更明智。现在我已经去过那里，我的观点依然没有改变。

不知为何，世界上有一个国家占据主导地位似乎是不可避免的。我想这和让象牙皂漂浮，或者让某一匹马而不是所有参赛马赢得比赛是一个道理。无论哪个国家占主导地位，都会为世界的大部分地区定下基调。如果设定基调的必须是英国或德国，那么在我看来，那个国家应该是英国。

一项世界规则的实际政策与其说是由一个国家的领导人和个别议员塑造的，不如说出自全体人民的基本性格背景。如果我以前从来不知道的话，今年冬天我发现英国人的民族性格是高尚的。当然，我们鄙视他们身上的一些东西；成千上万的英国人令人难以忍受。然而，如果你根据他们总体上对待生命的性情和作风来加以判断——如果你要决定谁将主宰世界其他地方，你就必须这样做——那么在我看来，英国人似乎比地球上任何其他国家的领导者都更接近完美。

我对德国人几乎没有反感。我以前从来没有，今天我仍然没有，即使我自己个人宝贵的脑袋顶上的天空曾经被他们的炸弹填满。我不明白为什么有人会责怪德国想成为这个世界上的老大。英国不是也想成为老大吗？美国想成为意大利、德国或日本的副手吗？当然不会。

面对死亡和毁灭，你会不由自主地感到痛苦，有时站在一场大破坏的核心，你会陷入糟糕透顶、无可救药的绝望之中——然而这就是战争，我不能责怪德国开战，也不能责怪英国反击。他们都在出拳猛斗，希望最好的人获胜。如果英国不是最好的人，希望她无论如何都能赢，该死的。

至于我自己的历史，如果你关心的话，我是一个已经忘记如何耕种的农民，也是一个工作了这么多年的新闻记者，除了为报纸工作和写作，我不知道在世界上还能做其他什么事情。我连一颗纽扣也不会缝。

我离开学校到印第安纳州的一家小日报工作，至今已有18年了，这期间的每一分钟都花在了报纸上。就像他们说的，我已经全经历过了。我做过报社的每一份工作，从初出茅庐的记者到主编。

这18年几乎都是在斯克里普斯-霍华德报业公司度过的。我怀疑我与商业机构联系之融洽是独一无二的。我从来没有遇到过一个不是绅士的老板；从来没有一个上级不是我的朋友。斯克里普斯-霍华德一直对我很好，也很开明。

大约六年前，我开始缠着他们让我离开办公桌，开着车四处闲逛，每天根据我脑海中冒出的无论什么东西写一篇专栏，这是一个疯狂的想法。

但他们说“好吧，去试试吧。”从那时起，我已经走过了20万英里（32万千米），去过六大洲中的五大洲，跨越了两个大洋，深入研究了西半球的每一个国家，写了超过150万字的每日专栏文章。

这是一种快乐的生活。我曾乘着一艘艉明轮船[①]沿着育空河顺流而下，在夏威夷和麻风病人住在一起，在高高的安第斯山脉抚摸美洲驼，陶醉于里约奇异的慵懒之美。合众国的每一个州我们都至少去过三次。

我所说的“我们”包括了这个吉卜赛组合的另一半，专栏的读者称她为“那个女孩”。她几乎去过我去过的所有地方。她把时间都花在看书、做填字游戏和吸收知识上，还要保证我别兴奋得过了头。在我们所有的小狂喜和大绝望中，她一直都在。

然后是英国。那不一样。政府不让她走。停留和等待是远为艰巨的任务。但现在“伟大的历程”结束了，我们又一起踏上旅途，像原来一样，只是四处闲逛，与人交谈，写写下雨之类的事情。至少我以为是这样。但也许我们只是在自欺欺人。也许我们只是假装重新回到了去年秋天离开的世界。也许某种理论有点道理，我们的生活和其他所有人的一样，再也不可能回到1940年以前了。

厄尼·派尔

洛杉矶

1941年7月

① 一种由在船尾的桨轮推动的轮船。

第一章　在路上

1. 疑惧

纽约，1940年11月

一个微弱的声音在夜色中传来，说："去吧。"

当我把它交给老板时，他靠在椅背上说："去吧。"

当我和我所谓的良心单独坐在一起，问它该怎么做时，它指着方向说："去吧。"

所以我走上了去伦敦的路。

我开始长途旅行时从来都是兴高采烈的。这次旅行就不一样了。这一次不是玩耍。这一次会很艰难，我知道。

我会害怕的。我明白，在做着生死攸关工作的一国人民中间，我会觉得自己很渺小。

2. 横越

"埃克塞特号"，1940年12月

乘船航行在世界各地都是一件快乐的事情。一艘船载着人们离开现实，进入幻想。坐船离开的人是去寻找更好的东西。但我们驶向欧洲时，情况并非如此。埃克塞特号上没有欢乐。无论在哪一片海洋上，或者何种气候条件下，我从未见过一艘船如此沉闷地航行。我怀疑船上没有一个人是高高兴兴前往的。当然，没有人是为了好玩才去的。埃克塞特把它的人类货物带到沉重的现实之地，而不是相反。

船上没有欢送会。很少有人来送行，他们三五成群、静悄悄地坐在休息室里，严肃地交谈。

那个女孩和我一起上了船。还有一位我们多年未见的老朋友——吉姆·莫兰，就是那个在大海里捞针，把冰箱卖给爱斯基摩人的家伙。也许你读过他的故事。我们认识莫兰的时候他还只是个业余疯子。那一天他是个快乐的家伙，我们很感激他。他全力以赴为闷闷不乐的离愁别绪增添一丝欢乐。

“看看这些乘客，”莫兰说，“到处都是间谍。秘密特工Y-32。这是1940年的玛塔·哈里[①]。每个人都想偷听别人说话。”

“厄尼，你需要一个公文包。找一个看起来很重要的公文包，里面塞满报纸。给它上一把大挂锁。带着它到处走。带着它去吃饭。带着它在甲板上走。永远别放下。然后，大约四天后，离开你的躺椅时把它落下。我敢打赌，船上一半的人都会在抢包时受伤。”

我说：“哦，莫兰，闭嘴。”

我们原定上午11点起航，但有消息说我们几个小时后才能离开。反高潮令船上弥漫着一种尴尬的平静气氛。

莫兰坐下来写了四张明信片，让我从里斯本寄出，这样他的朋友们就会以为他在那里。

莫兰和那个女孩在中午离船。我们不能再坐在那里了，只能等待最后一刻的到来。我和他们一起走进码头棚屋。她塞给我一张她写的便条，我把它放进口袋里。我们懂得对方很久了。

我们什么也没说，只是说了声再见。我们的动作很快。有那么一会儿，我

① 玛塔·哈里（1876—1917），荷兰舞女、名妓，因在第一次世界大战期间充当德国间谍而被法国军事法庭判处死刑。

看着他们沿着长长的码头棚屋走远了。然后我回到我的舱室关上门。

终于，在两点钟的时候，我们起航了。大家都走了。码头空空荡荡，死气沉沉。没有欢呼声，没有五彩纸屑，甚至没有一条手帕挥动。孤寂的码头只是变远了。仅此而已，我们在11月一个寒冷阴沉的下午驶向欧洲的暗夜。

船上只有31名乘客。这只是该船正常载客量的四分之一，也只是回程载客量的六分之一。回来时，他们在休息室里放帆布床，塞进180或190个人。但是我们人太少了，每个人都有自己的舱室。我的房间很大，有两张床、一张沙发、一间私人浴室和两个舷窗。而且门外还有一个阳光明媚的阳台。我相信，这是我在船上住过的最舒适的船舱。我只需一个自动添煤炉和一份培根就能安家落户了。

离开纽约不到两个小时，我们做了船上救生演习。

这件事并不是胡闹。他们把救生艇吊起来，测试了一号艇上的无线电。

我想，由于世界局势的不稳定（正如某些人所说的），我们每天应该进行救生演习。但直到第七天，当汽笛声和钟声在上午11点响起，我们才举行了另一次。

对船上的一个英国女孩来说，这是一次相当难忘的经历。她刚起床，正在淋浴。听到钟声，她想也没想这可能只是一次演习。她对自己说："天哪，它来了！"于是她从浴室里跳出来，穿上便裤和毛衣，甚至都没有擦干。救生圈放在床下的架子上，她的救生圈卡住了，几乎要把床拆了才能拿出来。她找不到她的钱，所以没带钱就跑了。她来不及抹上口红和胭脂。她脸色苍白、气喘吁吁地来到甲板上，却发现我们只是在演习。

我们现在正进入船只偶尔沉没的水域。但船上没有人担心我们的安全。我们在晚上灯火通明，船的两侧都画着一面巨大的美国国旗，上面有聚光灯照射。每天晚上，我都打算把我的厚衣服铺在另一张床上，把一切都准备好——只是以防万一。不过我们现在都快到了，我还没抽出时间这样做。

一些乘客一直希望发生一些激动人心的事情。一个人喜欢从沉船上捞起几只救生艇。另一个想让我们被一次突袭拦下并接受搜查。一名极端分子甚至喜欢被潜艇误射——条件是鱼雷未命中。对我来说，除了海浪，我不想在这片海洋里看到任何东西。转念一想，我甚至不想看到海浪。因为我现在就能看到它们；坦率地说，它们让我恶心。

对于餐厅和客舱服务员来说，去里斯本的这些天很难挨。去的时候人太少了，他们的小费也不多。回来的时候，虽然船会塞满，但每个人都破产了，所以小费仍然很少。但船员们每天都会因为这次任务而获得1美元的战争津贴。

我们船上有一位英国人，他是我遇到过的最理想的听众。他认为你说的每一句话都是他听过的最迷人的事情，而且他说话时那套喊叫对我来说是前所未有的体验。

例如，你说你今年在海上待了一个月，他几乎从椅子上跳起来说："不会吧！多么了不起啊！"你说点别的，他就说："上帝保佑我们！你敢相信吗？"你注意到这些天飞机着陆时完全依靠无线电信号导航，他身体前倾，好像要跳起来，然后喊出："上帝的牙齿！[①]你别说了！"

最后一句让我的整个航程值回票价。

3. 中途站

里斯本，1940年12月

你必须称它为"利泽-博恩"，这是欧洲仅存的自由海港城市。如果你说"利泽-博恩"，那么你就是一个真正的欧洲旅行者。如果你说"利泽-博-阿"，你就是住在这里的葡萄牙人。如果你说"利兹-布恩"，你就是一个普通的美国人。

今天，里斯本是所有有幸逃离欧洲的人的暂居地。欧洲和其他任何地方之间的所有非军事旅行都必须通过它这个针眼大的孔道。一个月前，估计在葡萄牙有2万难民。现在可能更少了，因为他们正在逐步采取措施，葡萄牙已经在边境收紧了对新来者的限制。现在除非你能出示一张带你去更远的地方的机票，你才能得到葡萄牙的签证。

大多数难民都在里斯本或附近。他们中的相当一部分人希望有一天能去北

① "上帝的牙齿"一开始具有亵渎神圣的意思，后来更接近于"该死的"之类的脏话。

美。其他人去了南美和比属刚果[1]。自从我们到达后，一整船的希腊人都去了荷属东印度群岛。大多数难民本来就有钱，因为他们必须贿赂打点才能逃离自己的祖国。但他们中的大多数人不能带太多东西。里斯本的生活成本虽然以我们的标准来看很低，但以欧洲标准来看却很高，所以难民们过得节衣缩食。里斯本不是一个夜生活很丰富的好地方。

美国领事馆的工作人员已经大大增加，但他们就像截稿时间之前的新闻记者一样紧张工作。成群结队的人从早到晚在领事馆柜台前推推搡搡，挥舞着文件，试图成为下一个获得签证的人，以便前往避风港中的避风港——美国。绝望驱使人们使用许多诡计。领事馆的办事员听到了太多的假故事，他们几乎怀疑每个人。然而，他们似乎对所有人都抱着一种温柔的态度，好像在说："你们这些可怜的家伙！"

大多数难民是德国犹太人和来自巴尔干国家的人。但现在也有大量的比利时人和法国人。他们中的许多人都想去英国。英国也将接纳他们，如果他们能到达那里的话。

里斯本的餐厅很棒。有半打饭馆可以满足任何国际美食家。昨晚我吃了自布宜诺斯艾利斯以来最好的牛排，加上所有花色配菜，总共只花了80美分。这里食物丰富。他们把吃的堆在一起，甚至浪费掉——而欧洲其他国家却离饥饿越来越近。

这是一座丘陵起伏的城市——一座美丽的丘陵起伏的城市。这里的街道几乎和旧金山的一样陡峭。它非常白，从远处看它闪闪发光。它比我想象的要大得多——将近100万人——而且交通状况和美国一样拥堵。

人行道由胡桃大小的平顶石头铺成，设计成黑白相间的怪异样子，就像里约的人行道一样。街道几乎全是鹅卵石铺成。这座城市到处点缀着公园、圆形广场和雕像。

有一些棕榈树，其他树木的叶子还没掉。但是，不要让这样的绿色植物、这样明亮的阳光、这样蔚蓝的天空蒙蔽你的眼睛。一位朋友对南加州的描述完

① 刚果民主共和国，1908年至1960年为比利时殖民地。

全适合现在的里斯本。他说："你可以躺在盛开的蔷薇花丛下，然后冻死。"12月的里斯本同样如此。

三大交战国都有飞往里斯本的定期客运航线。你每天都能看到飞往柏林和罗马的飞机，每周都有几个航班飞往英国和美国。英国线和德国线在市中心的售票处彼此相邻。事实上，我曾误入德国办公室，天真地询问了飞往伦敦的飞机。柜台后面的年轻人用流利的英语指引我去隔壁的英国海外办事处。

从理论上讲，通往英国的是一条商业航线。但这里的英国空军武官告诉他们该带谁去，什么时候去。当你从美国飞往英国，你要在英国海外航空公司售票处的花名册上登记。这就是你要做的。这就是你能做的全部。也许一周后，也许两个月后的某个下午，售票处会打电话告诉你做好准备。

乘客是按照他们的"优先顺序"来选择的。去的人全都有优先权。这只在伦敦安排，一般旅客根本无法获得优先权。作为一名新闻记者，我有优先权。如果我没有，我还不如回家。但谁也说不准它什么时候能带我去伦敦。你只能等待。

成千上万等待出发的人遇到的问题和我们的一样。运力很紧张。罗马的航班需要提前三周预订。时间过得缓慢而无聊，几周几周地拖延，他们的财务状况越来越紧张。但鸡尾酒时间[①]酒吧里人满为患，你可以听到十几种不同的语言。美国人大多聚集在艾薇达宫殿酒店，互相分享当天的进展情况——如果有的话——无论他们要去哪里，他们都在努力。

甚至去美国也很困难。他们说有三百人坐在这里等大型远程客机。客机上的座位以1000美元的价格被"倒卖"——然后买家发现什么也没买到，因为泛美航空公司不允许转让预订。美国出口-伊斯布兰特森航运公司每周有一班船开往美国，提前两个月预订。但这些预订中有许多是为那些甚至还没有从自己祖国抵达的人准备的。数百名已经预订的人将永远拿不到他们的证件。他们说每周的船出发时，载着大约200人，它差不多将所有可以自由离开的人排除在外。

据我所知，葡萄牙的情绪是压倒性地亲英。一些朋友说他们在这里感受到

---

① 晚餐前或下午4点到6点喝鸡尾酒的时间。

了很多亲德的感情，但在我看来并不是这样。没错，你偶尔会在街上看到德国军服。你会听到很多人说德语。但没有办法判断后者是第五纵队还是难民。

国际新闻社的乔治·莱特是埃克塞特号上的一名乘客，我和他一起在一家膳宿公寓住了几天，它介于寄宿公寓和旅馆之间。从我在这个国家和其他国家住膳宿公寓微不足道的经验来看，你可以选择这种住宿方式，而且会满意的。但通过走关系，我们俩最终在一家酒店订到了房间。

新房间大约20英尺（6.1米）见方，有两扇大窗户，可以看到一条狭窄的街道。每天清晨，他们把里斯本所有的报童和街头小贩带到这条街上，测试他们的肺活量。如果他们不能叫醒我们，那么他们就是体弱多病的，那一天会带着不良记录被送回家。

我们的房间是老式的，但相当舒适（除了温度）。天花板很高很高，上面覆盖着巨大的紫色石膏涡卷。房间的一个角落充当浴室，由可移动的面板隔开，距离天花板5英尺（1.5米）。我们的浴缸有三个水龙头，一个标着冷水，两个标着热水。关键是一个比另一个热一点。我不知道为什么要这样做。我关心的只是这个或那个能不能放出热水，它们可以——真的很热。但我们的暖气就没那么优秀了。这里几百年来的习俗就是没有暖气。所有的暖气片都隐隐约约有点暖和，没有一个是热的。它们对房间的温度没有任何影响。

我在世界各地感觉都很冷。我在阿拉斯加州、秘鲁、佐治亚州和缅因州饱受寒冷之苦。但我从来没有比在这个房间里感觉更冷。实际上，温度并没有降到冰点。屋外天气晴好。然而，寒冷侵蚀着你，将你击穿。你穿上一件又一件毛衣，直到再也穿不上去——你也不会感到暖和。

结果是我和莱特轮流在浴缸里洗澡。我打赌我们是葡萄牙洗得最干净的两名绅士。我们每天至少洗四次热水澡。在下午，当我试着写作的时候，我不得不每隔15分钟就用热水温暖自己僵硬的手。我绝无虚言。

我们去看埃克塞特号起航。你永远也认不出这就是我们来时那艘平静而人迹稀少的船。休息室里有一排又一排的行军床。地毯上铺了2英寸（5厘米）厚、4英寸宽的木板，上面钻了孔眼。行军床的腿就插在里面，免得在恶劣的天气里滑动。甲板下面，每个舱室都挤满了人。有三张床的舱室里住着四个人。船上到处都是孩子。行李堆得到处都是。

工作人员都快疯了。每个人都有所求。没有人能完全听懂别人的话。伯尼·加兰，我的乘务员过来说他可以分辨出欧洲的每一种语言，但有一个舱室里乘客说的话他闻所未闻。

在这些回家的旅行中，你能在船上就谢天谢地了。这让一个傲慢女人的要求听起来很可笑。那是我自己无意中听到的。她住在一间最好的舱室里，但她不满意。她找到乘务员，问她是否在头等舱。他告诉她只有一种舱室。所以她说："好吧，你一定有更好的。立即给我换，付更多钱我也要。"她想改变——和80个人当众睡在行军床上！

第二章　都很安静

1.从和平到战争——7个小时

英国，1940年12月

我们在里斯本的酒店房间里的电话响了，我们被告知要在今天早上天亮之前到达海军机场。别以为我一点也不紧张。我们几乎整整两个星期的等待即将结束，莱特和我甚至决定不去睡觉。

为了轻装简从，我们每个人都把一个小手提箱留在里斯本。我把多余的必需品放在船上乘务员给我的白糖袋子里。所以今天我到达英国时，肩上扛着一个黄色的小包、一台打字机和一个打结的糖袋。

里斯本灯光昏暗的机场大楼寒冷阴森。为了取暖，我们走来走去，直到最后机长说："我们走吧。"我们跟随机组人员沿着码头走，上了一艘摩托艇。我们可以模模糊糊地看清停泊在那里的两艘大型水上飞机。我们的船慢慢靠近其中一架，我们跳进了门。

这架飞机有四个发动机，比泛美航空公司的小型飞机大，但比普通飞机小。她经过了伪装。

客舱被分成三个隔间，后面的允许吸烟。我原以为这些飞机为了减轻重量而被剥夺了所有和平时期旅行的享受，但事实并非如此。座位很深，很舒服，地板上铺着地毯。

乘务员拿给我们毯子。引擎启动了，舱门关上了，我们滑行到远处的河里。我们可以在两岸看到城市的灯光。突然，马达轰鸣起来，喷出的水花遮住了窗户。我们在水中突进了很长一段时间，直到最后我们感觉到她挣脱了束缚。窗户上的遮挡不见了，下方岸上的灯光越来越暗。发动机炽热的气流在黑暗中发出耀眼的红光。我们正在去英国的路上。

这次飞行可能与和平时期无异。飞机上的每个人都立刻睡着了。我睡了一会儿，但好奇心占了上风，从天亮起我就一直醒着。

我们在海上遇到了黎明，看不见陆地。我被告知飞行需要10个小时，但我们赶上了呼啸的顺风，不到7个小时就走完了。时间一点也没拖延。5个小时后，我穿过飞机，每个乘客都在睡觉。据我观察，旅途中没有任何人相互交谈。船上有七个美国人、一个瑞士人和三个英国人。

乘务员端上了咖啡和三明治，后来又端上了水果。然后他转过身来遮住窗户，这样乘客就看不到外面了。做法是在普通窗户上放一块带橡胶吸盘的磨砂玻璃。这样光线可以进来，但你不能看到外面。我猜测这样做是为了防止乘客看到下面水中的船队。但可笑的是，乘务员挡住了所有的窗户，除了我的。要么是他的磨砂玻璃用完了，要么是他以为我瞎了。不管怎么说，整个旅程我都盯着窗外。

左边视野里出现了陆地。它是深褐色的，光秃秃的，一段高而崎岖的海岸。我以为是爱尔兰。我们沿着海岸飞了一个小时。空气变得浑浊，五名乘客非常难受。不知怎的，我没受影响。我们只遇到过两艘船，都很小。其中一艘用闪光灯向我们发出信号。我们在旅途中没有看到一架飞机。

突然，飞行员关掉了发动机的油门，我们的高度开始下降。然后我意识到我们不是沿着爱尔兰，而是沿着英格兰海岸飞行。我们在离海岸很远的地方降落，周围有许多船只和伪装飞机停在水上。当我们接触到水面，传来一种熟悉的长长的撕裂声。

我觉得自己心神恍惚。从美国出发的旅程结束了。我们已经到了。但这似乎不是真的。每时每刻，我都期待着醒来，发现自己仍然在里斯本欧罗巴酒店那些永恒的墙壁之间。

20名穿着雨衣和雨靴的英国官员乘坐一艘摩托艇过来检查了所有的东西，

一名医生拿起了我们填好的表格。然后我们都上了船。他们在上岸的路上一直和我们聊天。他们说他们会设法让我们及时通过检查，以便赶上下午3点左右开往伦敦的火车，但他们不能打包票。

当时在下雨。我们沿着码头走了100码（91.4米），然后进入小镇的主街。街上有戴着铁皮帽和防毒面具的士兵，有穿着卡其布制服的妇女，还有许多骑自行车的人。所有商店的橱窗上都挂满了纵横交错的纸条。这是为了防止炸弹在附近爆炸时震碎玻璃。纸条五颜六色，贴成各种图案，使这座城市看起来像是为圣诞节装饰，而不是为战争修补。

我希望你能看到那里的乡间小路，就像狄更斯小说中的一幅画。有山墙的建筑，标志使用的语言，许多冒着烟的烟囱管帽，全都是小说中的英格兰，如此宁静、整洁和安全。上岸还不到3分钟，我就爱上了英格兰。

我们被护送到一楼的一个大房间，这是英国海外航空公司的临时办公室。房间里有舒适的椅子和沙发，壁炉里有煤火，一个小伙子端上热茶。我们花了两个小时才通过所有的检查。我们被一个个带进一间屋子，接受两个人的盘问。他们问我们来的目的，问我们的钱，问我们认识谁，等等。这绝不是盘问。他们的做法让你觉得你只是坐在那里聊天。流程不仅仅是彬彬有礼的，它看起来真的很友好。

之后，他们仔细检查了我们的行李。他们甚至读我们的信。但英国人如此有礼貌，以至于海关人员让我把每封信从信封里拿出来给他。他显然认为他这样做是一种刺探。然后，当火车快开了，他说我们必须抓紧时间赶火车，所以他没有完成检查就关上了行李，给了我们关于火车和伦敦灯火管制的建议，并把我们推进一辆等在那儿的车，那是由航空公司提供的。

我们开了15分钟的车，穿过人烟稠密的市郊。他们告诉我们几天前有炸弹落在街上，但我们没有看到任何痕迹。郊区就像是第一座城镇主街的延续——十分整洁、舒适、安逸、美丽。

火车准时到达。搬运工是一位老人，他小心地把我们的行李收好，告诉我们什么时候到伦敦。他说，天黑以后，德国人可能就在头顶上，但我们不用担心。

我对英国的最初印象是亲切、彬彬有礼的人民。我不是指他们对我们这些访客，而是指彼此之间。的确，他们现在对美国人特别友好，但我注意到他们自己人也同样相互体贴。

我以前只和英国人在殖民地接触过。我曾以为，普通英国人和那些在遥远国度里的人有同样的性格，下午他们会聚集在俱乐部和旅馆里喝杜松子酒和奎宁水[①]，认为自己比陆地或海洋上的其他任何东西都优越。但英国人作为一个整体，在自己的国家里，与此毫无相似之处。他似乎总是说些讨人喜欢、令人愉快的话。他怀有好奇心，而不是无动于衷。他善解人意，而且似乎很享受生活。

我的一个英国朋友说这一切都是真实的。但他进一步说，现在比以往任何时候都更真实。他说战争对英国人的性格影响很大。他说，它把人们聚集在一起，让他们为彼此感到更加自豪，让他们变得更加谦卑，从而变得更加成熟和强大。

无论如何，我知道在我所有的旅行中，我从来没有访问过一个新国家像英国这样，在短短几个小时内让我感觉如此温暖。

2.“先生，他还没来。”

伦敦，1940年12月

在乘车去伦敦城的路上，我们过得很快乐。我们乘坐的是私人车厢。我们抽烟，看伦敦的报纸，喝茶，吃火腿三明治。我们穿越了一片绿意盎然的乡村。这些田地看起来更像是公园而非农场。12月到处都是绿色，这看起来有点奇怪。这是一个美丽的下午，不太冷。下一阵雨，然后就会出太阳。

我们在英国的头三个小时是如此愉快，乡村如此宁静，茶如此忠于传统，前方的死亡和毁灭似乎不可能只有三个小时路程。但它比那更近。

我们正在喝茶，莱特说：“看！”前方的天空中飘浮着银色的拦阻气球。不是几个，而是几十个，甚至几百个。它们延伸了好几英里。我们明白它们的出现意味着我们来到了一个大城市。

① 添加奎宁的汽水，经常和酒精饮料一起饮用。

然后我们第一次看到了毁灭。我记不清我们看到的第一个被轰炸的东西是什么，因为我们几乎刚刚看到第一个，就看到了第二个和第三个。随后到处都是残骸。我记得郊区街道上有一个弹坑，然后是附近被破坏的房屋，一家被烧毁的小工厂。在那之后，一个街区接着一个街区，我们看到的建筑一半都被毁坏了。火车停靠的一些郊区车站被打碎了，但仍有数百人下车和上车。

如果我要说人们的脸上有紧张、担忧和恐惧，那一定是我过度想象了。除了可怕的景象，生活似乎完全正常。

一位老人进了我们的车厢坐下来。他衣衫褴褛，身体虚弱，在他开口说话之前，我看不出他和一位80岁的密苏里州农民有何区别。售票员进来查票时，他对老人说："对不起，你必须向后走。你有一张三等车厢的票，现在你坐在头等车厢。"无论在世界的哪个地方，老人的口音一听就是英国人，他有气无力地说："哦，亲爱的，哦，亲爱的。"然后起身走了出去。我们希望他能留下来。

在国内我看过被炸毁的建筑物的新闻影片，但不知为什么，我觉得真实的东西看起来会不一样。并不会。唯一不同的是，现在它是真实的，当你知道一枚炸弹的可怕威力时，你会感到一种厌恶和一点点虚脱。你能体会到它对你个人的影响。

最后，我们将这座城市和它的残骸留在身后，再次进入绿色的乡野。每块空地上都有防止敌机降落的东西。一些田地里一排又一排高大的白色杆子纵横交错。其他地里有成卷的铁丝。有些有浅沟。有些人把土堆排成几何图案，你会以为他们在种庄稼，而不是在搭建障碍物。

偶尔你会瞥见一个银色的气球落到树林里半隐半现，直到夜幕降临。有两次，我们经过田野里帆布篷下的高射炮，篷子被涂得像灌木丛一样，我们几乎没认出来。

每一棵树，每一片田野，每一个板球场，每一座房子和每一条街道似乎都在尽自己的一份力。在铁路沿线郊区住宅的后院里，战争给英国生活方式留下了阴沉的痕迹。我是说私人防空洞。几乎每个后院都有一个。

从火车窗口看，一个防空洞就像一个大土堆。从近处看，可以看到它是一个半地下的地窖，用水泥和金属板砌成，上面盖着厚厚的泥土，很像我们西部大草原上的户外地窖。我们饶有兴趣地看到许多防空洞顶上的泥土里长出蔬菜。

所有这一切，你必须记住，离伦敦还有很长的路要走。

现在黄昏降临，我们再也看不到田野和防空洞了。列车员走过来，让我们遮住车厢不要漏光。窗户的滚轮上有黑色的窗帘，你可以把它拉下来，用钩子固定在底部。窗户本身被漆成黑色，除了中间四四方方的一块，当你拉上窗帘，它完全被遮住了。一道微弱的蓝光在车厢顶上闪耀。

就这样，我们被密封在一片漆黑的车厢里继续向伦敦进发，越接近这座城市，我们就越紧张不安。在这座城市里，警笛的哀号和炸弹砰砰落地声就像晚餐一样，是每天晚上的例行公事。

我们现在已经迟到了，因此不能确切地说出我们离伦敦有多远。火车经常一停就是几分钟。停车期间我们会关掉灯，然后拉下窗帘向外看，想看到一些熟悉的东西。乔治在伦敦住了多年，对周围几英里内的地标都了如指掌。

我们什么也看不到。我们好像在乡下。“我们显然还有很长的路要走。”乔治说。然后还不到两分钟，再一次偷看时他说：“我们到了！我们要进站了！”

还不知道自己到没到郊区之前，我们已经抵达了伦敦的核心。

我在伦敦听到的第一句话就是：“嗯，他还没来，先生，他今晚迟到了。”

说这话的是一位上了年纪的车站搬运工，他打开我们的车厢门，伸手去拿我们的行李。车站的灯光很暗，我几乎看不见他，但他的声音很苍老——尽管其中也有些许活力。

搬运工的意思是，今天晚上德国人还没有出现在伦敦上空。他们通常像时钟的指针一样准时到达。显然他们在天黑前几分钟从海峡对面的机场起飞，天黑后几分钟到达伦敦上空。

我们的搬运工一边不停地说话，一边提着我们的行李穿过车站走到街上。我们跟在他后面，因为我们几乎看不见，我们不想刚到伦敦几分钟就完全迷路。

搬运工说：“刚才有一位先生来过，他说，‘我能和你说几句话吗？’我说，‘是的，你确实可以。时间到了。’这位先生一开始没明白，后来觉得挺好的。我想你们也可以笑一笑。”

我们的车站就在伦敦市中心。它至少被击中过三次，有一次一架德国飞机从屋顶掉了下来。然而，他们清理损坏的速度如此之快，以至于我们在昏暗的灯光下没有看出任何破坏的痕迹。

我在这里的第一个晚上，没有一颗炸弹落在伦敦。事实上，那天晚上没有一架德国飞机出现在不列颠群岛的任何地方。也许这倒也很不错，因为如果我在爆炸和大火的地狱中到达，他们可能就得负责照顾一个发狂的美国人。即使如此，在伦敦最初的那几分钟将化作一幅全景图成为我一生的记忆——一幅印象多于实际所见的全景图。

夜并不是漆黑一片。月亮升起来了，即使看不清细节，你也可以朦胧地分辨出大致形状。你可以看到几码外一辆汽车的黑色轮廓，建筑物在天空微弱光线的映衬下显得格外醒目。

在门房的吆喝声中，一辆出租车停在路边，我们轰隆隆地消失在黑暗中。几乎没有什么车。也许一个街区只有两辆车。偶尔有一辆公共汽车。你可以看到一些小光点沿着街道移动，但你无法看到全貌。它们就像天空中缓缓移动的星星。靠近之后，你会发现它们四周的巨大黑色轮廓，直到齐头并进，你才能分辨出那是一辆公共汽车。

月亮出来照在建筑物的侧面，仿佛为它们盖上一层雪花。这座城市如幽灵般寂静，只有我们低沉的马达声和一辆汽车经过发出的轻微咕噜声——仅此而已。伦敦的街道上没有其他声音。然而，这并不是墓地的寂静。完全不是这种感觉。这就像梦中出现的某种神秘、黑暗之物——这里有轮廓，那里有阴影，微小的光向你游来，黑色的物体无声地离开。我本以为会看到一片又一片的空地和杂乱的残骸，然而这里却矗立着一片又一片完整的建筑。

我心想：太荒谬了？还是伦敦真的还在这里？在黑暗中，我带着一种难以置信的兴奋意识到，伦敦还在这里，而且千真万确。

我们坐在黑暗的出租车上，莱特指给我一些东西——我们只能在朦胧月光下隐约看到的建筑物。我们经过议会大厦，看见大本钟高高地立在塔上。但他并没有报时，无论为我们还是为德国飞行员，他完全沉默了。我们的车开到维多利亚堤岸，沿着泰晤士河行驶。我们看到威斯敏斯特大桥，稍后又看到了滑铁卢桥。我很惊讶看到它们依然立在那儿。从那时起，我发现泰晤士河上所有的大桥都屹立不倒，每一座都在通车。我们经过一座名为克利奥帕特拉之针的方尖碑，它在上次战争中被齐柏林飞艇的炸弹击中，但这次没有被击中。然后我们拐进了一条迷宫般的小巷，最后我们被带到了弗利特街，世界上最重要的一条报馆云集的街道。在那里，莱特下车去他的办公室，出租车拐过街角直奔我的目的地。

司机找不到门牌号码。他对着几个从卡车上卸下东西的人影大喊大叫。他对着影影绰绰的路人大喊大叫。没人知道这个门牌号码在哪里。最后，司机——这是我在英国遇到的唯一一件不愉快的事情——让我自己出去找。把我带到那里似乎不是他的责任。

我说："天哪，我才到伦敦10分钟，我这辈子都没来过这里。我真的能在灯火管制时找到任何东西吗？"

所以他发了点牢骚，对着更多的路人大喊大叫，最后终于找到了地址。我把钱给他，把我的包和糖袋搬到门口。一道微弱的蓝光照在上面。整个正门都被沙袋堆得高高的。

我不知道自己敢不敢进去，怕漏出光来。新手在夜幕下的伦敦行走时会小心翼翼。他不想出丑。但最后我战战兢兢地拉开玻璃门，伸手进去摸了摸厚重的窗帘，把它拉到一边。在那里，在窗帘后面是一个典型的办公楼大厅，亮着灯。我来对地方了。

在楼上，我发现合众社的人在工作。他们的窗户被遮起来。钢盔和防毒面具扔在桌子上。他们惊讶地看到一个从美国来的陌生人突然那么晚走进来。

他们给了我一些关于酒店的建议，还帮我打了几个电话。所有的电话立即接通，就像伦敦从未被轰炸过一样。他们还派了一名勤杂工去找另一辆出租车，因为晚上在街上揽客的出租车不多。

我们在黑暗中开了几个街区，然后似乎转进了一条小巷。它死气沉沉，一片寂静，黑得像个地洞。

"我希望我没有被耽搁。"我想。

出租车在小巷尽头转了半个弯，停了下来。外面有人打开车门，用手电筒照着出租车的地板。然后我看到他是一个门卫，我们就在伦敦最好的酒店之一——萨沃伊酒店的入口处。

我穿过一扇旋转门，门玻璃被人用硬纸板挡上了，我走进在纽约任何一家高级酒店都能看到的快乐、活跃和拥挤的人群。接待员都穿着燕尾服。侍者穿着灰色制服。电梯操作员戴着尖翻领。

我笑着为我的糖袋道歉，但我没必要这样做。在"紧急情况"期间，一切都没问题。穿过接待室时我注意到一个男人坐在一张桌子旁喝咖啡。他正要去旅馆地下室睡觉。他穿着睡衣裤和浴袍。

想象一下，穿着睡衣裤坐在华盛顿五月花酒店或旧金山马克·霍普金斯酒店的大厅里！

来这里之前，我在这座800万人口的城市里只认识一个人。本·罗伯逊，现任纽约报纸《午后》驻伦敦记者。我已经很多年没见过他了，但在伦敦下火车后不到45分钟，我就和本·罗伯逊握了手。与任何人见面都高兴得不得了！就像挖到了金子。

我发现他在萨沃伊餐厅和两位年轻的国会议员一起吃饭。其中一位是英国著名政治家安德鲁·博纳尔·劳的儿子迪克·劳。迪克是陆军部的财政秘书。另一位是安东尼·艾登的政务次官吉姆·托马斯。

我已经24小时没吃过一顿真正的饭了。所以我现在吃了一顿——汤，鸡肉，土豆泥，蔬菜沙拉，点心，咖啡。你几乎想吃什么就能吃到。餐厅里挤满了人，一支管弦乐队正在演奏。

《芝加哥每日新闻》的鲍勃·凯西来了，还有《芝加哥论坛报》的拉里·鲁。比弗布鲁克男爵的《旗帜晚报》编辑弗兰克·欧文来这里谈了谈英国的情况。

我的英国新朋友想知道美国人的想法。他们讲了大量奇怪的炸弹故事。"你是一个受欢迎的人，"他们说，"我们自己的炸弹故事相互之间说了太多次，以至于没人再听了。现在我们有了新的听众。"

多么棒的伦敦入门！和朋友们在一起，我不仅感到如释重负，而且像地毯上的虫子一样温暖舒服，像拦阻气球一样引人瞩目。更不用说那天晚上英国上空没有飞机，我自我感觉英勇无比。

我上床睡时已经是午夜了。这是我40个小时以来睡的第一张床。

一切都很美好。"这不会长久的，"我对自己说，"人们不是这样生活的。"但在伦敦度过的第一个晚上对你的灵魂益处良多。

3.第一印象

伦敦，1940年12月

我的头两天都在注册和确认身份。现在我的身份证明太多了，我不得不再多买一个钱包，一个大到只能放进裤子边袋的皮包，它已经塞得满满的了。

首先，你在警察局登记，然后拿到一本印有你照片的小册子。你必须告诉他们你的整个生活史。如果你搬家，必须通知他们。

然后是国家层面的注册。他们给你另一本小册子——别弄丢了！然后你拿到你的食物配给簿。接着你去新闻部报到，拿到一张有你照片的通行证。随后，国防部给你额外的卡，允许你午夜后待在外面，并进入军事行动地带这样的禁区。

所到之处的人们都对你很友好。在警察局，我花了半个小时才把事情办好，因为一位警察一定要和我聊聊他家附近的炸弹。我从未见过国内的警察如此友好和乐于助人。这不仅仅因为我是美国人。因为我看到他们对待其他桌子上登记的其他外国人同样彬彬有礼。

我特别喜欢的警察住在安静的郊区，那片高地上风景优美。他说，在我到达伦敦的前一天晚上，整个城市到处都是探照灯、嘈杂声和火光。他说，不久前，一枚炸弹袭击了他所在的街区，摧毁了13栋房屋。但只有5人受伤，无人死亡。

“想象一下轰炸一个像我们这样安静、温馨的城郊住宅区！”他说道，“那能取得什么军事优势呢？”

“好吧，”我说，“我想关键是要摧毁人们的精神。”

他不是自吹自擂，而是用平常的语气说：“我猜是的，但实际上却产生了反效果。”

我问他是否有一个后院防空洞。他说他有，但从未进去过。他宁愿睡在自己的床上，好好休息，碰碰运气。

来这里的第二天下午，我剪了头发。理发师一直在说话，这一次我很享受。他立刻发现我是美国人。对我来说，我们看起来没有什么不同，但这些伦敦人可以在一英里（1.6千米）外分辨出一个美国人。没过多久，理发师就发现我刚到，而且我在伦敦的头两个晚上没有一颗炸弹扔下来。他说许多个晚上之前我们挨了一些。

“我要告诉你，”他说，“如果你第一个晚上神经不紧张，那你就不太像个人。第一次遇到没被吓坏的人根本不是人。他只是一只没有神经的动物。”

我告诉理发师我已经准备好成为伦敦最大的懦夫。他说如果我害怕或者做了什么傻事，不要感到羞愧。他说他是家乡郊区的一名空袭民防队员，让我猜就在第一次空袭中他做了什么。他冲进最近的地下防空洞。他说，进到防空洞时，他意识到民防队员不应该待在那儿，他非常羞愧地摘下了徽章，这样人们就不会知道他是民防队员。

但这种情况很快就改变了。现在他家乡整个地区都组织起来了。他们清楚地知道会发生什么，应该怎样做，他们像在做一份工作。他每天晚饭后去上班。每三个晚上，他就要值一个通宵，无论有没有事情发生。在其他晚上，如果有事情发生，他会留下来。他再也不害怕了。

我很高兴我剪了头发。理发师给了我很大的安慰。在那次聊天之前，我一直害怕炸弹，也害怕别人知道我害怕。现在我只害怕炸弹。

我听说过新来的人第一次遇到空袭警报还在睡觉的故事，但我从未想过如此乏味的事情会发生在我身上。是的，发生了。

今天早上9点半，一位朋友来到我的房间。“你听到警报了吗？”他问道。“不要取笑我，”我说，“没有任何警报。”但他是对的。警报在早上6点响起。只有一架飞机在城镇上空，而且没有投下任何东西。6:30解除警报，我依然在睡觉。

我认为英国造床的厂商应该让我写一份推荐书。

在这里的头几天，我遇到了很多人。每个人说的第一句话——我敢打赌我已经听过两百遍了——是这样的：

“比你想象中更好还是更坏？”

于是我必须向他们解释，在美国我们认为由于审查制度，我们可能无法全面了解这场灾难。我们一直担心伦敦受到的伤害远远超出让我们知道的程度。已经准备好应对任何冲击，也看过了伦敦，现在我可以诚实地回答，伦敦的情况比我预期的要好。

我认为报纸对损失的估计是恰当的。的确，破坏是巨大的。但这些可怕打击对伦敦造成的实际伤害没有未曾亲见的你想象或认为的那样大。

作为一个恒久存在的生命体，伦敦并没有受到严重的伤害。它的建筑没有，它的存在方式没有，它的公用事业没有，它的交通也没有，健康也没有。最重要的是，精神也没有。到目前为止，对伦敦的突击是失败的。伦敦不会被击倒，就像一个人一根手指被痛击不会死一样。今天伦敦的日间生活几乎与平常无异。

我回答“更好”似乎让提问者很高兴，只有一个例外。一个女孩说：“哦，听到你这么说，我很难过。”我想她可能觉得我没有体恤他们经历的一切。此外，她可能认为，如果我写的这些东西发回美国，可能会让人们觉得英国对援助的渴求并不那样急迫。

这里对新闻记者没有任何限制。他们可以去任何想去的地方旅行。

伦敦受灾最严重的两个地区是贫穷的东区和富裕的西区。后者相当于纽约的时代广场和第五大道区，或者是国会大厦和“百万美元”大桥[①]之间的整个华盛顿市中心，或者是旧金山从市场街到俄罗斯山之间的区域。

我还没去过伦敦东区，但我至少走了10英里（16千米）路穿过西区。我一遍又一遍地报道过议会大厦、摄政街和牛津街（大型购物中心）、蓓尔美尔街和皮卡迪利大街、公园巷和莱斯特广场、河岸街和霍尔本广场。我对它最恰当的描述如下：

你可能走了一两个街区，却没有看到一栋被毁坏的建筑。然后偶尔你会看到半个街区都被摧毁了。但在伦敦西区有代表性的街区，可能有两栋建筑被炸弹或大火彻底摧毁，还有六栋建筑只是受损。这里仍然留下了许多完整、无损的建筑。

伦敦西区没有遭受过一次大破坏，一切都是很平淡——只是这里有一栋建筑受损，那里又有一栋建筑受损。

炸弹对建筑物并没有多少效果，除非是最重的型号，你亲眼见过之后会留下深刻印象。我们隔壁一座大型现代建筑被一枚重型炸弹击中顶部，但它今天仍然完整而美丽地矗立在那里，只是受到了轻微的损坏。钢筋、混凝土和石头建筑通常依然竖立。而年久失修的砖头和干砂浆的建筑已经成为令人心痛的一堆瓦砾。

---

① 威廉·霍华德·塔夫脱大桥，1907年建成，世界上第一座无钢筋混凝土桥梁，实际造价84.6万美元，被传为华盛顿第一次花费100万美元投入建设。

大部分破坏走在街上是看不见的。我住的房子后部被炸成平地，但从前面看，它似乎完好无损。与毁灭擦肩而过的房子可能只破了窗户。萨沃伊酒店的的确确屹立不倒，但它不止一次受到过冲击。著名的萨沃伊烤肉室在修复炸弹造成的破坏期间关闭。我从窗户往外看，发现我隔壁的房间是空的——因为一枚炸弹炸掉了它的一个角落。

然而，服务——食物、灯光、饮料、关照——一如往日，楼层侍者甚至会抱怨我没有把鞋子拿出来让他擦。英国人不会让任何事情妨碍他们做英国人。

破坏是可怕的，但让我印象最深刻的——也即我想否认的一点是：它没什么大不了的！

听起来很无情。但老实说，这是英国人看待它的方式。他们根本不觉得自己受到了伤害。

一位在这里经历了这一切的美国人说，他印象最深刻的事情是那些曾经安全无忧的人放弃了他们的财产意识。他们可以看着他们的建筑灰飞烟灭，他们的储蓄化为乌有，显然他们不在乎——只要“我们最终抓住那个家伙”。

第三章　最可憎，最美丽

1.为火所困，为火所伤

伦敦，1940年12月

有一天，当这个奇怪的世界恢复和平时，我想再次来到伦敦，月夜下站在某个阳台上，俯视泰晤士河宁静的银色曲线和它黑暗的桥梁。站在那里，我想告诉从未见过的人1940年伦敦某个假日夜晚是什么样子。

那天晚上，这座古老沧桑城市的美丽景象是我前所未见的——尽管因为羞愧我说不出口。

那个夜晚伦敦为火所困、为火所伤。

他们天刚黑就来了，不知怎的，你可以从快速激烈的枪炮声中感觉到，今晚是来真的。

在警报器鸣响后不久，你可以听到德国人在头顶上发出的刺耳声音。我房间的窗户拉着黑色窗帘，待在里面你可以感觉到枪炮声的震动。你可以听到重型炸弹撕开建筑物时的声音：轰隆隆，轰，轰，轰。距离并不太远。

枪炮声响起半小时后，我召集了几个朋友，来到高处一座昏暗的阳台上，从那里我们可以看到整整三分之一的伦敦。我们走到阳台上，一种巨大的兴奋从深处涌上心头——这种兴奋既没有恐惧也没有震惊，因为它充满了敬畏。

你们都见过大火，但我怀疑你们是否见过一座城市整个地平线上都是大火——几十处，也许几百处。

在这可怕的残暴中有一种鼓舞人心的东西。

最近的火场很近，我们能听到火焰噼啪作响和消防员的喊叫声。我们眼睁睁看着小火变成了大火。大火被消防队员英勇地扑灭，但后来又死灰复燃。

大约每两分钟就会有一波新的飞机飞来。发动机似乎是在嘎吱嘎吱地摩擦而不是轰鸣，震动中蕴含着愤怒，就像一只大发雷霆的蜜蜂在嗡嗡作响。

枪炮声并不像9月那些可怕日子里持续不断的喧嚣一样势不可挡。它们时断时续——有时间隔几秒钟，有时是一分钟或更长时间。它们的声音在近处听很尖锐，远远听上去温和低沉。它们在伦敦四处响起。

我们观望的时候，整批整批的燃烧弹落到我们下面黑暗的阴影中。我们看到两打炸弹在两秒钟内爆炸。它们闪着可怕的光，然后迅速冷却成针尖大小的耀眼白点，猛烈地燃烧着。这些白色针尖会一个接一个地熄灭，因为此刻看不见的英雄们用沙子把它们闷死了。但是我们察看的时候，其他针点也会燃烧起来，很快黄色的火焰就会从白色的中心冒出来。它们已经完成了自己的工作——点燃了另一栋楼。

所有大火中最大的一堆就在我们正前方。火焰似乎向空中喷射了数百英尺。粉白色的烟雾上升膨胀为一片巨大的云团，从中逐渐显现出圣保罗大教堂的巨大圆顶——起初如此模糊，以至于我们拿不准自己是否看得真切。

圣保罗大教堂被大火包围，但它还是挺过来了。它矗立在那里硕大无朋——慢慢变得越来越清晰，好似物体在黎明时显形一样。它就像一幅图画，画着某个奇迹般的人物，出现在战场上渴望和平的士兵面前。

我们下面的街道被火光照亮了一半。火场正上方的红色天空怒气冲冲，头顶上一团粉红色烟雾在广阔的天空中形成一道云幕。那片粉红色的遮蔽物上闪烁着微小而明亮的光点——防空炮弹爆炸了。看到闪光之后，你可以听到声音。

在那里，拦阻气球也像白天一样清晰可见，但现在它们是粉红色而不是银色。透过粉红色帐幕上的洞，一颗永久、真正的星星时而不协调地闪烁着——那种一直存在的老式星星。

在我们下面，泰晤士河变得更亮了，底下到处都是阴影——建筑物和桥梁的黑暗阴影，它们构成了这幅可怕杰作的基础。

随后我借了一顶钢盔走进火焰中间。那当然也激动人心；但是，最令我终生难忘的是假日之夜伦敦那一幕残暴美丽的风景——伦敦被大火烧伤，被爆炸震撼，泰晤士河沿岸的黑暗地带闪耀着炽热炸弹针尖大小的光芒，所有这些之上是粉红色的云幕，上面有爆炸的炮弹、气球、照明弹和邪恶引擎的刺耳摩擦声。而你自己身体里的灵魂既兴奋、期待又惊讶叹息。

所有这些事情融合在一起，构成了我所知道的最可憎、最美丽的一幕。

2.夜晚漫步，灯火通明

伦敦，1940年12月

伦敦从德国人带来的每一次新恐怖中吸取教训。

经过实际的磨炼，它做接收炸弹这份新工作的效率逐渐得到了极大的提高。它从那个星期天晚上的火力轰炸中学到了深刻的教训，那也是我自己的现代战争启蒙。这个教训是伦敦屋顶在黑暗中的每一个小时都必须有人值守。

他们说伦敦有100万栋建筑。当然，并不是每个小屋顶上都有一个哨兵；但从那以后，每当希特勒派出他的飞机喷洒火焰，至少会有25万双手和眼睛在黑暗的屋顶上等待，准备熄灭他的燃烧弹或为消防员指引方向。

让我告诉你燃烧弹是如何发挥作用的。

燃烧弹大约一英尺（0.3米）长，形状像一颗微型鱼雷。上端是三片金属鳍，顶部周围缠绕着金属条。炸弹是由镁合金制成的，有一个铝热剂核心。每一个都比两磅（0.9千克）重一点。一架飞机可以播撒1000颗燃烧弹。10架飞机可以轻易地在一大片区域内同时引发750起火灾。

当然你不会看到炸弹落下。它们一撞击就会爆炸。如果撞到街上，它们就会像足球一样疯狂地弹跳，在第一分钟内猛烈地溅射，抛出大约30英尺（9.1米）的白色火焰，然后在剧烈的熔融后冷却成一团，再烧上大约10分钟。据说它们燃烧时有2000度。如果有一颗留在地板上，它会烧出一个洞，然后掉下来。它们落在户外时很容易被沙子扑灭。普通市民盖熄了成千上万的燃烧弹。

周日晚上，我在街上看到一颗燃烧弹掉在离应急沙箱不到两英尺（0.6

米）的地方。这一颗很容易被解决。但是它们很少落到这么方便的地方。

那天晚上，我去一座经常去的办公楼，那里有两枚燃烧弹穿过屋顶，又穿过了三层楼。其中一颗穿过了铺在通风井上的一块厚钢板。它在钢板上留下了一个开口，与炸弹的形状完全一样，就像用小刀在纸板上切的一样整齐。

现在有一个关于安排屋顶观察员的教训。屋顶上的人知道那些炸弹已经穿过建筑，它们很快就被熄灭了。但那天晚上，伦敦有数百栋建筑物无人看守，燃烧弹在无人注意的情况下落入其中，10分钟后建筑物就着火了。

那天晚上，我在弗利特街漫步，看到一栋五层楼的建筑突然燃起大火。消防员甚至不知道里面发生了火灾。

在美国，烧起一场大火时警察会用绳子把整个区域围起来，但在伦敦的周日晚上却不是这样。很少有行人可以想去哪儿就去哪儿，而且那天晚上他们不必摸索着走，因为没有黑暗。

也许这样做是愚蠢的，我走在一条两边都着火的街道上，经过很快就要倒塌的墙。数百个小型机动水泵装在汽车后面的两轮拖车里，停在大街上。引擎嗡嗡作响，你不可能听到头顶上飞机的声音。数百名消防队员正在平静地工作，互相大声发号施令，抽着烟，对行人毫不在意。

我走了十个街区。每一步都必须在一大堆缠绕在一起的消防水龙带中择路而行。

不知怎的，我没有感觉到这是一场战争。我只是觉得自己好像看到了数量惊人的“自然”大火。甚至经过不到一个小时前被重磅炸弹炸成废墟的两座建筑余灰时，我仍然感觉这一切都十分的“自然”。

虽然炸弹可能落在任何地方，但周日晚上我们站着观看这场巨型表演开场时碰巧没有落在附近六个街区之内。我们周围到处都是火，但我们似乎在一个豁免之岛上。

我们穿过火场出发，和我一起观察的朋友们走了另一条路，我独自在火场中漫步。奇怪的是我从不害怕。在我的记忆中，我唯一担心的是我会妨碍消防员。

午夜前不久我回到了我们的绿洲，就在我踏进门的时候，“飞机走了”的信号响起。上到自己的房间，我发现我的脚湿透了，我的外套被有漏洞的水龙带喷出的水花浇透了。

我关上灯，拉下窗户上的遮光窗帘，房间里被火光照得很亮，很难入睡。但我真的睡着了。我早上6点钟醒来时，天空中明亮的光芒消失了。伦敦差不多再次像一年半以来的每个夜晚那样陷入黑暗。伦敦的消防员出色地完成了工作。

白昼的来临总是一种祝福。到了晚上，一切都会显得过于怪异。今天我可以走到我们的阳台上，我们就是站在那里看着伦敦燃烧，伦敦看起来就像入侵飞机到来之前的那个下午一样。没错，财产被毁了——许多财产，无论从物质还是情感角度衡量都如此贵重。生命也流逝了。但伦敦很大，它的生命也很多。第二天早上，当你意识到伦敦还在这里时，你会感到有点羞愧。天际线看起来还是一样。街上挤满了人。

生活还在继续——昨晚你觉得这肯定就是一切的终结。

3.地标

伦敦，1941年1月

让我们沿着旅游路线走一走——或者说，在可以来伦敦的日子里游客能走的路。

我们看到威斯敏斯特教堂被击中了。它漂亮的窗户被打碎了。但这座建筑依然保存下来百分之九十八，它仍然对来访者开放。今天，我站在地面一小块新混凝土上，它覆盖着张伯伦先生的坟墓，也是教堂里最新的一座。

现在教堂里有点暗，因为大多数窗户都用木板封住了。

议会？是的，这些建筑被击中了。但这又是一个手指被砸伤的例子，而不是致命伤。下议院的入口不见了；内部有一些损坏；炸弹同时还炸坏了狮心王理查雕像的青铜马后部，弄弯了理查举起的宝剑，但他仍然骑在上面。

有件事让我觉得很有趣：在战争开始之前，上议院上方的高塔笼罩着迷宫般的钢铁脚手架，这与一项广泛的改造和维修计划有关。那他们怎么办？他们直接开始维修了。

大本钟呢？嗯，他还在报时。尽管有六个德国人声称他被击倒了，但他没有被击中过。

炸弹落在特拉法加广场周围，但纳尔逊仍然站在他伟大的纪念碑上，全部四只不朽的英国狮子，仍然蹲在雕像底下，完好无损。

林肯和华盛顿的雕像没有被击中。你仍然可以在辛普森餐厅吃到烤牛肉（厨师用车把牛肉推到你的桌子并切下一片时，你仍然会给他6便士的小费）。如果你有心仪的酒吧，十之八九它还在供应啤酒。

除了两个例外，所有的知名酒店都还在营业，而且都住满了。例外是卡尔顿和另一家我叫不出名字的酒店。卡尔顿酒店被烧毁了，但他们说它将被修复并重新开放。

大酒店像往常一样有音乐和舞蹈。下午茶时间，休息室里挤满了喝茶和喝咖啡的人。与和平时期唯一不同的是，晚上走出前门时你伸手不见五指。

圣保罗大教堂后部被击中，但损失并不像我听说的那么严重。大教堂作为一个整体仍然矗立，而且对外开放。受损的侧翼被一扇门挡住了，门上有一个牌子，上面写的不是“禁止入内”，而是“游客止步”。

伦敦人对圣保罗大教堂既达观又自豪。他们看待它时不带悲伤，他们说：“我们宁愿在自由的伦敦拥有它，也不愿在不自由的巴黎拥有完整的巴黎圣母院。”

伦敦塔被击中，一枚炸弹在英格兰银行附近爆炸。但这两个地方安然无恙。自然历史博物馆遭到了轰炸，许多人认为这是一个绝妙的笑话，因为炸弹直接击中了一具百万年前的雷龙骨架。

伦敦人每天都在祈祷，希望德国炸弹能对肯辛顿花园的艾伯特纪念碑[①]干点什么。如果你见过它，你就知道为什么了。正如英国人所说，他们可以泰然处之。但事与愿违，德国人只是对它零敲碎打了一番。

杜莎夫人蜡像馆因隔壁遭到爆炸而暂时关闭，后来又重新开放了。熟悉的公园里都有弹坑。美国运通公司在秣市街的办公室没有受到影响，尽管附近的建筑物遭到了破坏。

几个月前，文森特·希恩在《红皮书》杂志上发表一篇文章，描述了伦敦

① 这座哥特复兴风格的建筑是维多利亚女王为纪念1861年去世的丈夫艾伯特亲王建造的。

西区混乱的废墟。我特别记得他拍摄的照片，关于牛津街如何被封锁，如何被遗弃，如何被深及脚踝的碎玻璃和瓦砾淹没。希恩为那篇文章做报道时，我的朋友们也在场，他们说他给出了一幅真实的图景。但如果看到现在的牛津街，他会大吃一惊。

它和以往一样开放，挤满了公共汽车和行人。事实上，它看起来就像圣诞节前一周华盛顿的F街。几乎所有的商店都在营业。没错，没有遭到过破坏的商店橱窗我用两只手就可以数出来。但失去窗户并不会让建筑物倒掉。生意照常进行。

塞尔弗里奇著名的百货商店屹立不倒，而且还在营业。你可能在新闻短片中看到过庞大的刘易斯商店被烧为平地——他们说这是伦敦第二大火灾——但刘易斯商店租下了隔壁街区的所有底层商店，并重新开业。顺便说一句，火灾发生后的第二天，刘易斯给了伦敦一个可怕的打击，他们在报纸上登了广告，说他们知道他们的客户会很高兴得知，他们的一套账簿副本已被提前转移到乡下，因此他们有客户欠款的完整记录。

总而言之，在我看来，伦敦的旅游路线已经几乎完美地躲开了灾难。

同样，步行几分钟你就会发现这是一座处于战争中的城市。

每个街区都点缀着避难所的标志。官方标志是夹在路灯柱上的黑色金属板，就像街道标志一样。它们有一个大大的白色字母“S”，下面用小写字母写着“避难所”，还有一个白色箭头指向前面贴有标志的建筑物。每个招牌上都有一个V形小顶子，防止黯淡的夜明灯向上反射。

每个街区建筑物的墙上都贴着十几张白纸，上面写着“营业时间在此避难”或“下午5点后可容纳50人避难”。能保护你的地方就是一个避难所。它可能是一个地下餐厅，一个商店地下室，一个银行金库。

我知道伦敦的建筑在地下有六层。当报丧女妖在伦敦西区哀号时，你朝任何方向跑不了50码（46米）就能找到一个避难所。

其他黄色和黑色的标志上写着“通往战壕”。它们指示出通往莱斯特广场等市中心小公园地下掩体的道路。伦敦西区的每个公园和开放空间下面都有一个新建的地下避难所。

还有地面避难所。你到处都能看到。它们只是无窗平顶的长棚子，大约8英尺（2.4米）高、10英尺（3米）宽，延伸整个街区或更长距离。它们是用浅褐色的砖建造的，分成几个部分，每个部分可以容纳大约50人。其中一些就建在宽阔的街道中间。其他的建在人行道上，紧靠着建筑物，只留下几英尺空间给人行道。

标志的箭头也有指向急救站和消防分局的。

在伦敦各处的小公园、地下室前空地和小巷里，都有消防用的水箱，大桶小桶的沙子，用来熄灭燃烧弹。小型水泵和辅助消防设备到处都是，甚至我住的酒店大厅里都有。

伦敦各处都有许许多多施工建设和维修。35000人正在清理被炸毁的建筑物的废墟。其他成千上万的人在街道上工作，在地下公用设施管道和电线的迷宫中工作。数千人日以继夜地挖掘、建造和锤打，星期天也不休息，建造更深的避难所，用砖砌起窗户开口，竖起辅助墙。

许多建筑物入口前约3英尺（0.9米）处的人行道中间有一堵砖墙，中间有一扇门。一些人建造的砖墙完全遮住了他们的店铺正面。今天，在伦敦一些最重要的建筑中，工人们正在用砖封住每一扇打开的窗户，只在中间留下一个小枪口。这是为了防备入侵，如果那一天真的来临，如果真的走到这一步。当然，没有人相信会走到这一步，但他们不会冒险。他们正准备在每一条街道、每一堵墙后、每一扇窗户外战斗，如果真到了那一步的话。

在一些政府大楼周围，有一些看起来令人不快的带刺铁丝网迷宫。一些公共雕像完全被埋在沙袋堆下，但这些只是特例。

成堆的沙袋支撑着数千家商店的地基。许多沙袋堆现在看起来破破烂烂的，因为沙袋长时间暴露在风雨中会泄漏，沙子会从里面流出来。就这一点而言，许多沙袋都是被消防队员戳开的，他们要取沙扑灭燃烧弹。

军车驶过街道。涂着暗棕色油漆的流线型巨大公共汽车载着休假的士兵进城。你几乎数不清一个街区里有多少行人穿着制服。在比较便宜的餐馆，寄存处的步枪比雨伞还多。

偶尔在一些空地上，你会看到齐腰高的柱子上有一块黄铜色的金属平板。它看起来有点像日晷。这是一个毒气探测器。如果有毒气，这块金属板就会变色。

大公园都挖有壕沟和土堆防止敌机降落。圣詹姆斯公园有光荣的弹坑和地下避难所，甚至还有带刺铁丝网。偶尔你会在屋顶上看到一门大炮。

除了你到处都能见到的残骸，还有这种种不同的景象。

是的，伦敦是一座军事城市。你很难想象丹佛或印第安纳波利斯会是这样的。然而，人们现在对此习以为常，似乎很难注意到与平时有什么不同。除非是新来的，否则没有人会停下来察看炸弹造成的破坏。伦敦人看上去几乎不会察觉带刺铁丝网、防空洞和避难所标志。我发现，几天后，我也可以走过一个街区又一个街区，而不会特别注意到这些事情。

这是一种新型的生活；这样生活了几个月之后，它现在已经变得平淡无奇了。

4.过苦日子

伦敦，1941年1月

在美国，针对我将在伦敦如何生活，有人告诉过我一些非常错误的事情。

我被告知，即使最好的酒店一周也只有一天提供热水；你不能洗衣服，所以你不得不扔掉你的脏衬衫，再买新的；而你买不到任何新的；没有像样的旅馆房间；你一周只能吃一个鸡蛋，而且没有茶；食物太少了，最好带上压缩食物片剂和浓缩牛肉汤块。

嗯，你应该看看我住的地方。我的房间是最具品位的。它非常现代和舒适。房间里有深深的椅子，还有一张梦幻般的床。我有两部电话，还有侍者、女仆和贴身男仆，我一按铃他们就来。我的浴室和普通房间一样大，一天24小时水都是滚烫的。最重要的是，暖气片确实散发出热量。我就像在家里一样温暖。

在这里的第一天早上，我问是否可以给我一个鸡蛋当早餐。我不仅得到了一个鸡蛋——他们给我带来了两个鸡蛋、火腿、吐司、果酱和咖啡，而且他们每天早上都带来同样的东西。老实说，我觉得这样吃有些惭愧。当然，伦敦只有一小部分人过着这样的生活。我的情况并不能真实地反映英国今天的生活。但我现在的生活至少是真实的写照：如果你付得起钱，在伦敦生活是可能的。我付给酒店的价格是每天6美元，包括早餐。

所有这些都让人很难意识到实际上正在进行战争。但是，酒店周围的一些东西会提醒你。

从我房间的大窗户可以望见河岸街，窗户上挂着又厚又重、加了衬垫的窗帘。临街一侧的窗帘是黑色的，在房间一侧用的是棕色缎子。它们并不是丑陋的权宜之计，它们是美丽的。窗帘上面挂着一张卡片，警告我灯火管制期间任何情况下都不要打开窗帘。我非常担心做出不该做的事，所以第一天晚上我睡觉时一扇窗也没有开。我也睡得很香，但早上自然是昏昏沉沉的。所以我问一个接待员，晚上通风怎么办。他说："哎呀，你关上灯，把窗帘和窗户也打开就行了。没关系，只要你晚上不亮灯就行了。"

所以你看，我理解得很慢，但我宁愿慢也不愿死。

酒店的大餐厅已经搬到了较低的楼层，以便离炸弹更远一点。这里的侍者都穿着正装，一个管弦乐队在演奏，侍者忙着叫人来接电话。你几乎不会发现这里有战争，除了衣帽间里一半的帽子是钢盔，一半的用餐者穿着制服，中间的大吊灯上挂着一盏老式煤油灯以防万一。

每张桌子上都放着一张印得很漂亮的卡片，上面写着："这个房间有特殊措施防范爆炸和碎片。内壁厚14英寸（0.4米）。5英尺（1.5米）远的外墙有9英寸（0.2米）厚。每面墙的砖缝都用钢筋网加固，两面墙通过16根钢筋连接在一起相互支撑。这个房间上面有9层钢结构。下面就是防空洞。"

再说说我离开美国前得到的其他警告。我已经把我要洗的衣服和外套送去清洗了，它们明天会被送回来。如果我愿意额外付钱，它们今晚就能回来。

至于衬衫，我想买多少就买多少，还有大量内衣、袜子、西装、外套，以及任何一个人能想到的可以裹在身上或挂在身上的所有东西。事实上，商店的橱窗是如此令人着迷，我不仅买了毛衣和外套，还买了我根本不需要的东西，只因为它们太好看了。

关于压缩食物丸。嗯，我还没有任何想吃而吃不到的东西，除了足够多的糖。

我听说纸快用完了，但昨天我买了500张和我在国内用的一样的信纸，价格是平时的三分之二。

最后，聊聊那些我本该带来的牛肉块。显然，英国的国民饮料是一种名为保卫尔的浓缩牛肉汁，到处都在做广告，就像美国的可口可乐一样。昨天我去一家小吃店吃午饭。我问女服务员保卫尔的原料是什么，她用一种会让你笑倒在地的伦敦口音说：

"啊唷先生，这是牛肉汁，在这样寒冷的日子里，它对你十分有益。它很贵，但是能够健身，先生，非常健身。”

所以我喝了一杯。它只花了5分钱，你应该看看我是怎么健身的。

5.哇呜——咻！

伦敦，1941年1月

虽然我已经经历了大火之夜，也见过了许多炸弹，但我还没有与炸弹有过任何亲密接触。我很愿意把初体验放在“待定事项”名下。

我听到过很多炸弹在远处爆炸的声音，我甚至感觉到我所在的大楼在摇晃，但我还没有听到炸弹向我呼啸而来的可怕经历。尽管如此，我这颗虚弱的老心脏也曾经停止跳动。那一次不是发生在我们的火灾之夜，而是在那之前。

在伦敦的头几天，你完全一片茫然。你紧张不安，怀着盼望等待，想知道自己第一次受到惊吓时会有什么感觉。嗯，一天晚上，我在凌晨2点左右被炮声惊醒。他们断断续续地射击了大概一个小时，然后停了下来。伦敦黑暗又寂静。四处听不见任何声响。我只是躺在床上什么也看不见。

然后远处传来一声低沉的闷响。我躲在被窝里等着爆炸，但爆炸从未发生。

只有那一声幽灵般的“哇呜——咻”和黑暗中的砰砰声，随之而来是几个小时的寂静。我花了很长时间才再次入睡。

第二天早上，我向一位朋友描述了这件事，并问他那到底是什么，或者我只是幻听。他说：“噢，不，那是一块落下的弹片。”

我想在伦敦经历过1940年8月和9月可怕空袭的美国记者中，没有一个人在炸弹到处呼啸而落时不是至少两次躲在床底下。

和我交谈过的人都无一例外地说，如果你和某人在一起就不会那么糟，但你绝对害怕孤独。此外，信不信由你，大家都害怕空袭时被堵在厕所或浴缸里。

第一天晚上，我独自一人在房间里，我真的听到了头顶上德国飞机的声音。我正坐在书桌前写作，突然听到引擎巨大的嗡嗡声。有那么几秒钟，我没有意识到它们不是我在华盛顿或洛杉矶上空听到的那种和平的飞行器，而是伦敦上空的德国飞机。然后，我记得我很生气，因为没有一门高射炮开火。

“上帝啊！”我想，“它们就在酒店正上方。即使关上窗户，我也能听到它们的声音。为什么那些拿炮的人不干点什么？”

大约一分钟或者更久之后，炮声响起。

飞机可能比我想象的要高得多。但我差不多还是可以断言，它们不会超过三四千英尺高。即使它们投下炸弹，也不会落在我们附近。

引擎的声音逐渐消失，但断断续续的射击持续了一个小时。然后我又听到头顶上有飞机的声音。

我无法集中精力写作。我坐在椅子边上，准备一听到炸弹的呼啸声，就跳到床后面去。但最有趣的是，当我回想起这件事时，我记得我在房间里走来走去，把所有东西都整理好。我记得我把硬币、香烟、火柴、门钥匙和小刀小心翼翼地在桌子上摆成一排。我刚买了十包烟，我把它们堆得整整齐齐。我把桌上所有的信都叠得丝毫不乱。我把一只手电筒、一罐维克药膏、信件和香烟排成一条完美的直线。

当时我甚至不知道自己在做什么。这只是某种排解紧张的方式。最后上床睡觉时，我突然意识到我一直在做什么，开始自己笑话自己。

这家旅馆有伦敦最好的地下室之一，但在旅馆停留的美国记者没有一个睡在地下避难所里。我也没在那里睡过。事实上，我发现很多伦敦人更喜欢待在自己的床上。

前几天我们出去看了几英里外一些炸弹造成的新破坏。破坏很严重。我们站在那儿看，一位参加过不列颠之战的老记者说：“你看，你永远不知道它会撞到哪里，在6英里（9.7千米）外的黑暗中扔炸弹的人也不知道。想想看，如果他在会炸到你的特定时间按下扳机，那你躲起来又有什么用呢？某一颗特定炸弹注定要你命的可能性很小，但如果有的话，逃跑和躲避也无济于事。”

正如另一位记者所说：“你最好的保护是平均法则[1]。”

---

① 平均法则指人们认为一段时间内，每件事情按照概率会发生，那就一定会发生。

6.声音和景象

伦敦，1941年1月

在离开美国之前，我告诉朋友们，我想在这里做的一件事就是试着描述空袭警报的声音。

好吧，我会努力做到的。它们听起来不太像消防车的警报器，尽管它们的原理是一样的。它的音调更像是老式的汽车喇叭，然而听起来并不刺耳或难听，而是近乎音乐。

警报响一分钟，解除警报响两分钟。警报响起时，声音从低到高，每隔几秒钟就会重复升降。结果从远处听起来就像一列火车在鸣笛准备过路口——只不过是不停地鸣笛，准备过一个又一个路口。

警报器遍布伦敦各处。它们大约跨越了15个街区。警报通常从伦敦南部开始。你先听到你南边的警报声，然后是你周围的警报声，然后是北边的警报声。它就像一波又一波巨大的声浪冲刷着城市。这些声波重叠在一起；从你听到第一声到你耳朵能捕捉到的最后一声消失，时间可能不会超过4分钟。

如果你在室内，警报声似乎不大。事实上，我刚来这里那几天几乎常常没听到它们的声音。但当你的耳朵熟悉了它们，警报一开始响你就知道了。然而，我的酒店离任何警报器都太远，它们不会打扰我，也不会在我睡着的时候把我吵醒。

我想知道在整个空袭过程中警报器是否一直在响。它们并没有。它们发出警告，然后保持沉默，直到解除警报——沉默的时间间隔可能从10分钟到整夜不等。警报解除信号是由同样的警报器发出的，但音调不会上升和下降，而是稳定地持续两分钟。

对我来说，警报声听起来并不可怕，甚至也不奇怪。我觉得它们挺悦耳的。

有一天晚上，我躺在床上听着警报解除的声音。你可以听到半打警报器同时响起，在完全相同的音调上。在寂静的黑暗中，这些巨大的号角联合发出的嗡嗡声有一种音乐的脉动。事实上，它听起来就像电话线在中西部大草原寒冷刺骨的夜晚孤独地歌唱。

那么，炮声听起来像什么？

嗯，它们听起来就像暴风雨中的雷鸣。如果距离非常近，它们听起来就像四分之一英里（402.3米）内打出的闪电。它们晃动地板，把窗户弄得嘎嘎作响。然后，随着其他炮声在城市中越来越远的地方响起，它们听起来就像雷声一样远离你。

在纸上读到1940年9月大空袭的警报声和枪炮声有多可怕，我经常想知道你离最近的高射炮有多近。嗯，它们都在你身边。最远的可能离你只有一英里（1.6千米）。

住在一门火炮附近的人对它有一种占有欲。他们称它为“我的炮”，并向他们的朋友讲述它的故事。如果它被搬走了，他们会很生气。

在过去的几周里，除了一些令人瞩目的例外，伦敦一直相当安静，而德国人一直在对其他英国城市进行一夜闪电战。但许多向北飞行的突袭飞机会在异乎寻常的高度从伦敦上空掠过。

我们的警报器发出警告，显然那时德国人正穿过海岸线，通常是在晚上6点左右。大约15分钟后，我们的炮火发射了。它们零星地射击一个小时左右，然后一切都安静了下来。这时偶尔会发出解除警报的声音，但更多的时候不会。因为通常在晚上11点和凌晨2点左右又会有炮声，而解除警报的声音通常在3点钟左右响起。

炮声自然会唤醒你，让你保持清醒。但更多的时候，当解除警报的声音告诉被围困的伦敦可以再次放松时，我却睡得很熟。

你已经读到过伦敦上空的拦阻气球。如你所知，它们的目的是让德国飞机保持高度，免得撞上它们。

到了晚上，它们系在细钢索的末端飘向天空。气球是银色的，形状像非常粗的香肠。它们一端有短粗的稳定鳍，使它们看起来像沃尔特·迪士尼的大象，有着不受欢迎但腼腆的脸。

我原以为这些气球缆绳在伦敦周围构筑了一座长城，而气球本身则是这座长城的顶部。但这根本不是这样。它们没有画出边界，而是像80岁生日蛋糕上的蜡烛一样插满伦敦各处。

天气晴朗的时候，你可以从任何地方抬头看到几十个气球。它们飘浮在不同的高度，看上去相距约半英里（804.7米），而且不在一条线上。它们只是散布在高处，看起来更像天花板而不是墙壁。

普通人很少看天空，证据就是自从来到这里，我只想起看两三次气球，我的朋友说他们已经好几个星期没有注意到它们了。

我想知道的是，假设一架德国飞机撞上了一根气球缆绳，并将其切成两半。英国人不会玩古老的印度绳索把戏，因此天空中所有那些数英里长、自由飘荡的缆绳都必须降下。然后会发生什么？

好吧，它降落得很好，也发生了很多事情。在城里的个别区域，缆绳到处在建筑物四周交叉缠绕。这种情况并不经常发生，但遇到时我会尽快去其他地方。

元旦那天，我在海德公园和肯辛顿花园走了很长一段路。信不信由你，在战壕和弹坑中，在阴冷的天气里，整个花园里绽放着红色和黄色的玫瑰。

在伦敦，爆炸被依照英国传统含蓄称为“事件”。如果你问警察昨晚的大爆炸发生在哪里，他很可能会说：“向前两个街区，向左一个街区，向右转，你就到了事发现场。”

当你到达那里，结果发现“事件”可能是半个街区被炸成了地狱。

前几天，我们看到一辆消防车在街上疯狂地奔驰。没有警报，城市上空也没有敌机。消防车只是去救一场普通的老式火灾。这看起来绝对不协调。我们已经忘记了，几个世纪以来，火灾都是在没有炸弹的情况下发生的，几代人以来，和平时期的消防车一直在奔向火场。

他们告诉我，高射炮可以将炮弹发射到4英里（6.4千米）以上的高空。炮弹被设置为在给定高度爆炸；或者更确切地说，离开火炮给定秒数后爆炸。它们爆炸时会产生强烈的闪光，碎片会被抛到方圆几百码范围内。因此，它们不必直接击中飞机，这种事情极少发生。如果炮弹在飞机附近，爆炸肯定会让飞机颠簸跳动。

但有升必有降。这些炮弹爆炸后的弹片落下。如果被一块从4英里高度落下的小钢片击中，你就会受伤。因此才需要盔形帽或钢盔。

每个穿制服的人都戴着钢盔，肩上用皮带扎着防毒面具。服役人员即使休假也必须一直携带它们。这项规定非常严格，如果一名士兵被弹片击中时没有戴钢盔，那么这种伤害就被认为是自己造成的，他会受到相应的纪律处分。

但伦敦人自己已经放松了。今天在街上，五百个平民中你看不到一个人带着钢盔或防毒面具。事实上，真正的钢盔都不见了。不可能买到。不过商店出售一种厚重黑色纤维制作的头盔。他们说这些和钢盔一样好用。前几天我花3美元买了一个，不到4个小时我就抛之脑后，把它丢在某个地方了。所以现在我要么再花3美元，要么就冒着自己受伤自己负责的风险到处跑。我不知道该怎么做。

7.在撒哈拉沙漠蒙住眼睛

伦敦，1941年1月

现在白天变长了，伦敦人数着每天多出的那几分钟宝贵白昼，就像数珍珠一样。

因为灯火管制确实是一件沉重而具有潜在危害的事情。它逐渐让你感到不安，直到你觉得必须把它扔到一边，让黑夜亮起灯光。现代人无法适应自然的黑暗。

每天报纸都会公布灯火管制的确切时间。我刚到伦敦时的那些夜晚时间是最长的。灯火管制早在下午5点19分就开始了，直到早上8点35分才结束。超过15个小时漆黑一片。

灯火管制期间从窗户透出灯光是一种可处以罚款的违法行为。你在街上连一根烟都不敢点。

一天早上，我住在同一家旅馆的一个朋友，他在8点25分打开了窗帘。他不知道自己的表快了。就在一分钟之内，附近屋顶上的一名防空观察员派了一个人去敲他的门，建议他今后要更加小心。

每天下午4点左右，一个女佣来到我的房间，问她是否可以“现在遮住光”。但我们已经给我做了安排，让我尽可能长时间地利用户外的光线，然后在5点钟左右自己拉上窗帘。

我的一些朋友住在公寓里。就在我来这里之前，伦敦经历了一个炽热而沉重的夜晚，燃烧弹和高爆炸弹在整个城市四处落下。显然，我的朋友们泄露了一点灯光，因为一位民防队员过来警告他们。他离开后不到一分钟，敌方就在一两个街区内投下了两三枚炸弹。

民防队员回来说：“现在你们明白了吧？德国人看到了你的光。这就是为什么我们现在这儿挨了这些炸弹。”

当然他的真实想法并非如此，但这是一个很好的笑话。然而，最好笑的“笑话”是，民防队员继续巡视时发现他所说的那两枚炸弹把他自己的房子炸成了碎片。

几天前的一个晚上，一位民防队员敲开了我的门，说街对面的一位防空观察员看到了我窗户上的灯光。民防队员检查了窗帘，说它们完全没问题。但大约两个小时后，他回来了，说观察员仍然报告我的窗户有灯光。

我们最终发现，我写字台上的一盏台灯正朝着窗帘的顶部发光，并且有一点光正渗透出去。于是我把桌子搬到房间后面，第二天，酒店在窗户顶部普通遮光窗帘周围安装了一个沉重的辅助遮光罩。再没有更多的投诉了。

伦敦决定整个冬天都使用夏令时。我们比纽约早6个小时，比丹佛早8个小时。早上起床时，我觉得有点奇怪，因为这是阿尔伯克基[①]的前一天晚上，而我的朋友们刚刚上床睡觉（或者至少应该是这样，如果他们像我一样过着正派、有德性的生活）。

每个人都读过关于灯火管制连篇累牍的报道，但除非你亲身经历，否则你不知道它是什么样子。

当汽车和公交车碰巧经过时，它们的灯光会在街道上产生少许反射。但如果附近没有这样的车辆，你只需要用脚摸索着走。

当我在睡觉前拉上窗帘，打开窗户眺望伦敦，我目之所及，就像闭上眼睛、蒙上眼罩，在一年里最黑暗的夜晚站到撒哈拉沙漠中间看到的一样。从我六楼的窗户往下看，我在任何地方都看不到一个光点。

伦敦的马路牙子漆成白色，这让步行变得容易了一点。所有灯杆和安全区域标柱均漆成黑色带白边。夜间行驶汽车的挡泥板是白色的。所有行驶车辆都

① 美国新墨西哥州中部城市。

有车灯，但它们只有针尖大小。

行人可以使用手电筒——在这里被称为“火把”——只要它们是小型的，或者是有遮光物的，并且不指向上方。我在国内被告知，在伦敦再也买不到手电筒和电池了，但其实可以买到。政府规定电池的最高价格为12分。

交通灯从上面罩住，除了中间的一个小十字，玻璃全被漆成纯黑色。这缝隙小得不能再小，但从两三个街区外看起来就像一个完整的绿灯或红灯。

晚上人们不再打手势叫出租车——那没有用。他们只是站在马路牙子上大喊。午夜时分，如果我把身子探出窗外，我像瞎子一样看不见任何东西，但我能听到街上来来往往的人们声嘶力竭地喊出租车。

出租车在夜间行驶的方式真是不可思议。你上了一辆车，司机会以每小时25英里（40.2千米）的速度冲出去，然后继续前进，冲向一片虚无。

我在某件事情上创造了新纪录。有一天晚上，我在黑暗中找到了正确的公共汽车，在夜色中行驶了3英里（4.8千米），摸索着穿过一条街道，走进一座陌生的公寓大楼，然后来到我一个朋友的公寓。这让我感觉非常棒，我回家时叫了出租车。

第四章　所有人都是英雄

1.都是真的

伦敦，1941年1月

你们都读到过伦敦惊人的承受能力，以及英国人面对希特勒的炸弹时几乎惹人讨厌的平静。好吧，我不打算详细讨论这个问题，因为它已经被写了很多。但我只想确认关于此事你读过的都是真实的。从里斯本起飞的飞机上走下来的那一刻，我就有所体会，从那以后我就处处有所觉察。

你可以从人们的态度中感受到它，你可以从普通人随意的交谈方式中感受到它，环顾四周看看人们忙自己的工作，你也能感受到它。

圣诞节前一天，一位旅馆女佣说："要是那个老希特勒圣诞节那天给我们来一场突袭，我永远不会原谅他。"这是典型的英式对话。人们的态度不是虚张声势。这不是"为亲爱的学校不惜一切代价"的自我打气。这不是摇旗呐喊，也不是我们自己有时愚蠢的爱国主义。事实上，我来到这里之后从未见过或听过爱国主义这个词。

不，这些都不是。这只是一种奇特古老的英国观念，即没有人能够长久地摆布他们。

世界上无数人担心英国最终会输掉这场战争。这样的结局在英国人看来是不可思议的。

这场战争的整个精神与第一次世界大战不同。在这里，似乎没有我们在世界大战中对德国那种高涨的、歇斯底里的仇恨。我只在伦敦听过一次德国人被称为“德国佬”。

你在这里听不到关于德国人暴行的故事。你听不到人们发表古怪的言论。你也不再听到希特勒是疯子和变态的故事。事实上，我多次听到有人说他是一个非常聪明的人，很少犯错误。这种说法不是出于同情，也不是出自亲纳粹分子，而是出自普通英国人，他们愿意公平对待魔鬼。

他们说，到目前为止，希特勒只犯了一个大错，那就是首先发动战争。

这场战争中面对死亡的勇敢精神也是不一样的。你们都记得，或者至少读到过，第一次世界大战中休假士兵们表现出的“今朝有酒今朝醉”的情绪。那是宿命论的，戏剧性的，满不在乎的。那是香槟和女孩，还有舞蹈，趁还有时间。

在这场战争中不是这样的。伦敦有夜生活，但不是那种鲁莽大胆的夜生活。人们安静地跳舞。很少有接近深夜的派对。醉酒并不常见。休假士兵的行为很像和平时期的平民。因为在这场战争中，明天可能死去的不是士兵——而是人民。

当国王出去视察他的英雄，他们并不是一长串穿着卡其布衣服、戴着擦亮的纽扣、站得笔挺的人。他们是穿着蓝色工作服、脏兮兮的消防员和民防队员，太过劳累甚至不能为国王站直。

家里的普通人明天可能死去时，英雄事迹就会被抛到九霄云外。

人们不会冲动到疯魔，想把一生的乐趣都塞进剩下的几个小时里。不，他们太忙了，太穷了，太累了，也太平静地决心坚持下去赢得胜利。

这是场有趣的战争。正如有人评论的那样，前线战壕在伦敦上空4英里（6.4千米）处，所有人都是英雄。

的确，英国所有的目光都在注视着美国。

我的美国口音本身就是一把钥匙，几乎可以打开伦敦的任何一扇门——当然，最上流社会的大门除外。

正如美国公众对战争的看法逐渐改变一样，我相信英国人对我们参战可能性的观点也在改变。他们说，几个月前，整个英国都狂热地希望美国加入。但现在许多人认为我们入场不仅仅只是鼓舞人心，他们已经在考虑以后的问题。许多人相信如果我们加入，我们所有的产品都会留在国内，英国得到的会比现在少。和我讨论过这件事的人中，大约有三分之一的人持这种看法。但他们几乎毫无例外地认为，我们应该提供货船，并用我们的军舰为他们护航。

今天，伦敦的每一次谈话最终都会转向“他在搞什么鬼，你认为呢？”提到希特勒时十有八九会说“他”，而不是名字。就连报纸有时也会这么做。

有些事情正在酝酿之中——每个人都确信这一点。大多数人认为他会在春天到来之前试图入侵。许多人认为，他将在本月展开对伦敦的大规模空袭，这将使9月的轰炸显得平淡无奇。

任何一个晚上他都可能开始行动。任何一个夜晚人们都期待着它。他们已经准备好了。他们觉得哪怕希特勒无所不用其极，他们这些普通民众依然能够承受。

在这里和他们待了几个星期后，我相信他们是对的。

2.橱柜不是空的

伦敦，1941年1月

食物不是一个很浪漫的话题。你从来没有听说过战争英雄因为一天只吃一顿饭而荣获勋章。一个英国农民在以前只种一个土豆的地方种了两个，女孩们不会因此围在他身边。但请相信我，在这场战争中，食物的重要性与飞机大炮相差无几。

随着时间一个月一个月过去，粮食问题对双方都将变得越来越重要。最终，也许几年后，食物将决定谁会赢得这场战争。

粮食短缺还远未对交战人口造成严重影响。他们说德国的食物仍然很丰富，我知道英国的情况也很好。这对那些就在附近吃饭的人来说是显而易见的。

当然，也有配给制。价格很高，有些东西非常稀缺，几乎哪儿也没有。但至于维持身体和灵魂所需的基本条件，伦敦的情况甚至还算不上极其严重。

“分散”越来越成为英国战时的主题——军队、工厂、孩子、食物的分散。轰炸导致了分散。把每一件重要的东西都分散到英格兰各地的小单位和小团体中——这就是主旨。如今，伦敦100万儿童中只有8万人留在城里。他们遍布英国各地。

他们告诉我，除了一些例外，每组吃饭和睡觉的士兵不超过30人。军用卡车停车总是相距50码（45.7米）远，所以一枚炸弹最多只能击中一辆。工厂到处都设有分厂。至于食物，它储存在英国各地无数角落和缝隙里。

在空荡荡的车库里，在老旧的会议厅里，在闲置的剧院、警察局、谷仓、地窖里，都有储备的食物。任何一夜的空袭，无论多么可怕，都不可能对英国食物储备有什么显著影响。

说到疏散，食品部在伦敦只有250名骨干人员。该部约2500名工作人员中的大部分都在乡下。

英国在战争开始前四年就开始制订战时食物控制计划。它甚至在战前几个月就把所有的配给簿都印好了。

直到战争开始四个月后，即1940年1月，才开始第一次实施配给制。熏肉、黄油和糖是最先受到管控的食物。

某种食物被定量配给，并不一定意味着这个国家正面临短缺。这意味着政府认为这种特殊的食物是必不可少的，因此它开始定量配给，为遥远的未来留出余量。此外，许多东西定量配给是为了确保公平分配——因为如果没有这样的管控，穷人买不起的一切东西都会被富人吃掉。

今天在英国几乎不可能买到洋葱、葡萄干、鸡蛋、柠檬或奶酪。然而，这些东西都不是定量配给的，因为政府认为对强健、健康的生活而言它们并非必需品。它已经准备好让它们在这段时间内消失。

今天，以下项目的配给供应量如下：

熏肉和火腿——每人每周4盎司（113.4克）。（平时平均消耗5.6盎司，即158.8克。）

黄油——每周2盎司（56.7克）黄油和4盎司（113.4克）人造黄油。（战前，平均每人吃7盎司即198.4克黄油。）

糖——每周8盎司（226.8克）。（消费减少了一半以上；过去平均为17盎司即481.9克。）

茶——2盎司（56.7克）。（战前消耗量为2.9盎司即82.2克。）但实际上英国的茶并不短缺，因为你可以在任何一家餐馆和几乎所有的杂货店买到茶。消费只下降了大约四分之一。

肉类——肉类的定量配给是基于价格而不是重量，因为有许多品质可供选择。如今，人们每人每周可以购买价值1先令10便士（约37美分）的肉类。这意味着大约两磅（0.9千克）牛肉。家禽没有实行配给制，而且供应充足。

举个例子来说明事情变化得有多快，自从我两天前写了上面这段话以来，每周的肉类津贴已经降到了30美分。此外，猪肝、猪腰、猪心和杂碎也被列入了配给名单。

政府犯了一些错误，造成了一些混乱，就像所有的政府一样。例如，在处理兔子时，政府为零售商设定了最高价格，但没有为批发商设定最高价格。因此，杂货商必须为每磅兔子支付17美分，但他们不敢向顾客收取超过15美分的费用。结果是大量的兔子在仓库里日渐消瘦。

糖的削减可能是普通英国人最痛苦的事情。英国人已经习惯了大量的糖，可能远远超过了对他们有益的程度。医生们认为，将糖的摄入量减少一半对国民的血压来说是一件好事。

商店里的糖果几乎卖完了。我今天去的一家店只剩下一盒糖果。巧克力的价格从每磅50美分到1美元不等，而且也不是很好吃。许多店都只有干蛋糕。

你在餐馆吃饭时，高档的地方会在每杯咖啡里给你两小块方糖，中等价位和便宜的地方只有一块。我不喜欢加一块方糖的咖啡。

在里斯本的时候，我不停地从旅馆桌子上往口袋里塞方糖，我带着大约20块糖来到这里。所以有一段时间，我在每杯咖啡里都多放了一个，但现在都没了。如果我再来一次，我会扔掉衬衫，带上3磅（1.4千克）糖。

英国大约有4600万人，所以英国印刷了5000万本粮食配给簿。因为每个人都必须有一本。

过去，新配给簿每半年发出一次。从1941年7月开始，这些配给簿的有效期为一年。此外，杂货商不会撕掉配给票，只会给它们盖戳。

世界各地的人们都喜欢计算惊人的统计数据，食品部也不例外。据估计，这些变化将节省1000吨纸张，同时每年少处理145亿张票券。

每个家庭成员，包括每个孩子，都会得到一本配给簿。然后家庭主妇去她最喜欢的杂货店登记。除非搬家，否则她每隔六个月才能换一家杂货店。她只能在她登记的地方买东西。

虽然我有一本配给簿，但除非我先在商店登记，要不然上面的东西我什么也买不到。即使登记了，如果我想要一些稀缺的东西，比如橙子、鸡蛋或者洋葱，他们也不会卖给我，因为我不是老顾客。

定量配给是一件复杂的事情。如果你在家吃饭，你一周只能买这么多。然而你可以去一家餐馆想吃什么就吃什么，甚至不用出示你的配给簿。

大量采购的酒店可以买到高级货，但它们也是定量配给的。今天，他们的熏肉和火腿定量只有去年5月的50%。在1941年1月，他们得到的肉还不到1940年1月的一半，而且目前这一数字还在进一步削减。

他们只能给每位用餐者四分之一盎司（7.1克）的黄油和人造黄油（其中只有十二分之一盎司是真正的黄油），而且他们只能为你提供一道肉菜。

如果住在酒店里，你五天之内用不上配给簿。在那之后，他们每个周末从配给簿上撕掉配给票。

你在公共场所吃东西可以量入为出。在我们的酒店，晚餐大约两美元，所以我在别的地方吃饭。辛普森餐厅的晚餐，包括汤和甜点，花上1.5美元物超所值，但是有一天晚上，我们在莱昂斯连锁餐厅众多的“街角小屋”之一吃了一顿好饭，音乐什么的都不缺，只花了50美分。这个地方挤满了士兵和他们的女孩，我说的不是军官。

现在只有收费更高的地方才给你餐巾。晚上能吃饭的地方很少，所以你吃饭时几乎没法挑挑拣拣。

你很难在餐馆里看到真正的黄油。他们提供人造黄油。在食品部，它被发成硬音“g”，就像在“玛格丽特”中一样。这也无所谓。政府现在要求所有的人造黄油都要注入维生素“A”和“D”，他们说它吃起来和真正的黄油没区别。

而且，你从来没有见过真正的奶油。你得到的是一种可怕的白色植物油混合物。它比奶油更厚，像蛋黄酱一样油腻，但我可以发誓它一点也不差。

随着英国船只的货舱空间变得越来越宝贵，食品进口受到越来越多的限制。任何笨重的东西都被去掉了。他们现在已经停止进口任何水果，除了橙子。甚至水果罐头也不再进口了。为了替代饮食中的水果，政府鼓励英国人多吃蔬菜，多种蔬菜。

英国的大部分食品价格都由政府控制，但即便如此，开战以来食品的平均价格已经上涨了22%。就像所有的通货膨胀一样，无论是战争时期还是和平时期，工资都没有相应地上涨。因此许多人很难做到收支平衡。

我会给你一份典型的食品价格清单。其中一些食物的价格似乎并不是太高，但你必须记住，英国的普通白领雇员并不像我们在国内挣得那么多。此外，他还缴纳了更多的税款。

按我们的价格计算，培根35美分一磅（0.45千克）。最好的黄油每磅35美分，一般质量的是32美分，但除非你家里有八个人，否则你一周得不到一磅。人造黄油有两种等级，9美分和15美分。糖大约每磅7.5美分，茶每磅50美分，带骨牛排大约42美分一磅（如果你能买到的话）。炖牛肉每磅大约30美分，带骨烤牛肉每磅大约36美分。

在肉类方面，经销商碰巧有什么你就只能买什么。你经常不得不用羊肉代替牛肉。根本没有猪肉。圣诞节火鸡的价格被控制在每磅50美分，因此不限价的鸡肉价格飙升至每磅60美分。

鸡蛋80美分一打，但你在商店里一周只能买到4个鸡蛋。橙子3美分一个，虽然越来越少，但还是可以买到。只有当新船卸货时，你才能买到柠檬和洋葱，而且不会再有新货了。柠檬每磅11美分。苹果已经涨到每磅35美分，也就有三四个；但目前价格控制在每磅20美分，最便宜的时候降到11美分。很快就不会再有苹果了，直到秋天英国收获自己的苹果。有一些来自巴哈马群岛和巴勒斯坦的葡萄柚，每只售价10至20美分。

一条4磅（1.8千克）重的面包售价约为14美分，而且面粉是真材实料。政府补贴面包制造商，因为它希望每个人都能买到便宜的面包。面包是最不可能出现短缺的食物之一。

一级土豆平均每7磅（3.2千克）18美分。牛奶每品脱（0.47升）7.5美分，但是卖给5岁以下儿童和哺乳母亲的价格为3.5美分。所有每周收入低于8美元的家庭都可以免费获得牛奶。大约有300万人有资格获得这种免费牛奶，其中有250万人正在享受这项待遇。

英国人目前感受最深的是“饼干”短缺，或者我们称之为甜饼干。这些饼干有各种样式，糖衣的和夹心的，英国人几乎以此为生，还有他们的茶。但它们几乎已经消失了。

每当运来一批贵重物品，食品杂货商就会留给自己最好的主顾，这是一种大大的恩惠。

我的一位美国朋友在报纸上读到来了一批新洋葱，于是她问自己的杂货商有没有洋葱。他说他没有。不过随后他在后面的房间里消失了一会儿，回来后他会心地递给她一个袋子，说："这是你的橙子，夫人。"回到家她发现袋子里有两个极好的洋葱。

我大多数时候都是在酒店餐厅吃饭。那里晚上挤满了衣冠楚楚的英国男人和女人。我几乎每天都听到一些英国人为坐在那儿大快朵颐感到有点羞愧，周围数百名就餐者同样在饱食，而那么多英国人只能粗茶淡饭，这让他们有点恶心。

至于我自己，我每天早餐都有火腿和鸡蛋吃，这两样我本来想也不敢想。如果不"在外面吃饭"，我就吃不到这些。而我，就像那些在酒店吃饭的英国人一样，每吃一口都会涌起一丝内疚。

随着德国在U型潜艇绞杀战[①]中愈发强硬，报纸上和人群中关于更严格食品管制的讨论多了起来。这种讨论的惊人之处在于——我认为这是英国人性格的一个例子——人们希望食品部比现在更快地削减食物配给量。

你很难想象英国人民要赢得这场战争的决心。他们做好了一切准备。他们准备进一步削减配给量。他们准备在公共厨房里成群结队地吃饭。即使是富人也会毫无怨言地离开他们豪华的餐厅。

如果英国输掉了这场战争，那并不是因为人们不愿意——他们甚至比政府更急切地希望——承担起彻底奉献的生活。

3.街景

伦敦，1941年1月

在摄政街和牛津街这两条近两英里（3.2千米）长的街道上，大型商场和时尚商店林立，我相信三分之二建筑物的窗户都被炸飞了。但店主们别出心裁

① 第二次世界大战初期，德国利用潜艇对英国商船和运输队发动袭击，取得巨大战果。

地修复了损坏。

他们用墙板盖住商店正面的巨大开口，中间留下一个差不多桌面大小的长方形开口。他们在这个开口放上一块玻璃，然后像以前一样做了一个橱窗展示，只是规模小一些。墙板正面通常被漆成蓝色、棕色或灰色。一些商店甚至在新墙板正面上方绘出狩猎场景或士兵行进作为装饰。

所有这些工作完成之后，店面看上去不像是潦草拼凑的，依我之见，它比爆炸前更整洁、更有吸引力。

一座挨了炸弹的建筑物只受到轻微破坏的话，它会立即被修复。工人们日以继夜地忙着清理瓦砾，重新拼装建筑物。他们将残破现场恢复正常的速度令人惊讶。

但是如果一座建筑损坏严重，无法修复，它就会一直维持原状，直到战争结束。重建不可能得到批准。政府急需所有的材料——水泥、砖块、钢铁。因此，战争结束时英国可能会出现有史以来最大的建筑热潮。也许正是这种繁荣将降低失业率，同时缓解战后必定随之而来的减产和萧条对所有国家的可怕冲击。

也许这将是英格兰不幸中的希望之一。

修复和支撑建筑物、搭建避难所，所有这些工作中的全部砖块都是从哪里来的，这是最令我困扰的问题。有数以百计的地面避难所，数以千计的砖砌窗户和防护墙，如此多的支撑、加固和修复，你会以为世界上不可能有那么多砖块。然而，你会看到更多的砖块堆得到处都是，在小巷里，在人行道上，甚至在建筑物的大厅里，随时可供使用。这些砖块都是完整全新的。

别告诉我英国人没有幽默感。

我总是不厌其烦地走来走去，阅读那些窗户被炸掉的商店贴出的招牌。我的最爱是在一家书店看见的，它的前脸已经被炸得一干二净。这家店仍然在营业，招牌上写着“比平时更开放”。

一家理发店的招牌上写着：“从街对面吹过来的。”一家被炸弹炸得伤痕累累的酒吧的招牌上写着：“即使希特勒也不能阻止我们出售沃特尼啤酒。”在斯特兰德大街的一家美容店前，一块牌子上写着：“空袭期间烫发不停。”

前几天，我发现我房间暖气片下面有一块核桃大小的石头。我把它捡起来检查了一下。它的一头是圆的，你可以从另一端看出它是刚从什么东西上折下来的。我研究了很长时间，最后得出结论，这是某个雕像的脚趾，或者来自装点我们酒店屋顶的雕刻饰带。但它是怎么进到我的房间的？

我恍然大悟。当女佣进来整理房间时，我说："姑娘，这个房间的窗户有没有被炸开过？"

"啊，是的，"她说，"就在你来的几天之前。但他们把它们安回去了，你知道的。"

他们把我的房间打扫得很干净，但是忘了检查暖气片下面。所以我有了一个纪念品。

现在我终于配齐了钢盔和防毒面具。一个刚动身去美国的朋友把他的给了我。他一走，我就把面具拿到我的房间试戴了一下。这是一个很大的面具，由美国大使馆提供，它太复杂了，我一点也弄不明白。如果毒气来了，我还不如把这个玩意扔出窗外，深吸一口气。

伦敦警察著名的前后尖帽这段时间消失了。今天所有的警察都戴钢盔。它们被漆成深蓝色，前面用白色字母写着"警察"。

伦敦到处都是警察。你在每个街区都会遇到6个警察。据我所知，现在有4万名警察——是过去的两倍。他们大多很年轻，看起来像军人，我发现他们非常友好，而不是一本正经。事实上，如果你停下来问路，他们会说起来没个完。

伦敦贴满了警告、指示和通知的海报和标语。其中许多都配有插图。例如，其中一幅画描绘了一个男人和一个女人呆呆地望着天空，题字说："当你听到飞机的声音时，不要站立凝视天空。"然后，它解释说，飞机飞越目标之前很久就投下炸弹，并警告说，如果听到引擎声停下来抬头看，你可能会迎面受到一击。

离我住的旅馆几个街区远的地方有一家很大的商店，叫作"国王陛下文具店"。在那里，你花几分钱就可以买到一本关于战时食品、武器、航运、空袭、炸弹等等的详细小书，这样的小册子政府发行了数千本。

柜台前总有一群人在购买战时教育小册子。

许多汽车的风挡玻璃上都印有"免费搭车，风险自负"的小标志。这些车由郊区居民驾驶，他们带其他人去工作，从而获得额外的汽油配给。现在这种车有2万辆，但这种安排很可能会中止，因为公共交通实际上已经恢复正常。

报纸漫画家们对这些战时生活的小细节津津乐道。例如，英国占领利比亚的巴比迪亚之后，《每日快报》的一幅漫画描绘墨索里尼独自站在沙漠中搭车，希特勒坐着一架德国飞机飞过，机身上有一块牌子，上面写着："免费搭车，风险自负。"

几乎所有的商店和办公室都在4点钟关门，这样人们就可以在灯火管制前回家。4点半，人行道和街道就像百老汇一样。5点半的时候，它们看起来就像星期一晚上沉闷的大街。

由于汽油是定量供应的，我很惊讶白天的交通如此繁忙。那些红色的双层公共汽车一直是一道不透风的墙，我也不认为街道还能容下更多的私家车。我不愿去思考和平时期的交通状况。

我的一个朋友说他认为这里的汽车一定是靠空气运转的。人们一次只能得到几夸脱的汽油。你上了一辆汽车，汽油指针似乎总是显示为零，但不知何故，它们一直在行驶。

我刚收到从美国寄来的第一封航空信。路上花了18天，我听说这比平时要快。许多航空信件需要一个月的时间。美国的杂志和报纸在国内出版6周后才能寄到。

我记得9月份读到过，在伦敦一封信要花5天时间才能送达，但现在我早上就能收到昨天晚上寄出的邮件。当地的邮政服务似乎完全正常。

伦敦的天气并不像我一直听说的那样糟糕，至少现在还不是。顺便说一句，审查人员不会让你在电报中透露任何关于当前天气的信息——比如今天早上的天气。这可能会对德国人有所启发。

伦敦街头的报童从不开口。我希望我们的报童能养成这个习惯。在这里，他们只是用粉笔把当天最重大的新闻写在小黑板上，或者印在白纸上，然后把这些简报贴在旁边建筑物的墙壁上。顺便说一句，大多数"报童"都是老人。

这里的出租车计价器起价相当于15美分。一次出行的花费与在纽约差不多，甚至可能更少。白天到处都有很多出租车，它们是一道风景。所有出租车看起来都像是维多利亚女王时代设计的，应该用马来拉。但它们行驶得很稳当，我发誓它们只需和自己车身一样长的空间就可以转弯。

我发现这里有几样东西比国内便宜，其中之一就是理发。前几天我在旅馆的理发店里只花了30美分，从那以后，我见过15美分的理发广告。从现在开始，我每天都要理发——我可以这样理上一两年。

4.这就是沃平的方式

伦敦，1941年1月

伦敦人就是这样。

昨天晚上，我站在伦敦东区一座大型防空洞管理员办公室昏暗的灯光里。一个不戴帽子、留着小胡子、围着围巾、穿着厚大衣的男人坐在靠墙的椅子上。直到他说话我才注意到他。

“你去过沃平吗？”他问道。

沃平是伦敦一个贫穷、犯罪猖獗、鱼龙混杂、声名狼藉的地区。它也遭到了可怕的轰炸，就像伦敦所有的码头区一样。

“不，我没有，”我说，“但我也想去那儿看看。”

“好吧，”那人说，“我是警察，明天我休息。如果你愿意的话，我很乐意带你参观沃平。”

我当然想去！一位警察做私人导游带你在沃平四处逛逛——如果你要去伦敦观光，这是最好的选择。我欣然抓住了这个机会。

于是伦敦警察伊恩·鲁宾先生和我绕着沃平走了6英里（9.7千米）。我们走过陋巷和黑暗的地方，被烧毁的仓库和被毁坏的教堂，一排又一排空荡荡的公寓。我们像一把细齿梳子细细梳理沃平。所以我可以说，就沃平而言，几乎没有任何沃平了。

沃平属于斯特普尼大行政区。今天它的人口只有几百人。在空袭可怕的第一周，整个区被强制疏散。他们把人送上船，沿泰晤士河顺流而下。那些回来的人大多是男人。

在正常情况下，沃平人声鼎沸，熙熙攘攘，人口密度就像我们纽约的下东区一样。今天我走了一个又一个街区，只遇到了六个人。街道上没有任何声音。这个地方死气沉沉，就像一座墓地。

我们走进廉价公寓楼围成的正方形大中庭。每层楼的后阳台就是方形广场的墙壁。窗户敞开，墙壁开裂，遭遗弃的家当被扔在原地。在上面的阳台上，没有人从栏杆上窥视。整个街区没有声音，没有动静，没有生命。我被沃平那庭院里可怕的寂静吸引了。

警察鲁宾和我继续往前走。我们走进了一个拆除小组的驻地——这些人先拆除危险的墙壁，再把一般性的拆除工作移交给别人。他们是勇敢的人。其中五个人穿着工人的衣服，坐在噼啪作响的壁炉前。他们今天没有什么可做的——但随时可能有。

他们非常友好，但我几乎听不懂他们的伦敦东区口音。其中一人问我是否可以给旧金山写一封信。他的一个同事替我回答。“当然，你这个笨蛋，”他说，“你想往哪儿写就往哪儿写。”

这些人中的每一个都被炸弹赶出了自己的公寓，其中一个人被炸了三次。他们的妻子已经撤离，但他们继续工作——这是伦敦数量众多的平民大军的一部分。

我们现在站在一块空地上，直到去年9月，这里还是一栋五层公寓楼。当遭到炸弹袭击时，它全都被租满了。在小巷对面一栋建筑的墙上，你仍然可以看到一名男子的手印，他被风吹出公寓，撞死在墙上。

我们站在一座教堂的废墟中，警察鲁宾本人在教堂里辛苦工作了一整夜，帮助寻找一位被埋在废墟中的女修道院院长。他们发现她的时候她已经死了。

我们去参观了美国游客熟知的沃平圣约翰教堂。只剩下尖塔了，为了安全起见，它正在被拆除。

我们经过一家酒吧，在过去，从世界尽头来的海盗和走私者常常聚集在这里出售他们的非法商品。自9月以来，它一直被木板封上。

我们经过一个完好无损的仓库，那里有几大袋东印度香料正被装上卡车，气味香甜美妙。

我们来到一块路牌前，上面写着“危险，未爆炸弹”。所以我们绕着它走。

警察鲁宾指给我看一颗落在学校边上的定时炸弹。他们没能把它清除，所以它在那里躺了9天，然后把学校炸成了碎片。学校的废墟仍凌乱不堪。

我看到消防队员正在一个仓库里封火，经过几个月的闷燃，仓库里又冒出了一场新的小火灾。

我看到了一大堆烧焦的新闻纸，还有小山似的烧焦的大麻纤维。我看到半面墙上悬挂的巨大钢梁被爆炸和大火扭曲弯折。

但我也看到了整个仓库，因为希特勒并没有把它们全部摧毁。

我们在死气沉沉、空荡荡的街道上来来回回地闲逛，看到数百个公寓一层房间里被瓦砾覆盖的家具保持着被遗弃时的样子。主人可能再也不会回来了。

我们又走了一个小时，警察鲁宾和我，然后突然我们来到了一家小商店，前面有墙板，中间有小橱窗，在今天这标志着一家被炸毁的商店，但它仍在营业。当我看到那扇窗户时，我突然意识到，在整整一个小时的步行中，这是我第一次看到商店的窗户开着。

在穿过城市中心区的整整一个小时里，有一半门窗背后的房间不再有人或货物。

这就是今天的沃平。

当这一切结束时，将会有一个新的沃平。

5.莱糊亭

伦敦，1941年1月

我们上了一辆公共汽车，我和一个朋友，去看更多被摧毁的伦敦东区，那里住着穷人。伦敦的公共汽车是双层的，顶层可以吸烟，所以我们坐在那里。

在伦敦，公交不是单一票价。你想去哪儿，售票员会过来卖给你一张票。但我们不确定我们想去哪里，因为我们不太了解伦敦。

“我想我们打算绕着狗岛走一圈。”我告诉售票员。于是他告诉我们在哪里换车。

在等第二辆公共汽车的时候，我们买了四个苹果（30美分）吃起来。第二辆公共汽车只带我们走了一小段路，我们不得不下车走了两个街区，因为街道已经被炸毁了。一大群穿着工人衣服的人站在那里等下一辆公共汽车。

“我们去狗岛是在这儿坐公共汽车吗？”我们问。

一个长着一口黄牙、穿着一件破旧外套的驼背小个子说：“你想去哪里？”

我们说我们不知道。他笑着说：“好吧，这辆公共汽车就带我们去那儿。”

于是我们都上了车，过了一会儿，和小个子在一起的一个大个子走回来，说他和小个子要穿过泰晤士河下的一条隧道，我们想不想下车和他们一起走。我们说："当然。"

这是一条步行隧道，汽车开不进去。这两个人在驳船上工作，在泰晤士河上来回运送货物。他们早上离开家，直到第二天下午才回来。他们现在拿着马口铁饭盒。

在第一次世界大战之前，这个大个子去过纽约六次，在船上工作。我们过隧道时他告诉我们的。

在隧道另一头，我们来到了被称为格林尼治的地方。这两个人带我们走过格林尼治学院，这是一个非常古老的地方。我们在一些铁门前停了下来，透过铁门凝视着远处的穹顶。

"现在看，"小个子说，"那就是剧（著）名的莱糊亭。"

"什么？"我说。

"莱糊亭，"他说，"你知道的，不是吗？剧（著）名的莱糊亭——莱糊顶棚，你知道的。"

然后我意识到他说的是"彩绘厅"。所以我们观赏了一番。

"所有美国游客都知道这儿。"他说，"这位艺术家仰面躺在一张吊床上二十年画顶棚，完成之后，他发现里面有一处错误，变得忧心忡忡。迄今为止，没有其他人能够找到这处错误。你告诉美国人炸弹没碰过莱糊亭。"

这个小个子到地方了，于是我们握手道别。大个子和我们一起坐上双层电车，你知道吗，这个伦敦佬，一个完全陌生的人，坚持要付我们的车费——而他一贫如洗！他说在纽约人们对他很好。但那是二十五年前的事了。

过了一会儿，我们向他道别，上了另一辆公共汽车。它把我们带进黑墙隧道，回到泰晤士河下。然后我们下车，走到著名的西印度码头附近。他们不让你上码头，但我们可以偷看。

现在下着雨，很冷，天快黑了。我们在废墟和瓦砾中穿行，受损的巨大建筑物空空如也地矗立在那儿。在潮湿的黄昏，它像幽灵一样可怕。可怜的东区！诚然，伦敦人说贫民窟早就该拆除了，但这种方式实在令人痛心。

我们走丢了，一个警察又一次给我们指了路。最后我们乘另一辆公共汽车回到城里。在阿尔德盖特东站，我下车换乘地铁，而我的朋友则继续乘坐公共汽车。

现在一片漆黑。我决定去吃点东西。我隐约辨认出一个警察的身影，问他在哪里可以找到吃饭的地方。他说拐角处有一家酒吧，隔着三扇门。我摸索着走，但找不到酒吧的门。

一分钟后，一个人站到我身边。是那个警察。他在黑暗中推门，但是推不开。

“关门了，”他说，“不过你可以在街对面买到一些东西，在那里你可以看到窗帘后面的小灯。”

于是我摸索着走进了一个小地方。那儿不是很干净。桌子光秃秃的，地板上有木屑，柜台上点着三支蜡烛。

“你们有什么三明治？”我问。

“热的还是冷的？”柜台后面的人说。

“热的。”我说。然后他端上一条很大的炸鱼，在盘子里填满了酥脆的炸土豆，然后递了过来。我认出这道菜是著名的“炸鱼配薯条”。

我不太想在这样的地方品尝它，但吃一口就够了。我一生中从未吃过比这更好的鱼或土豆。我的晚餐全算下来花了1先令——20美分。

我回到地铁，买了一张去查令十字车站的票，那是离我住的旅馆最近的车站。我到了车站，上了楼，准备冒险走进一片漆黑中，我问车站的发车员，去斯特兰德大街应该朝哪个方向走。

你在这里只需要开口。简单地说，他们知道你是个外国人。知道之后他们就会帮助你。车站工作人员扶着我的胳膊肘，把我带到外面，穿过几条车道和人行道，把我带到街道中央。

“现在一直往前走，”他说，“沿着这条街一直走，你就到了斯特兰德大街。”

他肯定带我走过了半个街区。我到了斯特兰德大街，然后又回到酒店，差不多有八个街区。我没有迷路，没有撞到任何人，也没有摔倒。我走进萨沃伊酒店，感觉自己就像乔治国王本人一样。

第五章　火炮和轰炸机

1.茶，配有音效

伦敦，1941年1月

如果我打算称自己为战地记者，我想是时候出去看看炮战了。所以陆军部给我安排了一张复杂的正式通行证，让我和高射炮人员共度一夜。安排花了很长时间，但这一天终于到来了。

我一直等到下午晚些时候，然后穿上橡胶套鞋，戴上安全帽，给炮手们买了十包香烟，上了一辆出租车去打仗。当我到达那里时，我发现不是十个人，而是几百个人。

一个哨兵把我带到一间小屋，两个军官正在那里喝茶。他们记下了我的通行证号码，还说有个笨蛋在电话里告诉他们我叫麦金纳尼。然后他们让我和他们一起喝茶。

天很黑，阴沉沉的，云头低垂。我很丧气，因为我的通行证只有一个晚上的有效期，在我看来这不像适合飞行的天气。

“你什么都说不准，”其中一名军官说，“有时他们会在最不合逻辑的夜晚过来。”

另一位正准备休假24小时的军官说：“他们会来的。他们总是在我准备休假的时候来。从未错过。”

他走了，另一位军官进来和我们一起喝茶。

这间小屋是一种前线公寓。军官们不住在那里，但他们在那里执勤，在火炮附近吃饭、睡觉和工作。

一个穿着制服的士兵给我们倒茶。黄昏来临时，他拉下遮光百叶窗。快到6点了。军官们直到9点半左右才吃晚饭，所以他们很晚才喝茶。

现在外面一片漆黑。突然警报器响了。

我们都面面相觑。

“我告诉过你他们可能会来。”一名军官说。但我看得出他真的很惊讶。

电话铃响了。值班军官听了一会儿，然后指着一张挂图，上面标着海峡海岸和伦敦之间的一个地点。

“他们现在就在那里，”他说，“他们10分钟后就到。”

他慢悠悠地喝完茶，正准备穿大衣，电话铃又响了。

“好的。”他在电话里说。他对我们说：“伙计们现在正跑向大炮。来吧，让我们看看怎么回事。”

每一门炮都安装在一个混凝土池子里。这些火炮底座是在战争开始前建造的。一位操作火炮的军官小时候经常在这块地上玩耍。

有几个小房间，完全在地下，而且是用厚厚的混凝土覆盖。负责测量仪器的人坐在那里，戴着耳机，在伦敦地图上做着红色标记。每个红色标记表示一架飞机。他们拿掉标记的速度几乎和放下标记的速度一样快，然后标明新的位置。

在上面，就在这个防空据点的中心，有一架复杂的仪器供炮兵进行观察。白天，他们可以用这仪器测出飞机的准确方位，但在晚上就不行了，所以他们必须使用声音探测器。这是一台装有留声机喇叭的大型旋转机器，6名士兵坐在黑暗中查看发光的仪器。它极其敏感。前几天晚上他们发现了一个救世军乐队。真事。

一名男子通过电话向下面的控制室提供读数，控制室再把它们都记录在图表上。

我本以为这些声音探测器直接连接到火炮上，只要信号装置认为时机合适，火炮就会自动瞄准并开火。但它不是这样工作的。所有来自声音探测器的信息，以及通过电话从伦敦各地的其他仪器传来的信息，都被迅速地制成表格，并进行计算，然后火炮手动瞄准并射击他们认为飞机那一时刻应该在的地方。

德国人今天晚上非常忙碌。他们不停歇地在头顶上待了四个小时，一边放火一边投下重型炸弹，我们可以听到其中许多炸弹把我们周围炸成了废墟。

“看！”我的军官朋友站在黑暗中说，“按理说这应该是一个安静的夜晚，现在看看这个！你很幸运。”

现在我们站在下面，在伦敦附近某地一个巨大的混凝土“蓄水池”的地面上。这是一个潮湿寒冷的1月之夜。一门巨大的火炮从蓄水池中伸出它的炮口，映衬着微弱的月光。

火炮底座半封闭在一个钢舱内，就像机车的驾驶室一样。炮管两侧各有一个人坐在凳子上，类似工程师和消防员。右边的人转动一个轮子，让枪在回旋炮座上移动，跟随表盘上的指针指向天空中的引擎声。左边的人用类似的动作升起和放下炮管。

掩体里还有其他人。他们都穿着制服，但在这里，在黑暗中，他们看起来影影绰绰的。你一眼就能看出他们也许是伐木工人或农民。

没人说什么。

三个人就站在火炮后面和一侧。在他们面前一个随炮移动的架子上放着一排大炮弹。炮弹逐渐变细，末端就像铅笔尖。尖端是一个钢帽，亮晶晶的，上面有数字和记号，就在尖头上有一个针眼一样的小孔。一个男人站在那里，将一根细长的钢针插在这个孔里。他把钢针拿在右手里。在他的左边是一个遮挡住的手电筒，指向炮弹的末端，这样他就可以读到那些小数字，几秒钟后，这些数字将在数千英尺的天空中爆炸。他站在那里等待——每个人都在等待——每个人都准备好接受命令。

在几码外的黑暗中，技术信息正从一个仪表员传递到另一个仪表员。负责声音探测器的小伙子打来电话，“一三五一四零一四五”，给出了敌机的航线。伦敦其他地方用电话从传来飞机的高度。数学家计算出角度、距离、方位。他们一边算一边喊。一切都很克制，但却紧张而迅速。负责的军官独自站在黑暗中。他不参与细节。这些都是士兵做的。

最后是一声呼喊：“准备开火。”这个声音传给了所有的炮手，每个人都大喊了一声。

我们正准备向一架德国飞机开炮。让我们回到其中一个火炮掩体。

小伙子们在等着。一句话也没说。接着是一声喊叫：“一五。”这是设置定时导火索的命令。那声喊叫传来就意味着几秒钟内，一颗炮弹就会飞向天空。

这是一件戏剧性的事情，就像一场职业拳击赛的开场锣，结束了几个月的训练。

在叫喊声中，拿着钢针的人把炮弹的尖端稍微扭了一下。他把它设置为“一五”——换句话说，他把它设置为在离开炮15秒后爆炸。

他只花了不到一秒钟。他后退几步。他旁边的人已经抱起这颗巨大的炸弹，把它半扔进自己旁边人的怀里。这个人把它甩到一组滚轴上，然后向上推给炮室左侧的人。他把它从滚轴上猛拉下来，飞快地放到炮管旁边的钢架上。一根杠杆将支架翻转过来，炮弹就在炮里了。自动活塞将其推紧，后膛砰的一声关闭并锁住。这一切都是在黑暗中完成的。

炮准备好了。我们都退后。

绝对的安静，所有动作完全停下来。一个新来的人把手指放在耳朵上，全身紧绷。

现在我们似乎已经等了几个小时，虽然可能只有几秒钟。

然后，你捂住的耳朵在黑暗中隐约听到一个人的声音传来，喊着“开火”，所有的炮立刻响了起来。

你第一次在火炮掩体里的经历真是令人震惊。

你似乎被一股股可怕的气流从四面八方击中，几乎要摔倒。在你周围的某个地方——你不太确定它的位置——有可怕的火焰，就好像地球上的一切都着火爆炸了。所有这一切混合在一起，产生了你听过的最大的噪声。

整件事震撼着你，无论是身体上还是精神上。而在你真正恢复理智之前，你正跟随着这颗訇然作响的炮弹踏上它的旅程。可怕的爆炸看上去令人惊骇地咆哮着向上，冲向天空，伴随着一阵阵巨大的回声，好像攀升的炮弹胀破了天空中一张又一张绷得紧紧的蜡纸。

然后，如果你等上半分钟，你就能隐约听到一分钟前你看着被装进炮里的那枚炮弹的爆炸声。现在它正在几英里高的黑暗中飞散成一千个狂暴的小碎片。

但现在，“一七”的喊声已经穿过黑夜，穿制服的小伙子们的黑色身影已经在露天蓄水池里做起幅度不大的例行动作，另一颗炮弹已经飞向月亮。

有些人根本无法忍受猛烈的炮火。我不得不承认，高射炮开火的前四五个夜晚，我也不喜欢它。我希望我在自己家里的床上。

但我发誓我已经习惯了。

那天晚上，我们的炮兵掩体发射了近100发炮弹。所以我们会在炮声响起前几秒钟停止谈话，然后声音一落就继续谈话。

一些炮手告诉我，有一天晚上有个摄影师来拍照。炮声一响，他就开始没头没脑地乱跑，直接撞上铁丝网摔倒了。但这并不丢脸，因为有些人就是这样控制不住自己。

这些高射炮的冲击波几乎无法形容，但我可以给你举几个例子。

平静无事的时候小伙子们会在一个地下混凝土房间打盹儿，房间门上有一个崭新的钢门闩。我和炮兵们在一起的那个晚上，第一次齐射就把钢门闩断成了两半，吹开了房门。

他们以惊人的速度用完了灯泡。震荡会破坏灯丝。经过一个小时的射击之后，我下到士兵的食堂发现原有的六个灯泡只剩下一个了。而在执勤人员吃饭的小屋里，爆炸摇晃大楼，震掉了桌上的盘子，吹胀了遮光窗帘，他们不得不每次重新调整。

有橡胶耳塞，但小伙子们不戴。他们习惯了爆炸，这对他们不算回事儿。

我和一名军官站在黑暗中，听着头顶上德国飞机的声音。

“它们听起来像是在平稳地飞行，”他说，“但它们并非如此。当组成编队时，它们可能在500英尺（152米）上下的高度飞行。如果只有一架，它会走一条之字形的路线。不仅如此，它还像过山车一样上上下下。这样我们就无法通过声音准确判断它的位置。”

在我听来，好像天空中一次只有一架飞机。但在两个小时后，我问起这件事，炮兵军官说：

“这很难说，但我猜今晚有100到300架。”

高射炮的价值并不一定非要以它们击落的飞机数量来衡量——尽管自战争开始以来，在英国上空被击落的3050架德国飞机中，约有450架被官方记入高射炮名下。它们更大的作用是让突袭的飞机保持高度，让它们跳来跳去，几乎不可能进行精确轰炸。事实上，这450架飞机离地面的平均高度是16000英尺（4877米）。

探照灯几乎不再使用了。因此，炮手无法看到他们的炮弹离目标有多近。但几天前的晚上，他们确实看到了一幅美妙的景象。他们正在用双筒望远镜观察天空，突然看到三架德国飞机在月亮的映衬下编队飞行。但他们还没来得及开火，编队就消失了。

小伙子们说，德国人偶尔会注意到火炮的闪光，然后快速移动方向，试图向炮位投下炸弹。

每天早上炮手们都要操练。他们可以在几秒钟内设置引信，装载和点火，但他们甚至能做得更好。在常规训练之后，小伙子们主动一小时又一小时地加练。

“那是因为他们喜欢炮，”我问道，“还是因为他们想出人头地？”

“这确实是因为他们决心要赢得这场战争。”军官说。

和高射炮手在一起的这个夜晚是我第一次看到战争中士兵的世界。我永远记得深夜里的一刻，我站在一名军官和一名中士之间，黑暗中炮火轰鸣，炸弹嘎吱作响，飞机在头顶呼啸而过，英国军官说：

“这不是很荒谬吗——我们所有人都想杀死对方？我们还以为这种事再也不会发生了！”

2.杂记

伦敦，1941年1月

我认识的一个人的兄弟有个爱好，每天早上骑着自行车到处寻找炸弹造成的新破坏。他今天早上打电话报告说他有一个特别的大发现。（由于报纸不允许提及具体地点，有关不同寻常的炸弹破坏的消息在城里散布要靠口口相传。）所以我们乘公共汽车到离我们旅馆大约两英里（3.2千米）的现场。

报告是准确的，很准确。我们后来得知，损坏是由一架满载炸弹的德国飞机坠毁造成的。他们发现了飞机的细小碎片。

附近所有的房子都被吹倒了。巨大的石头建筑仍然屹立不倒，但里面的办公家具已经支离破碎，一片狼藉。六个街区内各个方向没有留下一扇窗户。然而，一名警察说，只有十几人受伤，没有人死亡。许多炸弹的爆炸都是如此怪异。

该地区所有的公共时钟都停了，但没有一个是停在同一分钟。我看到的六个有半个小时的时差。答案是爆炸移动了指针。

伦敦的一些建筑物现在安装了波纹钢百叶窗，晚上可以拉下挡住门窗。如果炸弹落在附近，它们不能保护玻璃，但可以防止碎玻璃四处飞溅。在这次特殊的爆炸中，这些钢制百叶窗扭曲弯折，其中一些凹陷进去，但另一些则像内胎的薄弱之处一样向街道的方向膨胀。这是关于炸弹爆炸的另一件怪事——拉力往往大于推力。

我今天第一次在肯辛顿花园看到彼得潘的雕像。我想它一定是世界上最可爱的雕像。200码（183米）外有一个巨大的弹坑，但雕像却完好无损。我认为他们应该把它移走并在这段时间里把它埋起来。

肯辛顿宫的维多利亚女王雕像裙摆上少了几个小碎片，这是一枚小型炸弹落在100码外造成的。

公园里的许多弹坑都填满了从被炸毁的建筑物中拖出的瓦砾。

白金汉宫四分之三的窗户被炸飞了，现在用木板封住。在一扇窗户上，破旧的百叶窗已经挂了几个星期了。我敢打赌，他们不会用一万英镑来修理它，为了向全英国表明，他们的国王也在忍耐接受。

虽然餐馆的寄存处会接受安全帽和士兵的步枪，但他们不会寄存防毒面具，目的是让你一直随身携带防毒面具，以防万一。

街上到处都是休假的士兵，但你很少看到水手。有这么多不同的制服，我还没有把它们全弄清楚。但我可以认出所有的自治领士兵，因为他们的肩章上写着自己国家的名字——加拿大、澳大利亚或新西兰。英国军队中的外国部队也是如此。你经常会在军官的肩章上看到波兰、捷克斯洛伐克或比利时的字样。

顺便说一句，一直以来波兰人和英国人一起打了不少漂亮仗，尤其是在空中。他们是老练娴熟的飞行员，而且他们以一种可怕的热情战斗。英格兰对波兰飞行员的制服怀有深深的敬意。

皇家空军的制服是淡蓝色的。英格兰崇拜皇家空军，这也是应该的。无论是空军中校还是下士机械师，只要看到他们身上这套制服，你就会产生一种深深的感激之情。

关于在这场战争中休假士兵的另一件事是——几乎在你去的任何地方，你都可以看到一名士兵和一名上校以及他们的两个女孩在一起吃饭。不，这并不意味着战争给英国带来了真正的社会民主。这仅仅意味着征兵制度使一些贵族成为军官，另一些贵族成为士兵，当他们休假时，他们仍然是贵族，无论他们穿什么制服。

阿尔巴尼亚的索古国王住在一家著名的旅馆里，因为他不喜欢睡在旅馆常规的避难所里，所以他睡在地下室的餐厅里。侍者必须在午夜前清走所有用餐者，这样国王才能上床睡觉。

不管有没有炸弹，你还是可以在伦敦看到很多电影。你也可以去看戏剧，或者芭蕾舞。你可以玩赛狗。你可以看职业拳击赛。你可以在公共冰场溜冰。你可以坐下来喝醉人的酒。

政府刚刚承诺不会对啤酒实行定量配给，当然，虽然我个人不知道，但我的侦探们报告说，威士忌很容易买到。葡萄酒越来越少了。

伦敦的一些剧院已经被炸得不复存在，大多数上演正统戏剧的剧院都关门了，牌子上写着“鉴于目前的情况……”然而，在过去的六周里，有几部新剧上演了。舞剧照常上演。伦敦爱乐乐团和英国-波兰芭蕾舞团每天演出两场。一个新的点子是“午餐芭蕾”，它正变得非常流行。已经有两个了。还有“午餐莎士比亚”。

当然，所有这些白天的玩意都是夜间灯火管制和德国突袭的结果。除了三四个例外，电影院只在白天开放。电影在上午10点就开始放映，最后一场通常在5：30左右。

《大独裁者》正在三家影院上映。你还可以看到《知彼知己》《西北骑警》《笙歌喧腾》《巴格达窃贼》《卿何遵命》和《弗兰克·詹姆斯归来》。最后一部直到7点钟才开始最后一场。我想那是因为弗兰克是个硬汉。

尽管仍是凛冬天气，仍然有很多被称为运动花园的开放式场所，里面摆满了弹球机和夹娃娃机。总是有一群人在玩它们。

在这些冬天的夜晚，你不难睡个好觉。天气好的时候，德国人每天晚上都会过来，但一周只有几个晚上真的会很吵。即使这样，它也很少持续超过两个小时。

英国制造了数百万个橡胶耳塞，因为去年9月的袭击非常严重，人们无法入睡。但公众并不喜欢他们。它们很不舒服，而且不管怎样人们喜欢听到正在发生的事情。前几天晚上，在一个空袭预警哨所，他们拖出了一个3加仑（11升）的罐子，里面装满了这些看起来像高尔夫球座的小塞子。他们让我拿一夸脱（1.1升）。我不想要，但我拿了一把作为纪念品带回家。

战争给英语带来了一些新词汇。至少，它使一些晦涩的词语变得司空见惯——例如，“手摇灭火泵”。这个词在今天就像汽车或香烟一样常见。

手摇灭火泵是一种小型手泵，配有几英尺长的软管和几桶水，用来扑灭燃烧弹和小型火灾。它分散在伦敦各处——成千上万个——每个人都应该知道如何使用它们。

沙子也到处都是。在斯特兰德这里，每根路灯柱旁边都斜靠着一个绿色沙袋，底下垫着两块砖。这是为了让每个人都知道沙子在哪里；如果一枚燃烧弹落在你附近，你不必疯狂地跑来跑去找沙子扔在上面。

许多建筑物底部都堆放着沙袋，但新沙袋放得并不多。因为它们似乎没有多大用处。为了使这种早期预防措施看起来更美观，也为了保护袋子不受风吹日晒，许多地方都把沙袋装进了箱子里。所以现在似乎只有一个巨大的工具箱搁置在人行道上，紧靠着大楼。

国内的人想知道这里的审查制度。嗯，总的来说不是很严格。我认识的一些美国记者认为应该比现在更严格。

只有少数几个一般性的话题是禁止提及的——比如部队调动、火炮的位置以及任何具体的轰炸地点，直到一段时间之后。还有其他一些限制，例如不能提供当前的天气状况，也不能提及船只或者飞机的路线，或是在火灾熄灭之前拍发任何相关海底电报。(伦敦大火之夜规定有所放宽。)

这里的新闻审查最好的一点是，你总是知道什么被删掉了。审查员给你打电话。你甚至可以和他争论。当然，你通常会失败，但想象一下在某些国家与审查员争论！

就我的作品而言，到目前为止，审查员总共删掉不超过六句话，而这些话都不是我特别在意的。

他们不审查意见。如果你愿意，你可以说你认为英格兰很糟糕，它会通过的。我认为审查制度允许美国对这里发生的事情有相当真实的了解。

伦敦没有摩天大楼。和华盛顿一样，这座城市也有建筑高度限制，比如不能超过11层楼。但尖顶、钟楼和大教堂的穹顶都非常高。

我想不出伦敦有哪一座真正的大型现代建筑被炸弹完全摧毁，除非轰炸伴随着大火。

我不相信有一种航空炸弹可以摧毁帝国大厦。

3.比弗

伦敦，1941年1月

我一直以为贵族会持续发出白光，就像一颗燃烧弹，如果你被这种光照到，你会变得全身无力，你的舌头会僵住，你会像被施了催眠术一样。我从来没有想过，当你真正遇到一个英国勋爵时，他会是一个人。但现在我遇到了一个，我同样震惊地意识到，他真的对我开口说了话，而我也对他说了话。

这位伟人就是比弗布鲁克勋爵，一家大报纸的老板。但现在，他不仅仅是一个报社老板——他是那个正在大量生产飞机的人，英国打算用这些飞机最终赢得这场战争。

比弗布鲁克勋爵是飞机生产部部长。这个部门直到去年5月才成立。飞机从流水线上下来的速度不够快，无法赶上德国。每个人都在努力，但每个人显然都在同时向各个方向努力。于是，丘吉尔先生把手指放在比弗布鲁克勋爵身上，说："就是你了。"

我怀疑比弗布鲁克勋爵当时对飞机生产的了解是否比我多，但他确实知道如何把事情做好。他有着美国人那种无视传统的感觉，那种追求成就的热情几乎如有神助。他一上任就说："不，我们不会削减繁文缛节；我们就忽略它。"

他做了什么，以及他是如何做的，肯定还留在秘密档案中，但你可以得出自己的结论——英国最近在空中变得非常大胆，白天频繁越过英吉利海峡进行突袭。

比弗布鲁克勋爵身边的人对他有一种根深蒂固的感情和尊敬，但作为一名公众人物，他该挨的骂一点也没少。英国公众认为他是个强盗式贵族。贵族认为他是做生意的人。很多人谩骂他目前的成功。人们说："是的，他成功了，但他为此无情地抢劫了其他部门。”

我不知道比弗布鲁克勋爵是否回答过这些嘲笑，但如果他愿意，他可以说，“好吧，你们都说过飞机的生产是这场战争中最重要的事情。如果确实如此，那从其他部门拿东西又有什么错呢？”

比弗布鲁克勋爵喜欢斗争，他并不特别在意掌声。正如一位作家所说，他“宁愿被巧妙地攻击，也不愿被过分地赞扬”。他喜欢在那里与困难作斗争。他在精神上和肉体上都有一种活力，让他周围的人筋疲力尽。

去年5月，当他一头扎进这份吃力不讨好的工作时，他变成了一个全新的人。他的哮喘消失了。他从早上9点一直工作到第二天凌晨3点。像爱迪生一样，他活着只需少量睡眠。他让他的全体工作人员保持高水准。他喜欢这样。

但现在他的哮喘复发了，他不再像一开始那样长时间工作了。当我对他说：“我敢打赌你热爱你的工作，不是吗？”他笑着说：“我想摆脱它。”

据我猜测，比弗布鲁克勋爵的飞机生产如此顺利，不再对他有所挑战，他感到厌倦了。对我来说，这标志着他的成功，就像皇家空军最近的胆大妄为一样。

比弗布鲁克勋爵出生于加拿大。在30岁之前，他已经赚了100万美元。然后他来到英国出人头地。很久以前，1910年，他被选为国会议员。第一次世界大战期间，他担任新闻部长。他是英国最知名的报纸人物。他在政治上发挥了很大的作用，现在他又在为英国做一项至关重要的战争工作。但他仍然认为自己是个外国人。

当我坐在他的桌子对面时，他说的第一句话是：“嗯，你觉得他们怎么样，他们是不是很棒？”他指的是英国人民和他们对待战争的方式。

“你知道，我在这里是个外国人，”他说，“所以我是旁观者清，他们是当局者迷。他们是地球上最伟大的种族。没有人能像他们这样振作起来。我怀疑我们在加拿大是否能做到。”

“我们美国人能做到吗？”我问。

“嗯，是的，”他说，“至少在东部，他们可以这样做。”

作为一个蒙大拿州的老牛仔，我对此非常反感。但后来我想起来我是在白厅而不是在保德里弗[①]。所以，像英国人一样，我振作起来，继续前进。

在这场战争结束时，将涌现出由六个或十几个人组成的小群体，这些人会成为带领英国渡过难关的伟大领导者。他们中的大多数人将在这段时间里忘记政治，不再小心翼翼，而是披荆斩棘。他们将是与英国民族性格保持同步的人，而不是被民族性格拖着走的人。我毫不怀疑，比弗布鲁克勋爵将是这群精英中的一员。因此，我想告诉你我知道的关于他的所有小事。他在美国已经被写了很多，但要让公众了解一个人需要大量的著作，所以我只是加上我的一份。

他中等身材，敦实但不重。他的肩膀前倾，当他坐在桌子边上时，他几乎像是在鞠躬。他面色蜡黄，给人的印象是方脸而不是圆脸。他的嘴很大，嘴唇紧紧抿着。他头顶上的黑发很稀疏，后脑勺上倒是又厚又密，几乎垂到了领口线。我和他说话时，他穿着黑色衣服。

比弗布鲁克勋爵说话不像英国人。他说话还是像个加拿大人，也就意味着像个美国人。他非常了解美国。他最后一次美国之行是在1939年10月，战争刚刚开始的时候。

“你认识我的朋友迪克·梅里尔，对吗？”我问。

“我当然认识，”他说，“上次我在纽约的时候，他来到船上。他的孩子刚出生时，我给他发了一封海底电报。我经常和他一起飞行。”

比弗布鲁克勋爵曾经有自己的飞机。他偶尔仍会在英国飞来飞去，参观飞机制造厂，但他现在乘坐政府的飞机。

他拥有伦敦三大报纸——《晨报》《旗帜晚报》和《星期日快报》。你可能听说过他在弗利特街现代风格的黑玻璃快报大楼。回到家乡，每次读到弗利特街被轰炸的消息时，我都在想比弗布鲁克的玻璃屋是不是被击中了。它没有，尽管100英尺（30米）外的建筑物都被烧毁了。然而，10月份确实有一枚炸弹穿过了旗报大厦的屋顶。

自从接手飞机工作以来，比弗布鲁克勋爵几乎没有关注过他的报纸。《晚

① 美国蒙大拿州的一个县。

旗报》的员工好几个星期都没有他的消息，直到有一天他打电话说："你在我的报纸上攻击长老会是什么意思？"他的父亲是一位长老会牧师，他本人对《圣经》也了如指掌。他在自己的演讲中几乎总是引用它。

他非常反对吸烟。他过去热衷于打网球，但现在已经放弃了。他现在唯一的消遣就是看电影。他是个电影迷，在他乡下的家里有一台放映机。他对玛琳·黛德丽很着迷。正如他的一位同事所说，比弗布鲁克勋爵可能认为，美国能为英国做出的最大贡献就是送来更多黛德丽的电影。他们说他已经看了九次《碧血烟花》。

比弗布鲁克勋爵喜欢听人们一起唱歌。他自己也唱歌——但是，正如有人所说，他对节奏的掌控胜过音调。他最喜欢的歌曲是《牛仔小乔》和《看看里屋的男孩们会有什么》。

在伦敦，比弗布鲁克勋爵被称为"比弗"。在飞机生产部办公室，他被称为"部长"。

他是加拿大前总理理查德·B. 贝内特的好朋友，贝内特也和他在同一个部。

在工作日里，比弗布鲁克勋爵晚上睡在自己的一家报纸厂里的一间四壁厚重的屋子里。周末他去城外的一个地方，但即使这样，星期天他也会顺便去他的办公室。

他有两个儿子和一个女儿。长子马克斯在皇家空军服役。

比弗布鲁克勋爵的政府办公室很可爱，与许多英国政治家占据的黑暗的维多利亚式办公室不同。它俯瞰着一座公园和泰晤士河。办公室很大，有地毯和深色皮椅。比弗布鲁克左边的桌子上有四部电话——三部黑色的，一部绿色的。绿色的用来联系其他内阁成员。

办公室外面是一个大房间，那里有六个秘书在工作，都是男的。中间的门永远是敞开的。秘书和技术人员可以随时与部长联系。他们总是进进出出。

比弗布鲁克经常同时和四五个人谈论不同的事情。他是个爱提问题的人。在你坐下之前，他已经发现你是否吸烟、喝酒、打架、游泳或说世界语。至少每个人都这么说。但他一定认为我什么都不知道，因为他没怎么盘问我。

在我看来，他似乎完全心如止水。他完全没让人意识到他是一个冲劲十足的工作狂，那才是他的真面目。

比弗布鲁克勋爵的性格具有多面性。他可能会成为一个伟大的演员。他有一种内在的信任，一种野蛮的欺凌专横，一种道貌岸然的虔诚，一种深沉的、令人极度不安的阴郁。有时，当他走进内阁会议，他们会说，你几乎忍不住要哭，他看起来太悲惨了。但比弗布鲁克勋爵的主要特点可能是他的机智。他有一种才华横溢却又模棱两可的幽默。不了解他的人往往分不清他是认真的还是在开玩笑。

他的机智有时是灼人的。他们说他喜欢能顶住他连珠炮式质问的人。他不是那种要求言听计从的人。总的来说，他并不在乎公众对他的看法或评论。他喜欢战斗，仅此而已。

在把事情做好方面，他与丘吉尔并无不同。这就是赢得战争的方法。

4.与皇家空军的工作对话

皇家空军轰炸机基地，1941年2月

虽然我不能告诉你它在哪里，也不能给出那群人的名字，但我会和皇家空军待上几天。这个地方离伦敦不近。

我参观这个轰炸机基地的通行证有效期为两天。这里的天气很好，但欧洲大陆的天气很糟糕，所以夜间飞行被取消了。但我不在乎；无论如何，我更喜欢像以前那样，天气不好的时候在家里做很多“机库飞行”——换句话说，只是聊天。这些皇家空军飞行员从未听说过“机库飞行”这种说法，不过他们认为它非常贴切，也开始这样说，所以我想我现在已经把我的那份美国援助给了英国。

在这个机场有很多飞行员，我对他们中的一些人已经有了非常深入的了解。皇家空军的小伙子们就像国内任何一群优秀的飞行员一样。他们是精英中的精英，从驻地指挥官开始，上上下下都是了不起的家伙。

访客不能透露皇家空军基地的信息，但我可以这样说：我最惊讶的是它与和平时期美国陆军航空队的大型机场非常相似。我本以为事情会变得紧张而忙碌，有秘密的机库，所有的东西都伪装成别的样子。我原以为整个地方都是临时搭建的，便于快速搬迁；每个人都会穿着工作服，像消防员一样，随时准备穿上靴子，一接到通知就出发。并不是这样的。

军官们有舒适的私人房间。士兵们住在永久性的大型砖石军营里。在军官食堂里，有一间阳光充足的休息室，里面有一个巨大的壁炉。它更像是一个乡村俱乐部，而不是一个战斗基地。有一个游戏室，放着台球桌和乒乓球桌，地上铺着一块老虎皮地毯。有酒吧服务，所以飞行员可以在午餐和晚餐时间舒服地喝上一杯。白天他们照常工作，测试和检查飞机，练习编队飞行，处理无数的案头文书工作，这些都是管理一座飞机场所必需的。

只有在下午早些时候，当他们聚集在简报室里一张铺满地图的大桌子旁，制订当晚的飞行计划时，当他们一个接一个地起飞，踏上前往敌人土地的漫长旅程时，当他们再一次开始一个接一个地从黑暗的天空中降落时，这个地方才会有战争的感觉。

嗯，还有另一件事会引起你的注意。午餐前，我们围坐在大休息室里，房间里有许多飞行员，我被一些人伤痕累累的脸震惊了。这样的脸数量并不多——最多半打——但它们足以刺破人们这是一座和平时期飞机场的幻觉。然而，小伙子们说在过去痛苦的六个月里，轰炸机机组人员的损失几乎可以忽略不计。几乎所有在德国上空被击落的人都设法通过降落伞降落，现在都被关在战俘营里。本土发生的致命坠毁相对较少。

我问他们如何获得另一边的天气信息，他们说这很难，但通过他们自己的观察和接收的某些信息，他们能够相当准确地预测。我问基地指挥官，只是出于好玩，为什么他不在某天晚上用无线电话打给柏林，询问那里的天气如何。他笑了，说他相信他会这样做的——但他当然不会。我敢打赌，他们第一次接到电话先是会大吃一惊，然后告诉他天气。

皇家空军的小伙子们对敌人的飞行能力评价很高，对来自地面的防空火力也很钦佩。

他们不担心炮弹碎片击中他们的炸弹，在半空中引爆整架飞机，因为这样的撞击不会让炸弹爆炸。事实上，他们偶尔能听到弹片击中飞机下方悬挂的炸弹，他们很高兴听到这种声音，因为这意味着炸弹的厚钢壁挡住了弹片，不让它向上穿过机身冲进飞行员的裤裆。

我问一个小伙子，当他把一颗炸弹往下扔的时候，他的胃里是否有少许奇怪的感觉，他说，不，实际上没有，尽管偶尔回家后想起这件事的时候，他会隐晦地有所察觉。但一想到德国人首先对英国做了什么，任何困扰都会消失。

在我们偶尔听到的传言中，有一种说法是德国飞机的仪表很少又很差。皇家空军的小伙子说那是胡说八道。在英国上空被击落的德国飞机都配有齐全的仪表，这些小伙子说他们的做工精湛。那些必须直面现实的小伙子不会像我们有时在家里那样自欺欺人。

一整夜乘坐轰炸机飞往德国或意大利是一项漫长而艰苦的任务。这种工作你不可能像在工厂里干活一样夜以继日地做下去。

在1940年春天忙碌的日子里，轰炸机飞行员每周飞行多达五次，但现在平均飞行次数减少了。当他们完成一定次数的飞行后，他们就会被“派去”执行其他任务——这意味着休息。这些人通常会被调到培训基地担任教练。

虽然当夜间行动因为坏天气被取消时，小伙子们都很失望，但我仍然相信，每逢这种时候，得到休息的他们会有点高兴。在休息之前，一个人需要几个月时间飞够必需的出动次数。到目前为止，这个基地只有一个人被派去休息之后又回来执行夜间轰炸任务。他返回的时间早于预期——因为在训练基地，他谈了太多自己的经历，以至于他的飞行同伴都快疯了！

我在这个基地听到的最有趣的事情是他们的一架轰炸机迷路了，最后降落在德国，就在天亮之后。飞行员问几个德国农民他们在哪里，农民告诉了他们。他们回到飞机上，安全地飞回了家。

但他们很少迷路，因为他们执行任务时对仪表飞行了如指掌。

我有一个朋友——我结交过的最好的朋友，我将在世界的另一个地方再次见到他——他告诉我他经历的一次坠机。当他谈论这件事时，我们正坐在一辆车里——他和我坐在前座。我问他这是不是他唯一一次事故。他说“是的”，然后伸手到处摸着问：“哪里有木头可以敲？”[①]另外三名飞行员坐在后座上，他们大喊着，好像抓到了偷果酱的人：“吉米在吹牛！吉米在吹牛！他一定是，如果他在找木头敲的话。”

在皇家空军机场，你听到“吹牛”这个词的次数比其他任何词都多。小伙

① 遇上好运时用手触木头，期待好运持续。

子们用它互相嘲弄。他们不会放过任何人，不管他经历过什么。任何人只要谈论自己做过的任何事情都会被指责为“吹牛”。既然每个人都会说话，最终每个人都会被这么说。这种指责都是善意的。

他们有一名飞行员，现在被调走了，他是一个吹牛大王。每次飞行结束，他都会带回他最奇妙的冒险故事。他从不重复自己，也从不讲枯燥的故事。他离开后，小伙子们想念了他几个星期。

在国内，我们的空军只有几名中士飞行员，但在英国有很多这样的人。一名中士担任大型英国轰炸机机长的情况并不少见，整个飞行过程中他都在指挥自己机组里的军官。

轰炸机机组人员最大的苦恼是寒冷。他们几乎被冻死。飞机是由发动机排出的热空气加热的，然而这么多的冷风吹进来，他们真的很难熬。他们现在得到了电加热的靴子和手套，有助于解决这个问题。

和我们的运输机不同，轰炸机只有一套控制装置。机长和副驾驶换班时要交换座位。其中一个伙计告诉我，一天晚上在意大利北部上空，他是副驾驶，但当时正在驾驶飞机，发动机突然熄火了。于是，他驾驶飞机俯冲，当他们垂直向下时，他和机长换了座位。发动机在3000英尺（914米）的高度再次启动，他们安全回家了。

顺便说一句，你知道飞机上一个发动机坏了我们有多担心吗？嗯，这些轰炸机用一个发动机从柏林一直飞过来是很常见的。

这些年轻人承认他们有时确实会害怕。害怕——但总的来说，他们认为这是理所当然的。

通常他们会在目标上空盘旋一个小时左右，躲避防空火力，仔细地瞄准目标。一位军官告诉我，一次飞行中他是副驾驶，不负责驾驶飞机，他竟然在柏林上空睡着了——在座位上睡了半个小时，直到机长嚷着让他制订回家的路线，他才醒过来。

我问他们是否在空中看到过德国夜间战斗机。他们说不是经常看见，但他们都遇到过这种事。我的一位飞行员朋友说，他已经命令他的尾炮手在夜里看到德国飞机闪过时永远不要开火，因为德国人总是有可能没看见他们。这位朋友有过六次这样的经历：一架德国战斗机呼啸而过，距离近得几乎发生了碰撞，但敌人根本没有看到他们。

坐轰炸机出去的五个人会带上一顿午餐，有巧克力、蛋糕和水果，还有一保温瓶茶或咖啡。一位飞行员说，一天晚上他打开热茶，发现茶冻成了冰。他们中的大多数人对飞行午餐不感兴趣。他们真正期待的是天亮前回到家时的热腾腾早餐。我认识的一位尾炮手军官不太喜欢甜食，他总是把他那根巧克力从德国带回来给他五岁的女儿吃。

飞行员每次飞行都驾驶同一架飞机。同时他努力维持一批固定的飞行和地勤人员。如果哪天没有被安排飞行任务，晚上他会在飞机周围徘徊，把一切弄成自己想要的样子。他开始觉得那架飞机差不多就是他的了。

一个一心完成死亡任务的人，也会有时间欣赏美。其中一个小伙子说，他见过的最美景色是晴朗月夜下的阿尔卑斯山。他以前从未见过那些山峰。它们被雪覆盖着，被暗影笼罩的侧面有一种诡异的蚀刻效果。

一天晚上，另一位飞行员在回家的路上往下看，发现星星就在他的正下方。他以为自己的屁股肯定是朝上的，但事实证明，他看到的是天空在下面英吉利海峡中的倒影。

飞行员对事物有各种各样的切口。自动驾驶仪被称为乔治。飞机是风筝。当然，德国人总是被称为杰丽。碰巧我在美国有一个非常亲密的朋友叫杰丽。我希望我回家时她不会试图轰炸我。如果她这样做，我想我只能把她打下来了。

第六章　穴居人

1.我受够了

伦敦，1941年2月

这场战争迫使数百万人像鼹鼠一样在地下挖洞。在过去的六个月里，平均有四分之一的伦敦人睡在地下。

在空袭严重的夜晚，大约一半伦敦人都在地表之下。在某些地区，比如在贫穷的伦敦东区的斯特普尼，那里有25万人口，他们说，在可怕的夜晚，99%的人都在地下。这是一种可悲的生活。

我一夜又一夜地待在避难所里。我总共去过大概50个这类地方，从最低级的到最豪华的，从容纳14000人的巨大牲畜围场到像直布罗陀一样经过加固的精致小型地下住宅。

很难描述一个避难所让你能够想象它的样子，就像很难向一个从未见过船的人描述一艘船一样。因为伦敦地下各种各样的避难所绝对不少于海上各种各样的船只。但一般来说，避难所可以分为四类：（1）地铁，也就是说地下铁道；（2）私人避难所，位于旅馆和公寓大楼之下；（3）数千栋坚固建筑地下室中的巨大公共避难所，以及（4）安德森式防空掩体——房主在后院为其家人单独建造的人工洞穴。

我认为在家乡，比起其他避难所，我们读到最多的是地铁里的生活。这可能是因为其他大型避难所的名字禁止被提及，因为担心会引来德国的炸弹。然而，睡在地铁里的人比睡在其他三种避难所里的人都要少。

这里有一些数据显示，在夜里有多少伦敦人可以进入避难所，有多少伦敦人实际进入避难所，以及他们在哪里避难：

（后一列数据来自最近一个安静的夜晚在整个大伦敦地区进行的避难所普查。）

	容量	普查
地铁	178000	96000
私人团体避难所	930000	209000
公共避难所	1323000	368000
安德森式避难所	3418000	1271000
合计	5849000	1944000

考虑到疏散的人口没有确切数字，让我们假设今天大伦敦地区的人口是800万。那么这些数字意味着避难所可以容纳将近四分之三的人，而在风平浪静的夜晚，只有四分之一的人使用它们。在恐怖的夜晚，这个数字会翻倍。

当我说伦敦只有四分之一的人在这些冬夜里钻地洞时，不要以为其他四分之三的人都出来在城里游逛。只有几千人。其余的人都待在家里，躲在遮光窗帘后面。

在过去的几周里，恶劣的天气干扰了突袭飞机的行动，它们平均每周只有四个晚上出现在伦敦上空。一周只有一个晚上发生了大规模空袭。人们对此变得漠不关心，可能太漠不关心了。但让伦敦连续两晚遭遇猛烈空袭，看看会发生什么。你会看到超过一半的伦敦人冲进地下室。

今天，躲了6个月炸弹之后，避难所的人数已经相当稳定。同样的人每晚去同样的避难所。他们睡在同一个地方，要么睡在床铺上，要么睡在地板上。卫生部安装床铺的速度非常快，现在大约有35万个，在春天到来之前，这个数字可能会超过100万。

对住在避难所的人有各种各样的看法。社工认为他们很棒。有些人认为他们是懦夫。据我所知，无论是否处于战时，他们都和俯拾即是的普通人一样有同样的优点和缺点。他们只是在极其恶劣的情况下尽最大努力的人。

避难所里确实有一些逃避征兵者和小偷，还有一大群年轻人，既不愿意当火情警戒员，也不愿意做其他任何事情。他们是意志薄弱的人。在国内，他们是装模作样的假牛仔；在这里，他们被称为“地铁逃兵役者”。

到了你不得不选择被轰炸还是像猪一样生活在地牢的地板上时，生活确实变得相当艰难。这不仅仅发生在伦敦。全英国的人晚上都在避难所里躲藏。数以百万计的人像这样度过16个小时的冬夜——就在下面的地铁、地下室或防空洞里等待。

不可否认，这比死了要好，但这是一种地狱般的生活。

我在利物浦大街地铁站第一次看到了地下避难所的人群。

那是在一个没有空袭的夜晚，大约8点钟。楼上前厅的一名警察告诉我们，只要走下自动扶梯就能看到——就像动物园一样。所以我们就下去了。

不知怎的，我坚定地认为那天晚上没有人在那里，或者如果有的话，他们会是隐身的或者诸如此类，因为我在情感上根本没有准备好看到成千上万的人躺在冰冷的水泥地上。

在英国的第一天，我看到了炸弹造成的可怕破坏。我看到了英国人为战争做的无数准备。我和受伤的士兵交谈过。我经历了伦敦遭受剧烈轰炸的燃烧弹之夜。我已经听了好几个小时火炮的噼啪声和炸弹的嘎吱声。虽然我当时并没有明确的意识，但这些事情都没有在我内心深处留下清晰的印象，也没有让我难过。

直到我往下走了70英尺（21米），进入利物浦街地铁的内部，看到人们像孩子一样无助地躺在那里，我的心才第一次跳了起来，我哽咽了。我知道我一定是突然停下来往后退去。我知道我一定对自己说：“哦，我的上帝！”

我们找到了避难所的管理员，和他谈了很长时间。他对自己的避难所感到无比自豪，我想他理当如此，因为他们说，与最初相比，现在这里是天堂。他让我们穿过避难所，然后在后门等他。

这是一段新的隧道，还没有列车通过。这一段比纽约大多数地铁隧道都要窄，而且是椭圆形的。它是用钢铁栅栏围起来的。

我们走到远处的尽头，大约八分之一英里（201米）长，穿过一条地铁，然后回到平行的地铁。几百个人在两边的长椅上坐卧，就像在一条长长的有轨电车座椅上一样。我们继续往前走，他们的人数多达数千。此外，地铁的木地板上有一排人形横亘着睡在那儿。到处都是他们的身体，我们在睡觉的人之间下脚时必须看仔细了。

这些人中有许多年纪大了——可怜的、疲惫不堪的老人，他们从未体会过生活中的许多美好事物，此时正在绝望的困苦中结束他们在这个世界上的日子。他们是把缝缝补补的衣服裹得严严实实、脸上皱纹纵横的那种人，我们可以在国内的救济办公室看见他们默默地坐在那里排队等候。

也有孩子，有的在睡觉，有的在玩耍。年轻人成群结队，有说有笑，甚至还在唱歌。有神气活现的，也有沉默寡言的。有辛勤工作的中年人，他们必须在5点起来去上班。一些人坐在那儿，编织、打牌或者聊天。但大多数人只是坐着。虽然才到8点，但许多老人已经睡着了。

那些老人看上去很悲惨。想想你七八十岁的时候，一身病痛，记不清这辈子还有什么值得怀念的事。然后想象自己每天黄昏时分去地铁站，把破旧的大衣裹在衰老的肩膀上，坐在木凳上，背靠着弯曲的钢墙。整夜坐在那里打瞌睡，一会儿清醒一会儿糊涂。把它当作你的命运——每个夜晚，从现在开始的每个夜晚。

我们出现时穿着光鲜的衣服，戴着地道的美国式帽子，人们都抬起头来看我们。我从他们中间穿过，有一种可怕的负罪感——就像我在监狱里盯着囚犯看时一样。我不敢直视别人的脸，因此那天晚上我没有看到多少人的脸，主要看着地面。但我再也不能看更多了。我看够了。

自从第一个晚上以来，我又看过了很多事情，我不再对一群群避难者有类似的感觉。重复使不寻常变得平常。任何事情太多了都会让你的情绪变得迟钝。但我仍然认为我的第一印象是正确的。我仍然认为这种情况比元凶炸弹更直白地说明了世人可怕的贫困。

你看到被炸毁的建筑物会觉得有些眼熟——看上去就像飓风袭击过一样。但是，看到成千上万可怜的、没有机会的人以离奇的方式躺在冰冷的钢铁上，穿着他们全部的衣物，蜷缩在毯子里，眼睛里闪着光，呼吸着恶臭的空气——像兔子一样躺在地下很深的地方，没有抗争，甚至没有愤怒；只是无助、煎熬、虚弱地等待另一个黎明的慰藉——我告诉你，这就是没有救赎的生活。

2. 双X

伦敦，1941年2月

我和一位监督避难所维修工作的朋友一起走进伦敦东区一段铁路轨道下的避难所。

这条轨道在高坡上穿过城市，坡顶砌成沉重的石拱。在地面之上、铁轨之下是宽敞的屋子。人们晚上在隆隆作响的火车下面入睡。

我们走进其中一个房间，时间大概是晚上11点。它像地牢一样阴沉，只有微弱的灯光，而且非常冷。大约二十个人躺在地面的床垫上，身上盖着被子。每个人都睡着了，至少我们是这么认为的。

我的朋友看了看天花板，检查最近防止渗水的工作是否已经完成。我们什么也没说，但突然从躺着的人中间传来一个女人的声音：

“我们什么时候才能有铺位——战争结束之后？”

那声音很苍老，但不怨恨，也不苦涩。它甚至有一种愉快的口气。

这句话打开了其他沉睡者的话匣子，许多人都开始插话。他们仰面躺着，向我的朋友讲述这个悲惨地方的种种不适。

这里有满脸皱纹的老头老太太，有什么也没说的中年人，有孩子，有并排躺着的两个女孩——二十多岁的漂亮女孩——头上戴着发网，脸上涂着润肤霜。在俄亥俄州立大学，她们这样的女生会很受欢迎。在这里，她们仰面躺在水泥地板上，抬头看着站在那儿的我们，和我们聊了大约15分钟。

然后在这次谈话的过程中，我听到——如果你不介意的话——似乎有人在上厕所。房间里沉默了一会儿，声音被放大了。

我不相信这是真的——在这里，在孩子和老人面前，在两个可爱的摩登女孩面前，你能带她们到丽兹酒店吃晚餐的话会自鸣得意。这在文明人中似乎是不可能的。但这是真的。那个房间里唯一的厕所是一个公用的桶。

没有人笑也没有人脸红。在战争的鞭打下，这种粗俗的亲密关系已被接受为一种生活方式。

当我们离开时，那个老人带着愉快的心情对我和我的朋友说："我们都死了你们也修不好这个地方，所以你们最好在花圈上给我留一笔定金。"

我们走时他们都在笑。

双X避难所在东区。我叫它双X，因为我不能说出它的真名。

人们对双X很有感情，他们已经在那里很久了。每天晚上大约有一万人住在那里。它是伦敦最大的避难所之一。它太大了，就像一个州博览会。你要花几个小时才能逛完。

进出的通路已经被围起来，在入口前几英尺的地方建起了防震墙。巨大的地下室空间被分成几个隔间，每一个可容纳一百多人。每个隔间都有编号，也都有自己的地下管理员，由这些人自己选出。

起初，一万人就睡在地板上。但现在要安装床位了。

双X有两个大急救室，由红十字会的护士负责。它有食堂。它有一个黑人经营的流动餐车，卖食物和饮料。它有一条特别长的步行道，专门用来转着圈上上下下，除了头上有遮挡，就和大西洋城的海滨人行道没有两样。

双X并不现代，也不太完美，但它有一个可取之处，那就是它已经成为一个社交中心。人们喜欢待在双X，因为他们如此快乐。到处都是年轻人，英俊的年轻人，边走边说边笑。它是四海一家的。无疑地球上的每个国家都有人在这儿。

一切都发生在双X，从出生到死亡。这里为成人开设了夜校，还有一个图书馆。这里有浪漫。众多休假的士兵来这里寻找女孩。双X是一个大而欢乐的城市，所有人都在同一屋檐下。它的魅力掩盖了它的不便。这是一个战争中炸出来的巨大的人类煎蛋卷。

现在看看一个私人的安德森式避难所。

这是一个半地上的地窖，通常建在后院。正如我以前说过的，在英国有成千上万这样的避难所——在郊区、小城镇和乡村，它们容纳的人比其他所有类型避难所加起来还要多。

任何每周收入低于20美元的人都可以免费获得一座安德森式避难所的材料。其他人必须自己购买。

安德森式避难所是由铁皮墙围成的，外面堆满了泥土。它直接挨了炸弹会被摧毁，但是它能出色地抵挡附近的爆炸和飞溅的碎片。有一天，我看到距离

20英尺（6.1米）宽弹坑不到15英尺（4.6米）的地方，一座安德森式避难所安然无恙。

不过四个人挤在安德森式收容所里是挺可怜的。业主经常会遇到地面渗水的问题。取暖的同时避免窒息也是一个问题。

起初，安德森式避难所被认为很完美，但现在政府正在讨论一项新政策，即在你的房子里选择一间屋子，增加支柱进行加固，使其成为一个更健康、更安全的避难所。

这段日子里每天晚上都睡在地下的普通伦敦人会货比三家，然后才在某个特定的避难所安顿下来。这就像租赁一套新公寓一样。怎么选要看哪一家是最安全的，还有你是否喜欢人群。

一位管理员告诉我，他确信战后许多人都想继续生活在地下，这和避难所里的生活一样吓到我了。伦敦人爱交际。他们喜欢群居生活。

我不得不承认，我在许多避难所看到的人似乎都在把它当作一次野餐郊游。而且，在一起的人越多，他们感觉就越安全。

一间很大的屋子里只坐满了一半，人们都在不高兴地抱怨。管理员对我说，如果你把五十个人塞进去，他们会像六月鳃金龟一样高兴。

当然，有些人确实更喜欢更小规模公共避难所的安静和隐私，在那里可以几个人围坐在一起，干针线活、打牌和聊天。

我走进一间地下室，里面只有二十几个人，他们有一架钢琴。当我走进来时，他们都在唱歌。他们碰巧在唱《穿越佐治亚州》。

在索霍区，我在小型办公楼的地下室里参观了两三个避难所。它们很舒适，令人愉快，你至少有一种隐私的感觉。在小型避难所里，你可以在角落里半永久地保留一个床位，周围布置一些温馨的小物件。

人们经常走很远的路去他们最喜欢的避难所睡觉。他们说，人们乘公共汽车和地铁到四五英里外的地方，就是为了睡在宽敞舒适的双X避难所里。然而，住在双X附近两个街区的某些人则会每晚乘地铁去四五英里外大理石拱门[①]

① 位于伦敦海德公园东北角。

的地下睡觉。

虽然所有公共避难所的人每天早上都要把床上用品带回家，但有些避难所的“客人”是永久性的，他们可以自己安装铁床和铁椅。你可以看到从家里客厅搬来的整排整排的深色旧皮椅，老人们坐在上面睡觉。还有数以百计的帆布躺椅，人们整夜都睡在上面。

下午晚些时候，每当你看到有人带着一个廉价棕色手提箱走在街上时，他都是在去避难所过夜的路上。我希望过去一年我一直在做廉价棕色手提箱的生意。你甚至可以看到人们坐出租车去避难所，但却带着廉价的棕色手提箱。

在双X，你可以看到数百辆婴儿车停在墙边。它们载的不是孩子，而是床上用品。官员们认为他们可能会被迫禁止婴儿车，因为人们用它们带了太多的东西。它占用了太多的空间。有些过来的人简直是准备在这里料理家务。

我对避难所里的士兵数量感到惊讶。这对我来说太可怕了。一名士兵回家休息几天，享受一下生活、自由，小小放纵一下。然后，因为他的家没了，或者他的家人搬走了，他不得不躺在地牢的地板上度过他的假期。

然而，并非所有的士兵去避难所都是被迫的。很多人去那里泡妞。双X的官员暗示，有些女孩并不是纯洁无瑕的。管理人担心这一点。但不管贞洁与否，我要说的是，我在贫穷的伦敦东区双X避难所里见过整个伦敦最可爱的女孩。

顺便说一句，这里的女孩穿着阿拉斯加式风雪衣，使用同样的材料，把兜帽戴在头上。她们看起来很时髦。

许多人尝试政府为避难所安装的新床位之后，又回到了地板上。床位不到两英尺（0.6米）宽，太短了，不舒服。在地板上，人们有舒展和滚动的空间。

大多数床位都是三层的。地铁站里的那些是用钢做的。其余的都是木头的，靠钉子连接在一起，这样它们就可以很容易地被拆卸和移动。它们做工粗糙，看起来很像家里自制的。有些床面是板条的，有些是帆布的。

另一个晚上，我在一个还没有安装床位的避难所里，管理员说人们已经投票了，三百个人中只有两个人想要床位。但他们无论如何都要安装，因为卫生部是这么说的。

在好一点的避难所里，有几个人会带上睡衣，在睡觉前穿上。但这种人很少。大多数人睡觉时都穿着衣服，甚至戴着帽子。我很惊讶地看到穿休闲长裤的女人如此之少。我认为这种裤子最适合穿着在避难所睡觉。

在离开家之前，一位英国朋友告诉我要带一套滑雪服。他说这衣服一下跳进去就可以穿上，还可以在避难所穿。但我已经在避难所住了一个星期了，从没见过滑雪服。不管怎么说，穿着滑雪服躺在萨沃伊酒店672号房间的深色沙发上，我会觉得有点傻。

3. 星条旗

伦敦，1941年2月

在伦敦躲炸弹的避难所里，许多人正在做出伟大的牺牲。

我不在乎你去哪里，无论是去一个巨大的畜栏般的避难所，还是去伦敦西区整洁的小避难所，总有人在为他的人类同胞付出他的时间、他的力量和他的心。

以伦敦东区的一个大型地下室避难所为例，它可以容纳大约3000人。在那座巨大的旅馆里，有一个身材矮小的人，名叫米基·戴维斯。他只到我的腰部。你和他说话的时候必须弯腰。

自去年9月以来，除了偶尔散步外，他一直没有离开过避难所。他夜以继日地工作。他一分钱都拿不到。人们崇拜他。

“住在地下有些奇怪，”他告诉我，“你在这里待了这么久，你甚至不想出去。然后，当你出去再次适应新鲜空气时，你就不想回来了。”

有成千上万的“戴维斯”为这些筋疲力尽的伦敦人服务。

我有一个朋友，他从早到晚做会计，然后晚上大部分时间做避难所管理员，没有报酬。我见过女孩们在一家10美分商店里工作一整天，然后去伦敦东区的一家避难所，在食堂柜台上为成千上万的人一直服务到晚上10点。她们早上5点起床，提供早茶和咖啡。她们每天晚上都这样做，而且没有报酬。在伦敦西区，我看到生活安逸的妇女每天晚上坐在凳子上做成千上万的三明治，然后以成本价卖给避难所的人。

英国的市民团队有自己的闪电战英雄，他们是这场战争中最伟大的英雄。但它也有成千上万的小英雄。我认为做一个小英雄要难得多，因为你必须坚持不懈。

在9月份的时候，避难所的管理一片混乱。那时他们还在学习。人太多了，以至于妇女们会在早上8点钟收起被褥，走出避难所的前门，然后向右转，在那里排一整天的队，等着下午4点从同一扇门回来。

但现在每个避难所的人都妥帖地安顿下来，成为永久居民。此外，避难所的每一区或每一隔间都实行某种程度的自治。一位由人们选出的代理管理员，认识在他那一隔间里的每个人，知道他们都在哪里睡觉，所以他们不再需要排队等候。管理员为他们预留了空间。

所有这些代理管理员都是志愿者，工作没有报酬。首席管理员的周薪约为13美元，他们怎么能干得下去！

在节日期间保持圣诞精神的做法令人惊叹和感动。人们团结起来，竖起圣诞树，凑钱到处买礼物。我在假期里参观了三十多个避难所，没有一个不是精心布置的。

在所有希腊人的避难所里，人们把英国国王乔治和希腊国王乔治的拼合照片放在一起。每个避难所都有一面旗帜，至少有一张国王的大照片，以及通常的“上帝保佑我们的家园”的箴言。这让我想起发生在双X的一件小事，这座巨大的综合性避难所里有大量的犹太人。

那里的避难所管理员问我是否知道他在哪里可以得到一面美国国旗。

“你今晚来这里真有趣，”他说，“因为我今天早上才收到这个请求。这里大部分人在美国都有亲戚。他们想要美国国旗。他们说英国和美国是世界上仅存的两个国家。”

好吧，我对旗子不太感兴趣，但我想这是我应尽的义务。所以我去了塞尔弗里奇百货公司，买了他们最后一面美国国旗，然后把它拿到了双X。

第二天，避难所的管理员打来电话，相当兴奋又感激地说它引起人们一阵不小的骚动。他说，妇女们已经开始做国旗的复制品，并且挂得到处都是。他说，前一天晚上，他把24名希腊人放到了那个隔间，他们来自一艘被鱼雷击中的商船，一看到国旗就欢呼起来。

所以我想欧内斯特[①]为1941年做了一件好事。国旗也花了2.5美元。我现在很纠结，我是应该做一个自己付钱的英雄，还是做一个小人，把它记在我的报销单上。我想也许该等到我这个小人花钱更大手大脚时再做英雄。

我想告诉你伦敦两个非凡的避难所。这两个避难所都隶属于私人团体。它们不对公众开放。

当我第一次看到它时，我是被秘密带进去的，有点偷偷摸摸的，因为很少有人知道它的存在。它一定是全伦敦最安全的避难所之一。它在一个商业区某栋公寓楼的地下室里，一楼有一家银行。避难所是银行的地下金库。

他们花了一万多美元来整修它。没有一分钱花在花哨的装饰上，这个避难所也一点都不花哨。每一分钱都用来加固这座金库。

金库上方有五层坚固的建筑，金库本身的天花板是5英尺（1.5米）厚的混凝土。金库由两个房间组成。较小一间的天花板被用混凝土加厚到8英尺（2.4米）厚。墙有3英尺（0.9米）多厚。大门的材质是沉重的钢铁。金库的两侧是走廊，走廊之外是一堵厚墙。金库四壁环绕的是古老的大地母亲。

精心设计的巨大齿轮控制着天花板上沉重的钢制活板门。这是紧急逃生门。这扇门通往一楼，门上方是我见过的最重的桌子。桌腿是一英尺（0.3米）厚的栎木柱子，沉重的钢制桌面可以防止瓦砾卡在门上。

用橡胶条密封金库的钢门不透气。如果灯坏了，有一组电池供电的辅助照明设备。大厅里的常规逃生门已经用铁轨支撑起来，挡住落下的瓦砾。

在萨沃伊酒店的避难所门口，一个穿着无尾晚礼服的男人坐在桌子旁边。他为那些想睡在避难所的酒店客人办理入住手续。

避难所里面灯光柔和，安静得像一座坟墓。它装有空气调节设备。门口挂着厚重的缎子帷幔，其他的帷幔将避难所分成几个隔间，每个隔间大约有20张床。中间有一条宽阔的过道，窗帘使它看起来像一列准备过夜的巨大的普尔曼式豪华列车。

床又软又宽。它们和普通酒店房间铺一样的床垫。亚麻床单是新的。

---

① 本书作者原名欧内斯特·泰勒·派尔。

在一个角落里有一个单独的休息室，你可以坐在桌子旁边的深椅子上喝咖啡。再往上一层就是一个小酒吧。

整个避难所由复杂的重型钢管框架支撑，天花板能够承受炸弹碎片的重压。入口处有三扇独立的门，一扇接一扇，每扇门都有一道可以放下的密封帘。

避难所有自己的女佣和门房。它还有一个完整的红十字会单位，由7名兼职护士组成。在9月初的空袭中，她们收治了许多从街上进来的炸弹受害者。

萨沃伊避难所可以睡两百多人。不管有没有空袭，酒店的许多客人每天晚上都睡在那里。

单身男性和单身女性被分配到单独的隔间，已婚夫妇也有专门的隔间。他们甚至为慢性打鼾者准备了一个单独的区域，将避难礼仪发挥到了极致。他们只是把他们聚集在一起，让他们打呼噜。事实上，当闪电战刚开始的时候，在他们想出主意隔离吵闹的人之前，酒店有专门的夜班工作人员，他唯一的职责就是四处走动，摇动打鼾者！

4. 展望未来

伦敦，1941年2月

总的来说，伦敦公共避难所的生活让我想起了我们自己在家里临时搭建的大萧条营地。

它们是在相当混乱的情况下，出于迫切的需要而突然出现的。就像我们的营地一样，它们正在逐渐变得更好。就像在我们的俄克拉荷马州营地一样，人们已经建立了某种形式的自治。他们选举自己的领导人，他们有委员会，在更高级别的委员会中也有代表，负责制订避难所的规则并寻求改善——上帝知道，一些避难所里有足够的地方让人们待得更舒服。

数千人挤在一起，他们的体温让一些避难所变得难以呼吸。在另一些避难所，石拱和混凝土地板下方深处的寒冷和潮湿是致命的。在斯特普尼区的一座教堂里，直到最近，人们还睡在曾经装着尸体的石棺里。

直到我参观避难所的第二周，当我被特意带到某些地方时，我才开始看到一个现代化避难所到底是什么样子。

让我们以斯特普尼区为例看看他们正在努力做的事情。这个拥有25万人口的行政区有300个避难所。它们的分布并没有规律，但从来不会相隔很多街区。大部分避难所都没有标记。晚上你必须提前了解该进哪扇门。夜晚走在黑暗的人行道上，你有可能走上几英里也遇不到一个人，而实际擦肩而过的一扇门背后就有灯光和3000人。

所有这些地下室都是自治市租赁的。闪电战开始时它们还没有准备好，从那时起，为了让这些地下室更加宜居，所有人一直不停地对它们进行改建。但现在斯特普尼区有了一个计划。更多的地下室不断被租出去改造成避难所。当这个项目完成时，如果它能完成，他们希望有500个庇护所。

出于躲避炸弹和保持健康的考虑，他们想要分散开来——让避难所不那么拥挤。在新的计划下，他们挑选了一个坚固的地下室，经过几个星期的工作让它完全做好准备迎接任何客人。首先，他们用纵横交错的砖墙支撑起来，同时将地下室分隔成几个房间，每间可容纳20或30人。然后，他们安装成排的木制床位。天花板是用混凝土密封的，所以水不会渗进来。非水泥地板会铺上混凝土。他们设立了一个急救室，配有医疗用品。他们建起了一排排现代化的私人厕所。一些避难所甚至会有淋浴，因为医生们担心穷人不愿意洗澡。设置了食堂，这样避难者就可以用合理的价格吃一口热饭。最后，也是最好的一点，他们安装了人工通风系统。这是真正的空气调节系统——它既可以吹进热气或冷气，还可以吸出浑浊的空气。

这就是斯特普尼区的目标。其他行政区也在做一样的事情。当所有这些项目完成后，伦敦的避难所将成为非常适合居住的地下宿舍。但现在许多避难所比地下胡佛村①好不了多少。

教会在这次紧急避难所事件中确实贡献良多。成千上万的人在坚固的教堂地下深处过夜。实际上，在我见过的所有公共避难所中，我最喜欢特拉法尔加广场圣马田教堂地下室里的一个。

---

① 20世纪30年代，美国经济危机时无家可归者居住的棚户区，名字来源于被认为应该对大萧条负责的美国总统赫伯特·胡佛。

凡是到过伦敦的美国游客都知道这座古老的教堂。直到一年半前，其庞大的地下室里还堆满了古代死者的尸骨。但大约18个月前，牧区长把这些东西清出来埋在其他地方，准备用这些房间进行社交活动。他们刚做完这项工作就赶上了战争。新清空的地下室成了完美的防空避难所。它们今天的情况就是如此。

地下室里满是双层床位。中央供暖系统刚刚安好。还有一排排私人厕所。一切都很干净。有一个单独的地下室，供带着小婴儿的母亲使用。有一家通宵餐厅是为军人准备的。还有一个供平民使用的食堂。

你也不必听传教布道。中央大厅里有台球桌和乒乓球桌。它更像是一个俱乐部会所，而不是一座教堂。

圣马田可以睡500个人。虽然它在富裕的西区，但任何人都可以来。任何人都会来——衣冠楚楚的世故男人，年老的犹太母亲，士兵，女孩，还有一大群像你我一样的普通人。

你对圣马田的热情就像你立刻喜欢上了一个新相识一样。这里自有品格。

当你看到一座侧面有炸弹洞的教堂，地下室里有500个相当安全和快乐的人，女孩们在神圣的墙壁之间抽烟，没有人对她们大喊大叫，那么我可以说这座教堂找到了真正的宗教。

在我动身来这里之前，我害怕在这个冬天被某种大规模战时流行病感染。好吧，它还没有发生。到目前为止，英国战时的健康状况显然非常好。我不知道这如何做到的，也不知道原因。因为在我看来，伦敦四分之一的人口挤在地下的洞里，流行病的条件就具备了。

确实，这个城市今年冬天到处都是感冒。许多使用避难所的人都患有一种叫做“防空洞咽喉”的疾病。总是有很多咳嗽——剧烈的咳嗽。我感冒了，和其他人一样。它让我在床上躺了将近一个星期，我感觉不太好。但是生病那一周我还没有收到医生账单时一半难受——38美元。

今年冬天，猩红热和白喉的发病率实际上有所下降。肺炎只上升了一点点。真正的流感还没有爆发。伤寒没有引起任何担忧。唯一真正上升的疾病是被称为斑疹热的脑膜炎。它已经从1939年的1500例上升到1940年的12500例。

目前，伦敦正处于冬季最关键的两个月，医生们正在祈祷，向七个方向敲木头、撒盐。如果他们能再坚持一个月，他们就能挨过冬天的高峰，如果他们能在没有疫情的情况下度过，我认为他们应该三次向神致意——然后开始为下一个冬天做准备。

这些避难所必须不惜血本地加快改造速度。伦敦的流行病可能会给希特勒带来他期待已久的机会。这些人继续以这种方式度过冬天会遇到大麻烦。在我看来，在另一个冬天到来之前，每一个大避难所都必须有一个人工通风系统，符合卫生标准的厕所，充足的暖气和温暖的地板。它们必须保持干燥。它们必须有更好的医疗部门。

今年冬天他们尽了最大的努力。最大的避难所有护士，有几个医生值班。但大多数小型避难所都没有这种配套。我访问了一个地方，那里的人自己凑钱买了一个医药箱，而对医学一窍不通的避难所管理员则扮演着医生和护士的角色。在另一个避难所里，医疗箱被锁上了，有钥匙的人已经好几天没来了。

我记得去年初秋读过英国医生的一份报告，说伦敦的虱子和跳蚤数量正在惊人地增加。我在最穷的几个避难所问过这个问题，据我所知，这种增长已经停止了。在所有的大避难所里都弥漫着浓郁的消毒剂味道，因为它们每天早上都要清洗和喷洒。但是，在我看来，它们仍然不够干净。

大型避难所的急救室实际上是微型医院，配备了红十字会护士和医生，他们每晚都自愿提供服务。在双X避难所，我查看了他们过去两个月的记录。在他们治疗的病例中，大约有四分之一得了疖子。这似乎很奇怪，所以我问了一下，一位护士说这是穷人饮食的结果。鲜血、辛劳、泪水、汗水——还有疖子。

伦敦的避难所生活，即使在最好的时候，也不是件有利可图的事情。我曾以为我可能会觉得它很刺激，甚至有某种浪漫，但我想错了。整夜躺在地下室的地板上，周围是拥挤的人群，伸手可及的地方就是开放式厕所，污浊的空气，甚至在没有空袭的夜晚也受到持续的看管，在我看来这是对人类精神的一种侮辱。我担心它最终会像监狱一样腐蚀人类的品行。

伦敦有数以百万计的人更愿意在自己家里或地面上其他地方碰碰运气。我相信我是其中之一。

第七章　北方探险

1. 恐惧，伴随着笑声

约克，1941年2月

昨天我收到通知，如果我再不动身，我将被终身旅行者俱乐部不光彩地开除。因此，在伦敦闲得长草6个星期之后，我收拾好我的旧糖袋，背上我的安全帽和防毒面具，跳上一列北上的火车，去看看战争在内陆地区的进展情况。

我乘坐下午4点的火车离开伦敦，前往160英里（257.5千米）外的约克。幸好我提前半个小时到达车站，因为火车一倒进车站，转眼就没有空位了。

如今火车上的乘客大概三分之二都穿着制服。女乘客很少。休假的士兵旅行时携带全套装备，包括步枪。全副武装的士兵就像一匹开始十天野营之旅的驮马。他们带着所有这些东西，因为他们必须随时准备好。如果他们在家时遇到入侵，他们只需向最近的军队哨所报到并开始投入枪战。

你可能会认为，随着战争的进行，英国一半的酒店将不得不关闭。但事实正好相反。酒店有等候者名单，不提前预订的话你很可能会发现自己无家可归。

当我晚上8点钟到达约克时，这种事差点就发生在我身上。如果不是一个漂亮的总机女孩给镇上的每一家旅馆和寄宿公寓打电话，我就不得不整夜坐在大堂里。她打电话的时候我喂她吃巧克力，所以我们俩都有利可图。

最后她找到了一个地方，一座有趣的半独立式小旅馆，结果证明棒极了。老板也是侍者，他在壁炉里给我生了堆煤火，在床上放了个热水瓶，然后站着和我聊了半个小时。

英国有许多大型城市还没有被空袭过。约克只遇到过几次，在这座拥有8.5万人口的城市里，只有少数人被炸弹炸死。

当我们站在我的房间里聊天时，我对老板说："今晚我该怎么通风？壁炉里有火，我不能打开遮光窗帘。"

他回答说："哦，这座可怕的老建筑到处都是风。你不用开窗就能得到充足的空气。"他是对的。

我坐在壁炉前看报纸看到将近午夜。远在约克的我感觉非常奇怪。这座被雪覆盖的城市非常安静，看起来非常古老，像狄更斯笔下那样美好。虽然当时是2月，但你还是希望看到圣诞老人从烟囱里下来。

报纸上严肃的社论警告入侵即将到来。我独自待在老约克的古董房间里，读了又想，读了又想，一件有趣的事情发生了。我在伦敦待了这么久，我已经接受了伦敦人的观念、伦敦人的随意、伦敦人的自信，即无论发生什么，我们都能忍受。伦敦人的心理就像飞行员——今晚会有人被杀，但死的永远是别人，而不是我。但现在，远离我在伦敦的800万朋友，这种对安全的心理安慰消失了。在这陌生的环境中，在尚未对炸弹熟视无睹的人们中间，在这警报声非同小可的地方，入侵的可怕含义就像一幅画一样完整清晰地展现在我面前。即使一次不成功的入侵也会带来可怕的屠杀，我第一次真正直面这件事。我告诉你，我被自己的恐惧吓得呆若木鸡。我愿意付出一切代价回到美国。

如果不是因为浴室，我可能一夜都没合眼。我是在午夜之后发现它的，当时其他人都上床睡觉了。

浴室大约20平方英尺（1.9平方米），有两个浴缸！是的，两个老式大浴缸并排在一起，中间什么也没有，就像两张单人床一样。

我以前从来没有想过会有两个浴缸。但真正看到它们时，我的惊讶变成了赞同。我对自己说："为什么不呢？想想你能用两个浴缸做什么。你可以开个派对。你可以邀请市长大人来喝茶和洗澡。你可以有一个全国性的口号——'每座浴室都有两个浴缸'。"

两个浴缸的潜力统治了我不安的头脑，我想着它终于睡着了，忘记了所有的恐惧。

一些朋友开车带我去了哈罗盖特，这是英国最漂亮的温泉之一。它距离约克大约25英里（40千米）。

哈罗盖特有医疗温泉，以高价闻名的特色大酒店，以及无论战时还是平时，让你目瞪口呆的络绎不绝的豪门望族。

在这样一片祥和中，一架德国突袭飞机在白天出现了，人们都站在街上看着，以为那是一架英国飞机。当炸弹落下时，他们改变了主意。

我问哈罗盖特是否有像伦敦那样的地下公共避难所，我的一位略显愤世嫉俗的英国报界朋友说："有，但从来没有人进去过。哈罗盖特是如此华而不实，每个人都害怕在公共避难所里被人看到，而在场的人都配不上他的身份。"

英语地名让我着迷。约克有一条街叫"不三不四大街"。

我下楼来到旅馆的小休息室，和其他六位客人一起坐在炉火前吃晚餐。

除了军官食堂，这家小旅馆是我唯一见过会在桌上碗里放糖的地方，而不是只在你的咖啡里放一块糖。老板说他发现如果这样把糖放在外面，全凭客人自觉，他们只会吃平时一半的糖。

旅馆里有两个旅行推销员——一个卖鞋，一个卖面包。其中一人来自谢菲尔德，就在圣诞节前，那里遭到了严重的空袭，他带着妻子和两个儿子。由于空袭，孩子们的学校放假六周，所以他们并不抱怨在战争中的运气。

这两个人更愿意询问美国的流线型火车，而不是讲述谢菲尔德的空袭。他们从来没有坐过火车。但他们研究过机械杂志，他们告诉了我关于著名的皇家苏格兰和银禧流线型火车的一切。

当我们谈论到轰炸时，我发现他们对各种炸弹特性的了解不亚于和我聊过的任何一位防空民防队员。然而，最近的谢菲尔德空袭在他们心中似乎并不是最重要的。

旅行推销员现在的日子不好过。他们能拿到大量订单，但他们没有货物可以交付，因为大多数工厂都在完成战争订单。而且，他们的汽油是定量配给的。他们每月可以多用5加仑（22.7升），这取决于政府对他们作用的看法。他们尽量避免过多的夜间驾驶，因为在灯火管制下开车不那么舒服。然而，尽管有这些不利因素，尽管道路积雪，尽管英国人口稠密，限速很低，这些旅行推销员只要能弄到汽油，一天就能跑200英里（322千米）。

第二天清晨，这两个人就上路了。

我和几个朋友在约克的一家酒吧里与一位土生土长的约克郡人交谈，他说的话我一句也听不懂。如果不是和我在一起的英国士兵朋友也都听不懂他的话，我是不会说出来的。所以最后我们的谈话变得冗长而可笑，就像你在酒吧里做的那样，我们试图分析他的谈话，他也试图分析我们的。我们都度过了一段美好的时光——可能比我们相互听懂要好得多。

并不是所有的约克郡人都像这个人那样说话，甚至大多数都不是。除了在农场，我只遇到过两三个说话难懂的约克郡人。那天晚上我回到家，还在想着那个家伙，我突然产生了一个可怕的想法，也许他说的根本不是当地方言，只是单纯的口齿不清。

2. 约克郡农场

巴勒布里奇，约克郡，1941年2月

约克郡的农民现在在报纸上大做文章。因为英国意识到她必须把这个岛变成一个大农场，因为希特勒试图通过封锁把她饿死。所以我一直在约克郡的农场边走边看。

自从上次战争以来，英国农民的日子一直不好过。他们的生活水平低得可怕。他们说奇怪的是居然还有人愿意留在农场。

政府确实帮了一点忙，虽然没有我们做的那么多。但现在政府正在为农场做些事情。它提供贷款，控制某些价格，在某些地方，它几乎为农民做了一切，除了坐在篱笆上嚼一根稻草。但即使如此，农场的情况在我看来仍然相当混乱。

关键的是尽可能多地垦殖新土地。在许多地方，他们正在开垦板球场和高尔夫球场。每个城市和村庄都有自己的“小块配给耕地”，有其他工作的市民利用业余时间在城市公园的小田地上种植蔬菜。

尽管英国人口稠密，但仍有大量土地可供使用。例如，1938年约克郡的西赖丁大约有75万英亩（30万公顷）的草地，而耕地只有25万英亩（10万公顷）。但是到1940年和1941年，超过10万英亩（4万公顷）的草原被开垦和种植。在这里，他们称之为“犁地”。自从上次战争以来，拥有几十个佃户的大地主的旧时代差不多已经过去了。现在大部分农田都是大约40英亩（16公顷）的小块土地。

现在有一种抗议政府的呼声，反对政府下一次征召士兵时将农场工人包括在内。批评家们认为，农场需要所有有经验的人，而军队根本不需要人。一支“妇女土地服务队”被组建起来在农场工作。它现在有9000人，另有1000名成员正在招募中。

我顺道拜访了约克郡的一户农家。他们并不能完全代表一般农民，因为他们生活在政府的土地上，比大多数英国农民要富裕得多。

这户的一家之主是罗伯特·雷，他已经上了年纪。他穿着皮靴和一件有领扣但没有领子的衬衫。他有风湿病，下雪天就待在家里，就像这次一样。他的儿子理查德被征召入伍之前一直干农活。我在那里的时候，雷先生的女儿正跪在地上擦地板，刚刚结婚的她还在为这件事脸红。

雷家有60英亩（24公顷）地，样板房和谷仓实际上是政府建造的。他们每年支付每英亩4美元的租金，年收入约为800美元。

他们住在离城镇3英里（4.8千米）的地方，没有汽车，没有电灯，也没有电话。他们冬天大部分时间住在厨房里，但他们的厨房比大多数农场的都要好。他们没有普通的炉灶，而是在壁炉边上的墙里安了一个开放式的煤炉栅。

他们有一个浴室，里面除了一个浴缸什么都没有。当我往里看时，浴缸里有3英寸（7.6厘米）深的水，而且部分结冰了。厕所是老式的，房子后面几步远的柴火棚里有一个老式厕所。房子里的每个房间，包括卧室，都有一个小煤炉，但它们很少被点燃。

房子是砖砌的。由于木材稀缺，几乎所有的英国农舍都是砖块或石头砌成的。混凝土谷仓是最新样式的。雷家养了大约三十头牛，十几头猪，几只鸡，没有羊。他们和马一起耕种。所有的家畜都有单独的畜栏，铺着很厚的稻草。

这场战争似乎离雷家农场很远，但他们和英国其他地方的人都在战争中。他们的家园永远不可能被轰炸，但他们将感受到极其严峻的经济形势，体会到更辛苦的工作，并且发现亲戚朋友一个接一个离开去打仗。

雷的起居室墙上挂着两个相框。它们是年轻新娘的两个叔叔的照片，穿着一战时期的制服。他们中的一个上次战争后就再也没有回来。在这次大战结束之前，墙上会有更多战士的照片——丈夫、兄弟和堂兄弟。因为每个人无论如何都会以某种方式置身其中。

3. 访问苏格兰

爱丁堡，1941年2月

在今天的英国乡村旅行很难说完全是一件乐事。

旅行的缺点包括：如果你乘火车的话，火车会很拥挤，时刻表也会延误；如果你开车的话，道路有积雪，高速公路没有标志，汽油短缺；满满当当的酒店，稀少的出租车，最糟糕的是，尽管英国北部比纽芬兰更靠近北极圈，但酒店却没有暖气。另一方面来说也有优点：温暖的火车，可口的食物，友好的同伴，白雪覆盖的美景，此外如果你提出要求，人们总是会帮助你。尽管缺点听起来令人沮丧，但你确实能以惊人的速度舒舒服服地到达目的地。

实际上，现在的铁路运输比和平时期更多，但当然，这种增长体现在货运列车上。客运服务被削减了，但没有我想象的那么严重。每天从伦敦到苏格兰有30趟客运列车。火车长极了，而且总是很拥挤。

在英国旅行没有限制。你不需要得到特别许可或者诸如此类的东西。你只要坐上火车出发就行了。从我拿到名目繁多的特别证件那一天起，我就再也没有出示过它们。当我在旅馆登记时，我必须写下我的国籍，我的护照号码，我刚从哪里来，我要去哪里。英国人也一样，只不过他们写下的不是护照号码，而是他们的国民登记号码。

好一点的火车可以去餐车吃晚餐。餐车比我们家里的环境好，有很深的安乐椅。他们给你端来汤、羊肉、煮土豆、卷心菜、水果罐头和咖啡，大约85美分。在英国火车上吃饭令人愉快。

我这样的陌生人很难知道什么时候到达目的地。你几乎见不到列车员或搬运工。他们只是偶尔喊出一个站名，而且大多数站名都被省略了，免得空袭到来时泄漏给德国人。当然，到了晚上，火车窗户是遮住的，所以你无论如何都看不到你要去的车站。

当我发现有人和我去一个地方，我想出了一个偷听计划，于是当他开始穿上他的外套时，我也开始穿我的外套。

有些人对铁路了如指掌。有一天晚上，在从伦敦到约克的路上，我们的火车慢了下来，我们都以为我们要到约克了。

“等一下，”我们车厢里的一个人说，“我马上就告诉你。”

他坐在那里听着火车缓缓前行。突然间，我们发现自己正在过一座桥。

“不，这不是约克，”那人说，“这是塞尔比。”

从四个小时前我们离开伦敦的那一刻起，他从未从书本中抬起头来，但仅凭车轮的声音，他就能准确地知道我们在哪里。这就是生活在灯火管制中如何影响你的感官。

有些火车站有搬运工帮你搬行李，有些则没有。一个陌生人晚上抵达目的地会很不方便——而我似乎到任何地方都是晚上。你下了火车，你到了那里——独自一人在一个陌生的城市，不知道该往哪个方向走，一切都昏暗无光，没有出租车。你只能无助地站在那里，直到你找到一个心地善良的人。

我们到达爱丁堡时已近午夜，天正下着雪，很冷。这个车站挤满了乱哄哄的士兵。我一生中从未在营地之外见过这么多士兵。大约每隔5分钟就会有一辆出租车到达，然后其他人就会搭上它。最后，大约半个小时后，我才打到一辆。

朋友们告诉我一家据说是爱丁堡最温暖的酒店。我很高兴他们没有把我带到最冷的酒店，因为我的屋子没有暖气。它就像一辆冷藏车。所以女仆半夜过来，在壁炉里生了一堆火，插上了一个小电热器，在我的床上放了一个热水瓶。顺便说一句，壁炉每天要多花50美分，电暖器每天要多花30美分。

我让女仆早上8点叫醒我，过来时再生一堆火。等天亮前她敲门时，我伸手去开门，门离我的床很近。但门并不像我想象的那么近，我在黑暗中不停地向外伸手，最后伸得太远失去了平衡，从床上摔到地上，扭伤了一根拇指。

我摸黑躺在冰冷的地板上，和被子缠在一起，冻得要死，我的拇指很疼，独自一人在苏格兰一个漆黑的“冰箱”里，方圆400英里（644千米）内没有一个朋友，我想：在我听说过的所有该死的傻瓜中，你是头一号。如果你有点理智的话，你现在可能在巴拿马或夏威夷。

但我并不在乎，不管发生了什么，我很高兴我在这里。

爱丁堡是一座优雅的城市。它是苏格兰的华盛顿或渥太华。这是一座政府之城。它是一座条理分明的城市。我以往从未见过如此坚固的城市。我是指它的建筑。一切都是巨大的石头，如此巨大，如此沉重，以至于整个城市似乎都嵌在脚下的岩石中。

在我看来，强健的爱丁堡比英国其他任何城市都更能承受空中闪电战的打击。他们还没有遭遇过空袭，如果遇到的话，那将是最严重的暴行，因为爱丁堡不是一个工业城市。

这里的很多东西都不一样。这里的食物比伦敦的多，品种也更丰富。你可以毫不费力地吃到美味的牛排。

有人说爱丁堡现在是英国最快乐的城市。那里有漂亮的餐馆，苏格兰军官穿着苏格兰方格呢短裙在那里跳舞的情景美不胜收。

你永远不会看到一个平民戴着安全帽或防毒面具。爱丁堡的孩子们被疏散了，但80%的孩子已经回来了。晚上像白天一样都会放电影。夜里没有人在公共避难所睡觉，尽管避难所运转正常。

我这里的一些朋友每周都去伦敦，他们知道那里发生了什么。这些朋友回来后对老乡们深恶痛绝。

“在这里，我们都在抱怨我们的胃痛和风湿病。”他们说，“当你刚从伦敦来的时候，这听起来非常微不足道，他们在那边确实应该抱怨——但他们没说什么。我觉得一点点空袭对我们有好处。”

确实，苏格兰并不是许多炸弹的受害者。确确实实，人们对英格兰有种根深蒂固的厌恶，但在紧急情况下，这种厌恶会被抛诸脑后。他们关注的都是战争。给我的观感是，如果我是一个入侵的德国人，甚至是一枚燃烧弹，我也不想试图降落在苏格兰土地上。

据我所知，爱丁堡过去幸免于难并没有让它变得松懈。这座城市似乎已经准备好了，正在等待。它以各种方式组织起来。它的官员已经访问了被空袭的城市，研究发生了什么，并做好了相应的准备。

例如，许多爱丁堡人住在他们称之为经济公寓的大楼里。由于城市的特殊性，防空措施与其他城市的有所不同。爱丁堡是一个公寓接一个公寓组织起来的——每个公寓都有一名空袭民防队员，他一直在那里值班。

我喜欢苏格兰人民。不知怎的，我把一切都搞错了。首先，我觉得他们说什么我都听不懂，但其实他们很容易理解。而且，我觉得他们很阴沉。正相反，他们骨子里就很幽默。苏格兰人很难不在5分钟内来个有趣的反转，而且通常是模棱两可的反转。总而言之，我发现苏格兰人比英国人更像美国人。我觉得和他们在一起很自在。

顺便说一句，如果你来这里，有几条建议：（1）不要像我一样把苏格兰当作英格兰的一部分，因为它不是。英格兰是英格兰，苏格兰是苏格兰。(2)除非你指的是威士忌，否则不要说“苏格兰的”。人民是苏格兰人，他们是苏格兰的人，但不是“苏格兰的”。

顺便说一句，苏格兰威士忌越来越少了。许多酒吧限制顾客只能喝两杯酒。威士忌酒被送往美国，以换取大量美元用于购买武器。

一次一个苏格兰人告诉另一个人，德国人入侵时，他正在电影院里。经理中止了电影，走上舞台宣布:“警报器响了。”

现在另一个苏格兰人应该笑了，但他没有笑。他仔细琢磨了很长时间，最后笑着说:“我想这件事的笑点是，警报器没响？”

4. 一个苏格兰家庭

纽黑文，1941年2月

在沃尔特•拉瑟福德的记忆中，他的家人都是渔民。但他的父亲说，他宁愿看到儿子们死掉，也不愿看到他们成为渔夫，所以他们成了工程师和店主之类的人。

但沃尔特一直待在海边。纽黑文是一个渔村，沃尔特经营着一家为渔民提供装备的商店。他是一个船用杂货商。

十二年来，他一直担任渔民协会的主席，这个值得骄傲的组织可以追溯到1648年。在他家里的一个鞋盒里，装着代表荣誉的漂亮银杯和奖章。拉瑟福德夫人从小就在渔妇唱诗班唱歌。这个唱诗班很有名，经常去伦敦演唱。

我在拉瑟福德家拜访了一个晚上——我不请自去，但任何亲戚朋友也不会受到更真诚的对待。我去看他们是为了了解战争是否真的接近苏格兰的普通家庭。人们向我保证，拉瑟福德一家是典型的苏格兰人。

好吧，当战争来临时，沃尔特把他的船用杂货商店交给了拉瑟福德夫人，去了一家为政府制造船用发动机的工厂工作。他负责制造测量仪器——上次战争中他在格拉斯哥干同样的活儿。他已经有十八年没干了，但现在又干起来了。

沃尔特已经当了爷爷，但他早上6点起床，在黑暗中骑自行车去上班——在冬天，这里直到早上9点才天亮。话说他过去确实骑自行车，但他现在是步行。有一天早上，他的前轮撞上了马路牙子，他摔倒在雪地里，用他的话说，“就躺在我的屁股上”。

沃尔特每天工作12个小时，每两周才休息一天。

“那确实非常难熬。”我说。

“对于一个上了年纪的人来说，这些工作够劳累的。”他说。

拉瑟福德夫人嘲笑他的“上了年纪”。因为他看上去大约35岁。他有一张风吹的红脸，脸上没有一条皱纹。他穿着一件高领毛衣，跳来跳去，像在做跳跃运动。

“我总是被误认为是他的母亲，”拉瑟福德夫人笑着说，“但我不介意。”

拉瑟福德夫人是个大块头女人，无论站着还是坐着，她都是笔直挺拔的。她的幽默感足以让一打苏格兰女人受用。她在船用杂货商店里工作很长时间，那家店就在他们公寓下面的街面上。

“有时候我真想让它关门，”她说，“有时候我很感激它让我不用思考。”

相信我，她有很多事情要考虑。她的儿子，也是她的宝贝儿，曾是一名鱼类拍卖商，但如今他在马耳他的皇家空军服役。她的女婿是一个渔夫，但目前在海军巡逻，在水雷中间摸索前进。她另一个女儿的未婚夫是步兵团的通信员。他们之前刚准备结婚，但现在要等到战后才行。

而孩子们最好的朋友，就在这条街上，也从打鱼人变成了海军巡查兵。几周前他的船触了水雷。他们可以从船用杂货商店里听到爆炸声。他年轻的妻子就在店里，也听到了。他们根本找不到他的任何残骸。

拉瑟福德夫人说：“我们的儿子去马耳他七周后，我们才收到他的消息。”“我会从商店一楼上来，带着一颗破碎的心哭个不停，但最后我们收到了他的电报。”

这个村子里的每个人都有亲人在打仗。

拉瑟福德夫人是如此冲动，她不能悲伤太长时间，而且她是如此诚实，想说什么就说什么。她没有禁忌。她非常像我的母亲。沃尔特说，最近的一天晚上，她正在收听来自美国的广播，有人在谈论自由以及我们应该如何向英国提供一切援助，突然拉瑟福德夫人对着收音机大喊："哦，闭嘴！别说那么多了，做点什么吧！"

拉瑟福德一家不穷，也不富裕。船用杂货商店供他们的三个孩子完成了学业，还让他们买了房子和汽车。汽车现在被搁置了，因为沃尔特整天工作，而拉瑟福德太太不开车。

"但你不会卖掉那辆车的，"拉瑟福德夫人说，"当他回来的时候，它就在这里等着他。这是一辆顺眼的丁点小车。"

拉瑟福德夫妇经常使用"丁点"和"顺眼"。类似方言混杂着"受够了"这样的现代俚语，听上去很奇怪。

拉瑟福德夫人说"鲱鱼"的发音听起来像"母鸡"。在渔村里，他们总是要吃很多鱼。"就是母鸡，母鸡，母鸡，早上、中午和晚上。"她说。

拉瑟福德一家从不会忘记去教堂，但他们远称不上虔诚的教徒。

他们的家在我们所谓的合作公寓里。他们拥有一栋砖砌建筑的一层和二层。他们有两间卧室，一间厨房和一间浴室。和许多苏格兰住宅一样，厨房也是客厅。一扇遮得严严实实的窗户边上的笼子里关着一只鹦鹉。

10点半，住在家里的小女儿看完电影回来了。然后拉瑟福德夫人放上咖啡壶，拿出一罐蛋糕，做了三明治。我们都围坐在餐桌旁，边吃边聊。我一生中从未感到如此自在。

5. 红色克莱德

格拉斯哥，1941年2月

爱丁堡在苏格兰的东边，格拉斯哥在西边，但由于它们位于苏格兰最狭窄的地方，所以坐火车只有一个小时的路程。中间的乡村看起来很像印第安纳州，只是这里的田地更小。

这就是美国的问题所在——它太大了，有太多各种各样的风景，这让所有其他国家看起来都像是在美国国内，而不是外国。

爱丁堡是一座历史悠久、安安静静的文化和学术之城。格拉斯哥是一座充满活力、商业繁荣的世界性工业城市。它们没有任何相同之处。

水手们告诉我，他们受到的欢迎让他们觉得格拉斯哥是七大洋上最温暖的城市。对我个人来说，我看不出这两个城市在这方面有什么区别。它们两个都让我在身体上感到寒冷，在精神上感到温暖。

我们在格拉斯哥下了火车，检查完我们的行李步行前进。从车站可以看见一座被炸弹炸毁的建筑——这在格拉斯哥非常少见。唯一的伤亡是爆炸后两个人摸黑走下楼，楼梯已经不在那里了。

格拉斯哥没有遇到过空袭。他们一直预期会有，因为他们有工厂和大型造船厂。人们不能理解为什么希特勒没有对它发起行动。有人说他是为自己保留造船厂——在他占领爱尔兰并横渡爱尔兰海之后。另一些人心照不宣地说，他保留它们为了别的事情，但他们过于心领神会了，以至于我永远搞不懂他们是什么意思。

我们穿过车站旁的一个大公园，里面全是砖砌的避难所，就像伦敦的地面避难所一样。我走过去想看看里面是什么样子，但它的板条门被牢牢地锁住了。我的苏格兰朋友说："这只是为了防止发生空袭时有人想进去。"

我们的约会已经误点了，但我的朋友说我得去看看格拉斯哥的商人是怎么工作的，所以我们去了一间地下咖啡屋。它几乎有一个街区那么长，里面铺着厚厚的地毯，墙壁上挂满了画框。整个地方人头攒动，男人们三三两两坐在桌子旁边，戴着帽子，喝着咖啡，聊着天。当时是上午11点。

我的朋友在邻桌云山雾罩地聊了起来。"现在，如果我能有一点本金，这件事十拿九稳。"一个家伙纸上谈兵地说——我的朋友说他原话说的是有十分之一的机会。这就是格拉斯哥做生意的方式。这让我想起了里约热内卢，那里的人们10点上班，10点半下班，在人行道上喝上几个小时的咖啡。

格拉斯哥现在很繁荣。它渴望兴盛。它之前经历了一段艰难的大萧条——一段黑暗、惨淡、凶险的艰难日子。

格拉斯哥位于克莱德河畔，在英国各地，你都听说过"红色克莱德"。他们的意思不是用鲜血染红，而是用共产主义染红。格拉斯哥被认为是英国共产主义的中心。《工人日报》有一个格拉斯哥版，直到最近被政府停刊。

我不是黑幕揭发者，也不是政治调查员，所以我对克莱德的红色并没有深入探究。但我从富人、穷人和中等收入的人那里听到了同样的说法，那就是克莱德并没有那么红。工人中的共产党员连百分之一都没有。他们只是习惯于反对些什么的硬汉。他们反对他们的老板，他们反对他们的政治领袖，如果希特勒先生碰巧是他们的老板，他们也会反对他。但对于格拉斯哥的男人来说，谁将赢得这场战争是毫无疑问的——那就是大不列颠。

造船厂里的这些家伙，利物浦的码头工人，威尔士的煤矿工人，伦敦贫民窟里的伦敦佬，以及全英国的农民——战争结束后，他们应该得到一份政治、经济和社会改革计划。国家赢得战争胜利时必须为他们有所打算。

格拉斯哥的男人们喝得多，说得少。你看到一个造船厂工人走进克莱德班克一家酒吧的吧台，他会说："一杯半。"你知道这意味着什么吗？意思是一杯啤酒加半杯威士忌，相当于两大杯。他就着啤酒把威士忌喝下去，然后回去工作。

我们登上一艘格拉斯哥警用摩托艇，沿着克莱德河顺流而下，经过大型造船厂，来了一次私人观光游览。

天气阴沉恶劣，阴云低垂，寒风凛冽。在诺克斯维尔，霾和烟结合在一起，形成了他们称之为"烟雾"的东西。在格拉斯哥，你也不能保持衬衫干净。

格拉斯哥的克莱德河上有桥，但没有一座是朝向大海的。话说回来，旅客可以站着乘坐方便的小渡船。这些由市政府运营的渡轮是免费的。"那个，"开船的警察说，"是给阿伯丁人的。他们来这里度假，整天来来往往。"

全世界都把苏格兰人的节俭当成笑柄，但在苏格兰，人们却把这一切都归咎于阿伯丁人。

当我们谈论这一点时，我注意到在格拉斯哥，你的苏格兰朋友坚持要抢着付钱，他们总是说："不，先生，你不能为苏格兰的任何东西付钱。"

克莱德河不是很宽，但下游两岸那几英里可能是世界造船业最集中的地方。

一个接一个的大型造船厂——你已经没法算出有多少船正在建造了。一路上都是船，从刚开始搭建类似恐龙骨架的龙骨的，到准备几天后下水的。码头上一艘又一艘船已经下水，但还没有上层建筑，正在适应着大海。

关于这些造船厂，有几件事让我印象深刻。一是船只在船台上看起来没有水里那么大。二是这些船台不是与河岸成直角，而是建成斜角的。这是因为这条河太窄了，船只下水时会快速冲过河，撞上对岸。所以他们让船台斜向，然后下水的船就会向上游滑行。

昨天有一艘船下水的船台，今天就会出现一艘新船的龙骨。

从河上看，建造玛丽王后号和伊丽莎白女王号的船台看起来不够容纳一艘不定期货船。

造船厂的船台不是干船坞那样巨大的永久性建筑，看起来稀稀拉拉，好像临时搭建起来的，更像是一个高大的牲口围栏，只不过每一座上面都有巨大的可移动起重机。从远处看，你会感觉这些巨大的起重机就像加利福尼亚长滩附近的油井井架一样密集。

我们在河上待了两个小时。当我们嘎嚓嘎嚓地驶回我们的小码头时，我对自己说：是的，大不列颠仍然统治着海洋。我也在想：但战后呢——当所有这些巨大的船台都空着，一片死寂取代了绵延几英里的铆锤发出的碰撞声，成千上万的人没有其他事情可做只能流连于酒吧？那“红色克莱德”会怎样呢？

游完河后，我有几个小时无事可做，所以我利用这个机会去看了《大独裁者》，这部电影目前正在英国各地上映。当时是下午3点。电影院很大，但里面挤满了人。它让你觉得战争不是真的。

我对这部电影不是很感兴趣，当卓别林最后发表他那被广泛讨论的演讲时，不知怎的我有些尴尬。这里的人全都心知肚明，他们一年半以来一直在争论这些问题，这演讲似乎有些多余。

但格拉斯哥的人们却由衷地为之欢呼。

在克莱德班克，我结交了一些新朋友，并和他们一起度过了一个晚上。他们是善良、正常、聪明的苏格兰劳动人民。他们姓罗伯茨，住在郊区宽阔街道上一栋砖结构联排房屋里。他们是一个七口之家——一个祖父，他的三个成年子女，一个女婿和两个小孙子。

一家之主威廉·罗伯茨曾是一家缝纫机厂的缝衣针校直工，但现在已经退休了。我以前从不知道有缝衣针校直工这种工作。

最小的女儿格蕾塔如今在同一家工厂工作，但它不再生产缝纫机，而是生产军火。

儿子威利曾在造船厂工作，但他一直努力通过学习、阅读和思考来提高自己。他现在为政府工作，在全国各地就战争目标发表演说。家人笑着叫他“教授”。他在几个街区外的一个公园里种了一小块地。

女婿是造船厂的电镀工人。

就像任何地方善良的普通人一样，罗伯茨一家人想说什么就说什么，并不全是说政府的好话。他们就在战争工作的细节之中，而错误的细节对他们来说很扎眼。他们看到效率低下、浪费和举步维艰的组织，他们就会直截了当地说出来。他们说起话来就像国内的人一样。

格蕾塔对我说：“你认为美国会在最后一分钟再次介入，并说她赢得了战争吗？”不过尽管有这种玩笑话，我们还是相处得很好。

格蕾塔曾在伦敦工作过三个月。她最大的愿望是去看看夏威夷。

我和她哥哥回家晚了一点，错过了晚饭。于是，格蕾塔简单准备了一份有煎鸡蛋和香肠的小吃。我们吃饭的时候，家里其他人都坐在壁炉前。

桌子上有一罐果酱。我往我的盘子里放了一些，然后开始把它涂在一些面包上。

“等等，”格蕾塔叫道，“那是果酱。”

“当然，我知道它是果酱。”我说。

“但你把它涂在你的面包上！”她惊叫道。

“当然，”我说，“我该拿它怎么办？”

“为什么我们把它当甜点吃，”她说，“我从没听说过吃饭时把果酱放在面包上。”

我每咬一口她都会笑。

以前从来没有美国人去过罗伯茨家，我想我把他们逗乐了。他们说我说话时拉长腔调，就像电影里的牛仔一样。格蕾塔说她十分期待我偶尔会说出“好啊！”

罗伯茨家房子后面有一个安德森式避难所。他们已经安装了电灯和加热器，但他们从来没有使用过。他们感激自己的幸运，并不指望这种幸运会持续下去。当空袭来临时，他们已经准备好了，他们期待着它来。

在炉边，我们开始讨论丘吉尔先生。在美国的时候，我想我们每天都会听到十几次丘吉尔的名字，但当我们在这里开始谈论他时，我突然发现我在英国很少听到有人提及他的名字。我不知道这是为什么，因为英国人崇拜他，当然也支持他。然而，他们很少谈论他，我也从未听说过他被称为“温尼”。

我认为罗伯茨一家对丘吉尔的态度是真情流露。他们所有对生产、速度和英国战争方式等等的批评，都是良好民主的自我表达。但他们关于丘吉尔的谈话反映了他们的真实想法。

坐在沙发上的女婿摇着头说：“如果我们失去了丘吉尔，我不知道我们会怎么样。”

坐在炉火旁一张很深椅子上的父亲说：“是的，那会很糟糕。是他让我们团结在一起。”

那时已经是午夜了，最后一班公共汽车也快来了，所以我说了声“再见”，然后在苏格兰的夜色中摸索前进。

6. 纵深防御

佩斯利，苏格兰，1941年2月

这就是曾经生产佩斯利披肩的城市。直到我来到这里，我才发现正宗的佩斯利披肩已经有60年没有生产了。也就是真正的、手工编织的那种。

但美国人仍然知道这座城市，至少是间接地知道，因为正如一个人所说，“几乎所有系住美国裤子的纽扣都是用佩斯利的线缝上去的。”

这是一座著名的纺织城市，但我要写的既不是披肩也不是线。我要写的是英国国民军。

你听说过英国的国民军，这支平民军队已经拿起武器，使入侵英国成为不可能。国民军成立于1940年5月，目前大约有170万人。起初，他们的组织软弱无力，几乎无所适从。今天，他们装备精良，训练有素，我可以向你保证，他们令人敬畏。

他们确实在这里保卫家园。每个城市、城镇和村庄都有自己的国民军。他们操练，练习射击，研究计划。他们准备应对一切情况。

今天，整个部队都穿着制服。制服是和正规军一样的棕色，不过他们戴着白色的臂章，上面写着“国民军”。然而以后可能不再戴了，因为德国人入侵时可以轻而易举地认出他们。

国民军中有大量二战老兵。几乎所有成员白天都有工作。

晚上，我们围坐在一个国民军哨所周围吃晚餐，我问周围的人他们做什么工作。有三个推销员，一个建筑师，一个贴广告的和他的助手，一个门房，一个牧师，一个卡车司机，一个教师和一个律师。

佩斯利的国民军有几千人的兵力。每个人每隔一段时间都要通宵值班。晚上值班的大部分时间都用来擦枪，研究军事战术，也许还有操练。要早起上班的人可以抽空在几张帆布床上小睡一会儿。但实际上每天晚上有两个小时，每个人都在黑暗中巡逻——寻找伞兵或任何可疑的东西。

一个夜晚接一个夜晚，国民军在英国各地都这样通宵巡逻。他们巡逻的兵力强大，这样一来，如果他们发现德国登陆部队，一个人可以跑回去发出警报，而其他人则挡住入侵者，坚持等待救援。

国民军本质上是一种纵深防御。在英国看来，海军和空军是抵御入侵的第一道防线。如果德国突破了防线，在海军和空军身后的土地上，英国现在强大的正规军和错综复杂的防御迷宫会让人大吃一惊。第四道防线是国民军，其职责是防止敌人渗透到前线后方——正是这种战术摧毁了许多其他国家。

根据他们的估计，一架满载伞兵的飞机在一切都计划妥当的情况下，可以晚上在英国上空跳伞，着陆后集合成一组，并准备好自行车和机枪，在15分钟内投入战斗。国民军的工作是确保在15分钟内发现并消灭他们，或者，如果做不到这一点，就在正规军到达现场之前阻挡住他们。

他们说，在英国无论多么偏僻的地方，正规军都能在一小时内到达。

全英国的每一条街道和每一条乡村道路都有国民军彻夜巡逻。

一天晚上，我有个朋友正沿着东海岸的一条公路开车。这是一个与世隔绝、荒凉寂寞的地方。他因为私事停了一会儿，站在那里望着大海。然后他开车走了几英里，在一家酒馆停下来喝了一杯。他正在酒吧时，一名国民军队员走过来要求他出示身份证明。有人在黑暗中看到了他。

“假设，”我的朋友问，“假设我没有在这个酒吧停下来喝一杯。你会怎么做？”

“你连4英里（6.4千米）都跑不了，”队员回答，“现在从这里开始，每个方向的每个十字路口都有人在监视你。”

不到一年前还不存在的国民军，今天已经装备精良。

他们的大部分武器都来自美国。在一个哨所里，我看到了美国的步枪和机枪。国民军有充足的手榴弹。坦克陷阱和障碍物在乡村地区组成一张大网，甚至连当地人都无法察觉或者辨认出来。

外省英格兰决心不让德国人通过。当然，也有一些善良的民主人士抱怨政府，嘲笑错误。有成千上万的热炉联盟战士知道如何更好地应对战争。有一些逃避者，无疑甚至还有一些人是第五纵队。然而，我想从来没有一个国家像现在的英国这样思想统一。即使她在这场战争中栽了跟头，我也绝不相信她会走不道德的卖国贼路线。

在英国士兵中，甚至在被轰炸的伦敦人民中，我发现很少有人像第一次世界大战时那样疯狂地憎恨德国人。但这些国民军的中年队员不一样。他们中的大多数人从上一次战争中继承了仇恨，同时因为不得不重操旧业而更加怨恨。现在他们为自己的家园和家庭而战，就在自己的街道上，在自己的田野和牧场上，这一事实更是火上浇油。

在国民军的岗位上，你听到“德国佬”和“德国大兵”的次数比你听到“德国兵”的次数还多。[①]国民军说他们不打算抓俘虏。他们说短兵相接时，他们打算用刺刀。

我不知道是不是已经有定论了——是钢铁更强大，还是人类的精神更强大。我只知道这种心态的英国国民军很可能使跳伞成为一种非常不愉快的职业。

无疑你已经读到过，当入侵来临时，教堂的钟声将响彻整个英国。有一天晚上，我们在国民军的一个哨所里谈论这件事，我们聊起这件事时，我发现自从我到英国以来，我还没有听见过教堂的钟声。事实上，今天在英国敲教堂的钟会触犯法律。他们甚至停止在爱丁堡的城堡里发射著名的“一点钟炮”，所有人都记不清楚这一习俗是什么时候开始的了。

---

① 前两种说法特指第一次世界大战期间的德国士兵。

最近，在佩斯利的一个区，他们在早上6点突然动员了国民军，那时距离天亮还有很长时间。除了指挥官，没有人预先知道这件事。

他们没有敲钟。他们只是挨家挨户地传话。在没有任何事先安排或提醒的情况下，这一区国民军全部53名成员中有50人在15分钟内到达了他们的岗位。

我和一位60岁的国民军队员谈过，他有7枚服役奖章。他曾在埃及、印度和非洲作战。他参加了布尔战争和第一次世界大战。现在，他白天贴广告，晚上是一名国民军队员。另一方面，他是信息部的眼线。他有个儿子经历了敦刻尔克。他只是希望德国人会来——这就是他所希望的。

我和佩斯利的长老会牧师戴维·麦奎因一起在炽热的壁炉前一直坐到凌晨3点。

苏格兰教会，你知道，是长老会。它曾经是国家的一部分。这里的长老会牧师受过很高程度的古典教育。当你和麦奎因先生坐在一起时，你是在和一位智者坐在一起。

麦奎因先生投身战争。他为士兵的福利筹集了数千英镑。他的教堂为驻扎在这里的军队开办了一个食堂。受伤的皇家空军飞行员和他一起住在他的庄园里休养。而且麦奎因先生是国民军的士兵。

他们想让他成为国民军随军牧师，但他不肯。他说他们这样做就像让管风琴手当军乐队乐手，而且乐队也没必要存在了。因此，在每个值勤的夜晚，长老会牧师戴维·麦奎因都会穿着制服在黑暗的田野里来回巡逻，寻找德国人。

周六晚上轮到他的时候，他必须在周日早上不眠不休地直接去教堂，进行两次布道。他说为了不在讲话时睡着，他必须让教堂保持低温。

这就是你的国民军。

第八章　内陆的破坏

1. 火车谈话

在英国的火车上，1941年2月

你可以坐一夜的卧铺从苏格兰回到伦敦，大约400英里（644千米）。或者你可以坐卧铺去中部工业区，我就要去那里。

英国的卧铺车厢比我们大多数的都更舒适。每个铺位都在一个单独的隔间里。它有一个洗脸盆、许多镜子、行李架、隔板和足够一个马戏团巨人脱衣服的空间。隔间里有空调，不用开窗就能整夜保暖和呼吸新鲜空气。如果两个人一起旅行，他们会得到两个带有连接门的隔间。当列车员早上叫醒你时，他会给你一盘热茶和一包蛋糕。

他们说战前一个英国人在火车上和另一个英国人说话是闻所未闻的。但战争打破了这一点。我现在已经乘火车旅行了五次，其中只有一次车厢里的人们没有聊天。

现在穿制服的人开始互相交谈是非常礼貌的举动。一个关于旅行细节的问题通常会打开话题。

至于我，在我说了几句话后，同行的乘客总是会问我是否来自加拿大。我说不，美国，然后我们就开始长篇大论。他们都很想知道美国公众对这场战争的看法。但我告诉他们我不知道，因为自从我离开美国后，人们的情绪显然发生了变化。

你会惊讶于在苏格兰他们有多了解我们。事实上，我感到羞愧，因为几乎我见过的任何一个苏格兰人对美国历史的了解都是我的两倍。

火车上这种新的亲密对一些贵族来说还是有点难。他们越尊贵，说的话就越少。

有一天晚上，我和两名海军军官、一名陆军上校和一名波兰军官一起坐在火车的餐车车厢里——他们显然都是绅士。从我进去到一个多小时后我喝咖啡，我们五个人坐在一起，没有一个人说过一句话。

最后，快结束时，一名海军军官给了另一名军官一支烟，然后又给了我一支。我们抽了几口，我说这烟不错。另一个海军军官说他也喜欢。这就是那天晚上谈话的全部内容。

但从约克到纽卡斯尔，我和一位中年平民、一位商船高级职员和一位非常年轻的燧发枪团现役军官同在一个车厢里，我们谈得很起劲。

这位市民说，二十年来，他每天都要在这条30英里（48千米）长的铁路上通勤。他住在一个城镇，在另一个城镇的工厂里工作。前一天晚上，他一直在他的工厂屋顶上做瞭望人。

这位商船高级职员正在不列颠群岛附近的受护航船队中服役。他去过巴尔的摩、佛罗里达和洛杉矶，他说他想在美国生活五六年，但不会永久待在那儿。

这位年轻的军官有6英尺（1.8米）多高，但看起来像是个高中生。然而，他是敦刻尔克战役的老兵，他向我们讲述了那些忙碌的日子。他说他去了两天两夜，没有睡觉，也没有吃东西，但是一点也不困不饿。

我们在暴风雪中乘车，火车晚点了9个小时。这两个人在火车上待了18个小时，没有吃任何东西，他们几乎要饿死了。这个年轻人说他在敦刻尔克从来没有像现在这样饥饿。

这两个年轻人都在陆地和海洋上历练过，在那里他们的生命暂时一钱不值。然而，这场战争给他们留下最深刻的印象似乎是伦敦如何承受轰炸。他们都在那里休假，他们说他们简直不敢相信伦敦能够经受住考验。

我们还谈到了出于良心拒服兵役者。他们在这里被称为“海螺”。这两个穿制服的年轻人对海螺完全宽容。他们认为，如果一个人是诚实的，就应该允许他从事某种非军事工作。

年轻军官的烟抽完了，不停地抽着我们的烟，不停地道歉。当这位平民到站后，他说了声“再见”，然后下了车，但过了一会儿，他又开始敲打车窗。我们打开窗子，他递给年轻军官一包香烟。

英国人真心为彼此感到骄傲。有五六次，当我和陌生人交谈时，他们都在谈论英国如何团结一心的话题。同样的话我听了五六次：“他们说我们是颓废的，因为安逸的生活和对和平的渴望而变得软弱。但我想我们还没有颓废。”

2. 工厂——无处不在

伯明翰，1941年2月

这是一座拥有100多万人口的城市——英格兰第二大城市。

由于它是一座制造业城市，德国人试图对它有所行动。他们留下了伤痕，但他们没能抹去伯明翰。这座城市遭到破坏的情况与伦敦西区差不多，相当糟糕，但是比起希特勒的目的来说还没那么糟糕。到目前为止，伯明翰还不是一座战后必须重建的城市。这是一座需要修补的城市。

伯明翰有大工厂，但它的小工厂也很有名。在这座城市里，独立的小工厂仍然存在——在这里，手艺是一种美德。伯明翰有2000多家工厂。这就是为什么希特勒几乎要消灭整座城市，才能停止伯明翰的生产。

几乎所有这些工厂都在为战争制造某种东西。我去参观了一家小工厂。那是一座昏暗的旧砖房，占了街区的大约八分之一。除非希特勒派一个骑自行车的人去问警察，否则他永远也找不到。

汤姆·沃特豪斯是这家工厂的所有者和经理。我们在国内把它叫作机械车间。这是一家行业领先的小企业。只有25名员工，他们在同一家公司的平均服务年限是25年。当我穿过商店时，我问我首先遇到的四个人在公司工作了多久，答案是35年、37年、40年和45年。

“你们这里做什么？”我问沃特豪斯先生。

他笑着说：“我们做别人不想做的东西。我们制造了数百种疯狂的东西——枪支和船用发动机的特殊零件，等等。这里没有大规模生产。每一件都是特殊用途的特殊产品，它们几乎都是手工制作的。”

沃特豪斯先生的办公室很有年代感，里面堆满了东西。墙上挂着半打鱼标本。沃特豪斯先生说他活着就是为了钓鱼。三十年来，他一直是世界最大淡水渔业协会的负责人。他是4万名英国渔民的国王。

如果你认为战争不会影响普通人——那么，自从战争开始以来，沃特豪斯先生就没有时间去钓鱼了。

窗台上有一排弹片、炸弹碎片和炸弹掉下来的鼻罩。这些都是在工厂附近捡到的。“我们过去非常重视收集它们，”沃特豪斯先生说，“但现在它们太常见了，我们甚至不保留了。”

沃特豪斯的大多数员工都是家乡郊区的国民军或防空队员，他们都轮流担任工厂的屋顶瞭望人。沃特豪斯先生也参与轮班。

自从开战以来，他一直在写日记。在日记中，他记录了每天的天气、空袭次数和严重程度，以及当天的重大新闻。他认为这场战争只关乎一件事——生活在一个你想说什么就说什么，想做什么就做什么的国家的权利。

“见鬼，伙计！”他说道，“在希特勒的统治下，你甚至不能下班去钓鱼。”

在美国国内时，我知道人们一直在想，当希特勒拥有如此庞大的空中机群，而且飞行很短距离就能抵达英国，当英国如此狭小、拥挤、容易被攻击的时候，英国怎么能安排好她的工厂生产。我自己也在思考。

嗯，首先，英国并不像你想象的那么小。从西南部的兰兹角到北部的约翰奥格罗茨，就像从纽约到芝加哥一样遥远。从横向来看，英格兰的平均宽度超过200英里（322千米）。你可以在这么大的领土上建很多工厂，而英国已经建了很多。

如果他们在伯明翰有2000家工厂——他们确实有那么多——那么他们在其他地方就有数万家。它们几乎无处不在。即使德国知道它们都在哪里，并且可以出动飞机在白天不受抵抗地摧毁它们，那么仅仅是找到并炸毁它们就需要几个月的时间。但是，白天的轰炸已经尽显疲态，小目标在晚上根本找不到，即使是可怕的通宵空袭也只能在工厂集中的地区找到一小部分目标，而且快速修复受损工厂的体系也运转良好——好吧，英国已经能克服一切苦难继续生产。

3. 考文垂的空袭之吻

考文垂，1941年2月

考文垂对美国人来说，同时对大多数英国人来说，代表着最糟糕的一次夜间空袭。从那时起，许多其他城市都被空袭过，但我们第一个想到的仍然是考文垂。

考文垂空袭发生在1940年11月14日晚。我读过很多关于它的报道，也看过很多相关照片。此外，我看见伦敦遭到如此可怕的破坏，以至于你再也不能说我在观看残骸方面只是个门外汉了。然而，当我们开车进入考文垂时，我被吓坏了。

我们开车加走路在考文垂转了三个小时。下午晚些时候，我意识到我一直在对自己大声说，像吟诵一样一遍又一遍地说："天哪，这太可怕了！"

考文垂市中心已成废墟。所有的酒店都没了。一家大报社只剩下烧毁的印刷机和莱诺整行铸排机杂乱地堆在那儿，中间垂下弯折的钢梁。公共餐厅几乎全军覆没。你站在过去考文垂市中心的一个主要角落，朝三个方向望过去只能看见废墟。你走的地方曾经是街道，但现在只有深及脚踝的泥泞。你几乎认不出这是一条街。在道路两边，拖拉机、起重机和拿着喷灯的工人正在清理和拖走扭曲的大梁和混杂的瓦砾。

没有人能用语言描述考文垂的那个夜晚。

恶魔在怒号。似乎整个城市都被烧毁了。他们说最终只死了500多人。这么少的死亡人数几乎是不可能的。因为考文垂是一个拥有25万人口的城市。这意味着每500人才有一人被杀。成千上万的人没有在第二天早上死去，唯一的原因是他们去了避难所。

这座城市举行了两次集体葬礼，每次都有200多具尸体。至于考文垂人对德国人有什么看法，他们对葬礼的时间保密，因为担心会有针对送葬者的空袭。

其他死者由家人私下埋葬。

数十具尸体身份不明。一些人确认死亡只是出于他们的家人再也没有见过他们。我确信，在战争结束后很长一段时间内，他们最后清理倒塌的废墟时仍然会在考文垂发现尸体。

日光再次照耀时考文垂陷入呆滞。我在伯明翰有朋友，他们黎明前就到了。他们开车进城时发现人们正在用各种方式离开城市。我的朋友们说，他们永远不会忘记这些人脸上的恐怖表情。所有人都惊呆了。你可以问一个简单的问题，他们要么不知道答案，要么只是盯着你看。他们的神志似乎死了。

让人们走出困境、重获新生的是两件事。一件事是国王的来访，他在第二天早上来了。他没有事先通知就来了，他到达时周围只有几个人，但消息很快就传开了。不知何故，意识到国王就在他们中间，人们从昏迷中惊醒，实际上他们能够欢呼出来。

第二件事是市领导推动人们开始行动。一个紧急委员会立即成立。一位当地的“丘吉尔”，一个从未担任过公职的人，就这样挺身而出勇挑重担，当其他人只能无助地站在一边时，开始让各种命令四处流传。卡车上的喇叭和传单传递着考文垂必须得到清理的命令。正是这件事让人们再次行动起来——尽管这种行动只是把砖头从一堆扔到另一堆上——让他们的精神重新活跃起来，让考文垂的生活再次流动起来。

我们走过一条无人地带的街道。道路两侧都遭到了彻底的破坏。一边是砖房，另一边是仓库。现在两边都只是一堆碎砖。

我们拐进了一条已经清理过的小巷。一堆杂乱的砖块从小巷里被推出来，周围树起一道小篱笆。篱笆新漆成绿色。

我们在巷子后面找到了J. B. 谢尔顿。他住在一间单坡屋顶小砖房，大小能放进一张双人床。它曾经是一个洗衣房，一头有一个壁炉。

J. B. 谢尔顿四下里找到几块木板，把它们放在箱子上，让我们坐在上面。我们刚刚经过的废墟曾经是J. B. 谢尔顿的房子和办公室。事实上，他已经连续有过四套房子。它们现在都成了一大堆瓦砾。

一张扭曲的铁床从废墟中伸出，挡住了J. B. 谢尔顿在瓦砾周围修建的栅栏。由于床的位置，他无法把它从瓦砾中拿出来，他正在用钢锯锯掉突出的床尾，这样他的新尖桩栅栏就可以妥帖地沿着废墟的界线安装了。

J. B. 谢尔顿是个话匣子。他不是很年轻，却有年轻人的热情。他穿着紧身皮裤，戴着一种有趣的赛璐珞衣领，没有系领带，戴着一顶旧帽子。他又笑又说，很难让他停下来。

他是一名运输承包商，但他的生活兴趣是考古。事实上，他是考文垂的官方考古学家，尽管这只是一份出于热爱而没有报酬的工作。多年来，他一直在考文垂附近挖掘古罗马遗迹。他说，空袭的炸弹为他发掘出了奇妙的东西。我相信，他是考文垂唯一一个得到授权可以在废墟中随意乱翻而不会因抢劫被逮捕的人。

他的巷子后面有个罗马物品博物馆。现在它已经成了被水浸泡的碎片，他的许多珍藏都躺在地上的泥土里。但他仍然站在废墟中，指着一根古老的圆木，开始讲述它的罗马背景。你会以为自己身处哈佛大学的演讲室，而不是站在考文垂的一条小巷里，在这里你举目四望看不到任何一栋完整的建筑。

最后，我们把他从他的考古演讲拉回到了灾难发生的那个晚上。

“那天晚上你在哪里？”我问。

“在哪里？”他说道，“我就在这里，就在这条小巷里，整夜跑来跑去。”

然后J. B. 谢尔顿开始聊了起来。他对那个夜晚的描述让我们身临其境。

“我的房子已经着火了，所以我只是想保住我的马厩。”他说。他的五匹马被拴在马厩里，在房子后面沿着小巷修建的一座木板房里。

“整个晚上我都在马厩里跑来跑去，就像这样，往木板上泼水。我从那个敞开的水箱里取水。

“每隔一会儿就会有一个新地方着火。我会把它扑灭，然后干草就会着火。我会把它扑灭，然后几袋燕麦就会着火。

“午夜时分，我把马都拉出来了。它们很听话。我准备好袋子套在它们头上，但只需要套住其中一匹的脑袋。我一次拉出来两匹，这样它们就不会害怕了。我把它们全拉出来绑在后面空地的树上。然后我不得不回来，再次追着扑灭那些火点。”

他整夜跑上跑下地泼水，周围落下燃烧弹、重型炸弹、火苗和木料——这一切都是为了拯救一个不值50美元的旧隔板马厩！

“真是，那里很热，先生！”谢尔顿说，“火苗就像雨一样落下。看到我旧外套上的洞了吗？那就是火苗落在我身上的地方。”

“当我听到一次大的要来了，我会像这样趴下。”他趴在巷子里冰冷的泥地上演示给我看。

“噪音太可怕了，”他说，“整个晚上，飞机都在我们头顶上俯冲。仓库到处都在燃烧，火花四溅。噢，我再也不会看到这样的东西了。无论如何我都不想错过它。噢，不可思议！”

我想，如果你有一种神圣的天赋，能够全面地看待生命，平静地看待死亡，这样的夜晚确实将会非常美妙。

今天无论朝哪个方向开车离开考文垂，你都会在城郊看到大片土地被一卡车一卡车倾倒的砖块和瓦砾盖得严严实实。正如我在考文垂的一位朋友所说："今天这里的二手砖可能比世界上任何其他地方都多。"

虽然市中心的残骸正在被清理和拖走，但考文垂的大部分瓦砾将不得不留在原地，直到和平到来。考文垂要到战后许多年才能恢复正常。

现在政府不允许完全重建。但这座城市已经赶造了有斜屋顶的单层框架小房子——很像鸡舍——被那些遭到轰炸的商人当作临时商店。

考文垂正在尽最大努力。每个人都回到了工作岗位，但很少有人能过上正常生活。许多人住在从残破的房屋中抢救出来的单间里。

在空袭之后的三天里，所有考文垂人都靠着流动食堂里的三明治过活。之后，政府建立了公共厨房提供热食。配给制停止了，但现在又恢复了。

现在商店里食物充足，但商店太少了，人们总是排长队等着进去。

考文垂的美丽女孩们（我是说美女）又一次出现在街头。最棒的是，赛狗又开始了。利润将用于帮助考文垂的炸弹受害者。

如果你有机会去看正在美国上映的短片《这就是英国》，我希望你去看看。当你去的时候，注意一个叫珀尔·海德的考文垂女人。她在影片中做了一个简短的演讲。

嗯，我认识珀尔·海德。她是考文垂最伟大的女英雄之一。由于她的勇敢，她刚刚被授予大英帝国勋章。

她的英勇不只是一时狂热。她冷静而不知疲倦地连续工作了十天十夜，几乎不眠不休。

珀尔·海德是考文垂妇女志愿服务分部的负责人。珀尔·海德在空袭后为考文垂人民提供了食物、衣服和安慰，是考文垂人民真正的拯救者。一个多星期以来，她穿着警察的裤子，在考文垂的废墟中奋力前进。她从不脱衣服。她太黑了，他们几乎分不清她是不是黑人。

她的妇女志愿服务总部被炸毁了，所以她和她的女人们搬到了街对面。她自己的家也被炸了，直到今天她还睡在警察局里。

珀尔·海德是个大块头女人，又高又壮。她的黑发剪成了孩子气的波波头。她天性中的勇敢和善良闪烁着独特的光芒。她比电影里好看多了。她什么时候都在笑。

当我走进她住的地方看她时，她正准备赶去某处，但她耽搁了几分钟，告诉我美国人在捐款方面做得有多好。她说得太多了。突然，她看了看表，猛地跳了起来。我伸出手来表示再见，但珀尔·海德并没有握手，而是用她那双大手抓住我脆弱的肩膀说："这是给美国的一个吻。"她在我脸上狠狠地打了一巴掌。

尽管无论何时何地我都不愿意被女性拥抱，但这次突然袭击让我呆若木鸡。我站在那里说不出话来，脸也红了，女英雄海德迈着大步离开了，而她所有的女工同事都站在那里开心地大笑。

因此，总有一天，当我踏上回家的飞机时，我会带上一些东西纪念这座遭摧毁的城市：几块破碎的小瓦片，对毁灭永远无法磨灭的记忆，最后但是最好的——一个巨大、绰绰有余的考文垂空袭之吻。

4. 袖口上的标志

沃里克，1941年3月

这是一座古老的小城，坐落在埃文河畔。它距离莎士比亚不朽的故乡埃文河畔斯特拉特福只有10英里（16千米）。

我在这里过了一个周末，希望在莎士比亚的魔力下写一些永恒的文学作品。但酒店认为我们仍然生活在莎士比亚的时代，因此我在床上靠一个热水瓶度过了周末。如果你在这里提到"热"这个词，他们会向警方举报你是可疑人物。

早餐后，我逃到户外，在城里走了一个小时，只是为了暖和一下。汽车旅行者穿过小镇，不到十分钟就有两辆车停在我旁边问路。一个司机想知道如何去斯特拉特福。另一个问去凯尼尔沃思的路。我不知道，所以我只是回答："兄弟，我甚至忘记了去纽约的路。"每一次司机都飞快地开走，还回头看看我，好像他以为我的头被撞了，甚至可能是破坏分子。

我冷得无法思考，我想我应该写下过去几周一直留在我脑海里的一些碎片。

首先，关于苏格兰人小气的老说法有这样一件小事。好吧，早在11月，政府就疯狂地呼吁所有公民交出望远镜，因为军队需要它们。你可以把望远镜捐赠、借给或卖给政府。到目前为止，苏格兰人中选择直接把双筒望远镜捐赠给政府的比例是英格兰人的三倍。

曾经访问过格拉斯哥的三位最受欢迎的艺人是哈里·劳德、约翰·麦科马克和吉恩·奥特里。

我最明智的就是从美国带来了一双胶鞋。在过去的一个月里，我几乎一直穿着它们，我想我离开它们就活不下去。出于某种原因，英国没有胶鞋。我敢打赌，有30个人问过我的那双鞋，说他们希望能买到几双。

英国的旅馆都在中午开始一天的工作。因此，有可能——而且确实发生在我身上——只在酒店住一晚，却被迫支付两晚的费用。

全英国都流传着这样一种说法：空袭时最安全的地方是教堂的尖顶，我开始相信这一说法了。我见过几十座被毁坏的教堂，但我不记得有哪座教堂的尖塔不复存在了。

遇到空袭的城市有一件有趣的事情——你总能从商店橱窗里看到一个裸体蜡像，要么躺在地上，要么被某个诙谐的工人靠在柱子上。在考文垂就有一个，就在市中心一堆乱糟糟砖块中间一根钢柱顶上。在另一个城镇，我看到一个假人被撑着立在人行道上，一个当地人说他们在两个街区外发现了假人的脚。

自从离开伦敦以来，我还没有听到过警报声，但人们告诉我，整个英国的警报声都是一样的。

一位非常友善的女士免费给政府做司机，她开自己的车把我从伯明翰送到这儿。英国有成千上万这样的女人。我特别提到这位马蒂夫人是因为她有一个住在丹佛的姐妹詹姆斯·克鲁斯夫人。

在英国，你从来不会听到1914—1918年的战争被称为世界大战。他们总是说“最近那次战争”。

前几天，一家报纸提议，我们把上一次战争称为“德国战争一”，把这一次战争称为“德国战争二”，并在未来继续对它们进行编号，直到我们把数字用完。

英国喜欢拿公务员的僵化思想开玩笑。他们说有过这样一件真事。想要进入皇家空军基地，你必须有一张特别通行证，通常是一张粉红色的小纸条。因此有一天，女子辅助空军部队的一位姑娘接到白厅的命令：“上午10点到皇家空军某某基地报到，并出示你的粉红色表格[①]。”

如果不是街上的士兵和你咖啡里仅有一块糖，当你访问英国的许多小城和市镇时，你很难意识到正在打仗，这些小城和市镇从未听到过炸弹的嘎吱声。

在外省，警察仍然戴着船形帽，而不是钢盔。

一位来自美国的女士来信，想知道我是否穿着记者制服。答案是否定的。只有那些得到军队授权的人才穿制服。人数并不多。

至于我，我觉得自己带着一顶安全帽和一个防毒面具在外省走动已经够傻的了，更不用说穿着制服露面了。

① 此句原文也可以理解为“展示你粉红色的身体”。

第九章　你还什么都没看见

1. 威尔士战争

加的夫，1941年3月

当你走出加的夫火车站时，你一眼看到的就是这座城市的大型市政体育场。它孤零零地坐落在一座绿草如茵的公园里。它就像国内的某些漂亮体育场，有一个巨大的钢桁架看台，上面有屋顶。它花了很多钱，在重大足球和英式橄榄球比赛日，里面挤满了加的夫的人群。

但是加的夫应该知道最好不在露天建造这个致命的战争机器，因为你骗不了希特勒。他对他们在板球场上生产飞机、坦克和战舰的事情了若指掌。所以他把他们的体育场炸得一塌糊涂。

除此之外，你在加的夫周围看不到太多炸弹造成的破坏。如果你故意进行一次“破坏之旅”，你可以挑选出相当多遭破坏的房屋和被烧毁的商店。但如果你只是像游客一样四处闲逛，轰炸的残骸不会到处跳入你的眼帘。

英国城市的规模总是让我惊讶。例如，加的夫是一座拥有25万人口的城市。你听说过纽波特吗？我肯定我从来没有。嗯，它离加的夫只有10英里（16千米），而它的人口是10万。

如你所知，威尔士位于英国中西部。它的名声不仅来自煤矿，也多少来自矿工的恶劣处境。威尔士多山。令我惊讶的是，我发现这个岛上的山高达3000到4000英尺（914到1219米），但山区人口稀少。威尔士有200多万人口，其中大部分定居在南部沿海地区。

威尔士人的外表和穿着与美国人非常相似。他们是著名的歌手，但我在加的夫没听过任何人唱歌。

你在这里可以看到数量惊人的自行车。深夜，当人们在下班回家时，你很难穿过自行车流走到马路的另一边。

我原以为加的夫是一座肮脏、烟雾弥漫的城市，带有煤矿产业的痕迹。出乎我意料的是，它变得又明亮又干净，比大多数英国城市都要强得多。街道很宽，有广阔的公园和可爱的建筑，当你四处走动时，你会有一种感觉：加的夫拥有一切。

加的夫到处都是防御工事。比起我去过的大多数地方，这里的路障要更多。每个城市似乎都有自己独特的街垒阻挡德国入侵者，如果他们来了的话。加的夫的公共避难所也与众不同。在其他地方，街道上的避难所都是用棕褐色的砖砌成的，但在加的夫，大多数避难所都是混凝土的。

此处地下室里很少有公共避难所。大型街道避难所是首选。在住宅区，这些避难所就建在街道的正中央。万一轰炸变得猛烈，人们只需跑出前门，穿过半条街。

我在加的夫遇到了一种我在其他城市从未见过的东西——煤气驱动的汽车。关键在于汽油是定量配给的，而煤气不是。

一个巨大的帆布包被安装在车顶上，用栏杆围起来。它看起来像五层羽毛褥子。发动机唯一需要改造的是给化油器换一个新盖子。

作为权宜之计还可以，但不太令人满意。首先，给汽车装上煤气要花费120美元。而且你的动力不像烧汽油那样充足。那个大袋子有极好的防风性能。当煤气减少时，袋子会在微风中四处飘动。此外，如果有大雪或暴雨，袋子承重会迫使煤气过快进入化油器，导致发动机阻塞和回火。

最糟糕的是，你顶着这个气球在街上开车，看起来傻乎乎的。

妇女志愿服务在加的夫的工作很出色，就像在其他地方一样。

我通过某种方式设法让自己得到了全威尔士妇女志愿服务指挥官的青睐。她属实是一个美丽、有教养的女孩，刚从大学毕业两年。当我问她一个如此年轻的人是如何升到如此高的位置时，她说这对她来说也是一个谜。她有一个典型的威尔士名字——艾尔文·欧文。如果有必要，她甚至可以用威尔士语发表演讲。她手下有大约8000名女士，她以最冷静的方式处理这一切。

妇女志愿服务的女士们急切地想让我知道她们是多么感激从美国寄来的礼物。她们说，如果没有美国的礼物，她们不知道如何为所有被轰炸的人和来自其他地区可怜的被疏散者提供衣服。

我们去了她们的一个分发区，那里有六个穿着绿色工作服的妇女正在整理和重新包装来自美国的大箱子。这对她们来说是一次很好的教育。她们在提货单上读到了一些未知的物品——对她们来说——比如油布雨衣、麦基诺厚呢短大衣和胶靴。她们从来没有听说过这些东西的名字。她们打开大木箱，就像打开圣诞包裹一样——看看麦基诺厚呢短大衣是什么。在大多数情况下，她们非常高兴；但有一件事难住了她们——男用连衫裤。她们从未听说过男用连衫裤。在这里，从来没有人见过连体内衣。事实上，当她们去分发它们时，许多守旧的威尔士人拒绝接受它们。

当我们谈到美国礼物的话题时，也许旧金山的商人们愿意知道他们送出的几箱精心制作的机械拼装玩具现在在威尔士。它们没赶上圣诞节，但是正被妇女志愿服务的女士们分发下去，她们认为这是她们见过的最美妙的东西。

德国轰炸机偶尔会飞到加的夫上空，投下宣传传单。上一次他们投放的宣传册里是希特勒一篇演讲的翻译稿。加的夫人认为这是一个大笑话，他们收集它们作为战后的纪念品，实际上它们被四处兜售，每本一先令。

加的夫有600名比利时难民。他们的丑态永远让他们自己蒙羞——强人所难、抱怨、纠缠。他们是加的夫有史以来遇到的最暴躁的受难者。

我和一位名叫埃姆斯的温文尔雅的威尔士人一起在威尔士骑马，他的妻子是首席法官休斯的表亲。要是我碰巧认识首席法官休斯的话，那这世界就太小了。

2. 矿工

埃布韦尔，1941年3月

这是一个煤矿小镇，人口约3万，位于蒙茅斯郡山区，靠近威尔士边境。

这里的海拔只有900英尺（274米），但群山连绵起伏，没有树木。地上的雪很深，而低处海岸上的雪已经完全融化了。你在这里有一种高高在上的感觉。整整一天，我不得不掐自己一下，才意识到我不是在落基山脉某个林木线之上的地方。

自上次战争以来，威尔士及其附近地区的煤矿工人处境艰难。他们是英国最需要帮助的人。与英国其他地区不同，与大多数战争中的人不同，目前的冲突并没有显著改善他们的就业。

原因在于交通。铁路被军火运输占用，只能搬运必需的煤炭。英国不存在真正的煤炭短缺，但没有人有一丁点多余的煤炭。如果你不能把煤运走卖掉，挖煤也是没有用的。因此，矿山开采没有任何起色。失去法国市场也是一个打击。

由于当地制造业使用煤炭，埃布韦尔目前非常繁荣，但它是个例外。西威尔士仍处于萧条的低谷，相当一部分劳动力前往伯明翰和曼彻斯特等大工业中心寻找工作。

我来到埃布韦尔，想看看战争离山里的普通家庭有多近。我的“普通人”就是亨利·鲍威尔。他的砖结构联排房子有上下两层，坐落在一条顺坡而下的街道上。孩子们坐着雪橇在街上滑行。

亨利·鲍威尔已经71岁了，他保养得很好。他在地下待了50年，这并没有拖垮他。几年前，他拿着一小笔退休金从煤矿退休，但现在又回来工作了，因为他想在战争中做点什么。他们让他砍掉废弃矿井坑道里的木支柱。

亨利·鲍威尔有一个大家庭。他家里有八个人。他姐姐住在隔壁，她家里有六个人。他们都生活在一起——孩子、侄女、侄子、孙子和姻亲。

鲍威尔先生的房子是自有的。他在房子全新的时候就开始为它付钱，在我出生后那一年，也就是39年前，他搬了进去。

鲍威尔夫人现在已经死了。鲍威尔先生的两个儿子参加了第一次世界大战，其中一个被毒气毒死。他的几个孙子已经加入了国民军，等待着被征召加入正规军。

就在鲍威尔先生两年前离开深深的坑道之前，他的家族有三代人在矿井里并肩工作——他自己、三个儿子和三个孙子。

鲍威尔先生觉得，作为一名矿工，他已经干得相当不错了。他买了房子，养了一大家子，照顾了亲戚，让自己受人尊敬，没有什么可后悔的。他的家布置得舒适美观，他自己收拾得利利索索、干干净净。

他一生中只有两次假期。(在这里，当他们说假期时，他们指的是休息三到四周，可以做一次长途旅行。)他去过伦敦几次。

他不抽烟，但50年来，他每天晚上下班回家的路上都会停下来喝两品脱（1.1升）啤酒。

鲍威尔一家唯一直受到的战争影响就是食物配给。但他们没有感到任何不便。埃布韦尔有一些避难所，但鲍威尔一家从未去过。总而言之，对他们来说，生活与和平时期并没有太大的不同，实际上，他们自己与美国人也没有太大的不同。

3. 无人地带

布里斯托尔，1941年3月

我下午3点左右下了火车。我们穿过布里斯托尔海峡下面长长的隧道，车厢里充满了烟雾。所以我在一家旅馆登记入住，然后去我的房间洗掉烟灰。

我已经有三个多星期没有听到警报声、炸弹声或炮声了。在这样的平静之后，你实际上已经生疏了。你不再有所预期，也就脱下了保护你的盔甲。就这样，我在一个安静的酒店房间里一身轻松地站着，洗着手，突然听到我前所未闻的最可恶的爆炸声。它震动窗户，吹起窗帘，如果说事实上它让我摇摆不定，那就太轻描淡写了。

我一开始认为是一架白天潜入的突袭飞机，但那听起来不像炸弹的声音。所以我坐下来试着思考。我最后发现那一定是爆破手干的，就在酒店后面，炸掉一些被轰炸过、有碍安全的墙壁。事实就是如此。

体力恢复之后，我给我有联系方式的一些人打了电话，并安排与他们见面。

“哎呦，”我们聚在一起时，我说，“布里斯托尔肯定被炸得一塌糊涂。我不知道布里斯托尔的情况这么糟。”

“哎呀，”他们说，“你还什么都没看见呢。快点啊。”

所以我们打车到某个道路被封锁的街角，然后下车步行。我今年冬天从未见过如此恶劣的天气。阴沉的黑雨中几乎飘起了雪花，刺骨的寒风能穿透任何衣物。

就这样，我们弯着腰迎着暴风雨走。我走在街上，平时星期六晚上常常有10万人在这里乱转，但今天却一片寂静。因为这一片现在不对公众开放。你只能凭证件进入。这里是无人之地。

我们在照片中看到过1918年的法国村庄，无论哪一座都是空空荡荡、破败不堪，遭到了彻底的毁灭，布里斯托尔的这片地区也是如此。事实上，它看起来和那些照片一模一样。只剩下几面墙还站着。我从未在其他地方见过这样的景象：一道道主梁扭曲着悬挂在那儿，如此格格不入、错综复杂。把它们全部拆开拖走肯定比一开始建造它们更费劲。

开车绕行布里斯托尔，你会发现整个城市的街区都遭到破坏焚烧。如果你把这些汇总起来，破坏的波及范围之广令人震惊。

我和我的朋友们像孩子一样在这片曾经陌生的土地上来回游荡。我几乎什么也没说，有什么好说的？我从来不知道会出现这种情况。

在我们漫游的过程中，我看到一个熟悉的身影向我们走来。他和一名警察走在一条街道的中央，紧紧蜷缩在大衣里躲避刺骨的雨水。我很熟悉这个人，但这里的环境如此阴森，我们所在的这个地方如此奇怪，我简直不敢相信，在这样一个怪异、神秘的日子里，我的一个熟人也会活生生出现在那里。

那是纽约《太阳报》的高尔特·麦高恩。我们都不知道对方在布里斯托尔。从那以后，我再也没有见他提到这件事，但我相信他看到我也一定同样迷惑不解。因为他走过来开口说话之前，迷惑不解地看了我很久。我们说了几句感到意外的话，然后继续各奔东西，穿过一个我希望美国永远不会看到的世界。

我真的相信，如果可能的话，你直接从美国来到布里斯托尔，开车时蒙上眼睛，这样你就不会看到不那么严重的破坏而逐渐变得无动于衷，让我把你带到布里斯托尔这个巨大的被封锁的伤心地，然后突然摘下你的蒙眼布，让现场的愤怒突然吞噬你——我真的相信十个人中没有一个人，无论男人还是女人，不会站在那里眼含泪水，痛苦和绝望地低下头。

在布里斯托尔，我遇到了一个人，他是布里斯托尔大学帝国历史的“读者”。大学的大礼堂，有着漂亮的橡木镶板墙壁，就矗立在教授的窗外，或者更确切地说，被燃烧弹摧毁之前它确实矗立在那里。

我的历史教授说这个大厅是他见过的最美的东西。对他来说，它的损毁是布里斯托尔遭受的最严重的打击。我的教授是个盲人，但他依然能看到这些现在已经消失的美好事物。

他邀请我晚饭后去他的公寓。他的名字是查尔斯·麦金尼斯，没一点教授范儿。他说除了威士忌、啤酒和葡萄酒，他不能给我任何喝的东西。我告诉他不要担心，在战时我们必须忍受这些困难。

他坚持要为我派一辆出租车，因为在布里斯托尔晚上很难叫到出租车。出租车来之前警报响了。司机载着我匆匆离开，因为他正在他的车库屋顶上执行瞭望任务，他必须马上回去。如果警报声在他出发前响起，他根本就不会来了。他说如果警报解除，他会在10点半回来接我。如果没有，我就只能等了。

麦金尼斯先生是加拿大人，来自卡尔加里。他一直都看不见。

有一次他在卡尔加里尝试做新闻工作。“但是因为我是盲人，他们认为我是信教的，”他说，“所以他们让我负责教堂通告栏。这就是我做过的所有报纸工作。”

1915年，他在加拿大完成学业，来到牛津大学。毕业后，布里斯托尔大学为他提供了一份工作。从那以后他就一直在这里。他是布里斯托尔最活跃的市民之一。他写了一本关于布里斯托尔的书，还送给我一本。他娶了一个布里斯托尔女孩，他们有一个12岁的男孩，现在已经和他的外祖父外祖母一起被疏散到乡下。

麦金尼斯一家住在一套漂亮的六居室公寓，中间有一条中央走廊，一个图书馆，走到尽头是一个大客厅。我们走进客厅，在地板中间有一张桌子，上面有九根木柱和一根竖立的棍子，棍子上用绳子挂着一个木球。

“你玩过台式撞柱戏吗？”麦金尼斯先生问道。

“我从来没听说过。”我说。

“那你最好学着点，”他说，“这是他们在附近酒吧里玩的。每个人都玩。”

于是我们玩了，麦金尼斯夫人赢了所有比赛。

“我喜欢这个游戏，因为它不依赖智力。”教授说。

当我们玩第二局时，警报解除了。

“你在地下室有避难所吗？”我问。

“有一个，”麦金尼斯说，“但我们从来没有下去过。”

“即使在那些可怕的通宵空袭中也没有？”

“即使那时也没有，”他说，“有什么用？你可能会被埋了。我们从不离开公寓。你会慢慢习惯的。”

“你的狗是怎么习惯的？”我问。他们有两只漂亮的狗，一只萨摩耶犬和一只西班牙猎鸡狗。

麦金尼斯先生笑了。“它们不会害怕，”他说，“事实上，它们似乎一点也不介意，除了尖叫的炸弹。其中一种呼啸声听起来像猫的嚎叫，你明白的，狗发出了可怕的嚎叫。”

地下室的避难所为狗提供了一个密封房间，以防毒气来袭。

“我不想让你觉得我无礼，”我说，“但你能给我描述一下一个盲人如何看待布里斯托尔遭受的破坏吗？”

“嗯，”麦金尼斯先生说，“我对光很敏感，当我走在街上时，我突然意识到我身边有光，我知道我正在经过一栋已经不存在的建筑。我把它看作是成堆的砖块、残垣断壁、烧焦的木料和扭曲的主梁。”

我意识到，尽管他描述时使用与我相同的词语，但他无法告诉我他在脑海中看到的东西，因为成堆的砖块和烧焦的木料对他来说只是文字。他从来没有见过这些东西。

麦金尼斯先生是个勤奋的人。他夜以继日地做义务劳动。对他的工作最准确的描述就是为遭遇空袭和无家可归的布里斯托尔人鼓舞士气。他发表演讲，组织娱乐活动，帮助人们找到家，为避难所争取更好的东西。我遇到的每个人都对他赞不绝口。

他很幽默——一种冷嘲热讽的幽默。他认为最有趣的战争故事发生在大学里，那是他自己听到的。国王学院是伦敦的一所大型医学院，看起来决定撤离到布里斯托尔，所有的教授都来了。当时布里斯托尔遭遇了最严重的一次空袭，许多人失去了生命。第二天早上，教授们举行了第一次会议。

“这次会议非常严肃，也很务实。”麦金尼斯说，“教授们怀疑他们能否在这里进行正常的教学，因为从伦敦来的交通不太好，而且新学校没有准备足够的尸体！”

门铃响了。警报解除后，我们的出租车司机准时回来了。麦金尼斯先生在我前面跑下两段楼梯，出前门来到黑暗的街道上，走向出租车。当我摸索着跟在他身后时，我突然意识到，今天肆虐英国的可怕灯火管制完全吓不倒一个盲人。正如哲学家所说，万物皆有补偿。

4. 码头酒吧

希勒汉普顿，1941年3月

昨晚我决定去酒吧逛逛，看看能不能搜集一些码头工人之间的对话。

我一直认为像码头工人这样的硬汉，很容易就会对外人起疑心。所以我有点胆怯地悄悄走进酒吧。但这些码头工人非常多疑，不到两分钟，我就自愿地了解了旁边那个人的生活史。问题不是让他开始，而是让他停止。

他叫诺比·克拉克。事实上，这些地方所有的克拉克都叫诺比。这一位诺比在上次战争中失去了一条腿。他的兄弟在法国被杀。他的两个儿子现在都在部队服役。他的姐妹和外甥女去年秋天被炸弹炸死。现在他自己的房子被炸了，他和他的妻子住在朋友家。

“但是希特勒抓不到我，”诺比说，“我太坚强也太幸运了。好啦，等一下，这里不能让客人自己付钱，无论如何，这是我的生日。为老希特勒干杯，祝他倒霉！”

好吧，这是一个好的开始，然后我们开始与汤姆·伍拉科姆和他的连襟交谈。他们也是码头工人。

连襟的左臂打着石膏。好像是有一天晚上，他和另一个家伙坐在他们的壁炉前，一切都很平静祥和，也没有空袭，突然之间，房子的整个侧面，包括壁炉和所有的东西，都跳出来砸在他们身上。

这所房子之所以发生这种怪事，是因为前一天晚上一颗定时炸弹就插进外面的地里，直到它爆炸才被人发现。男人们说他们确实很惊讶。

过了一会儿，汤姆建议我们走回他的住处，只隔着几个街区。于是我们给他妻子买了两瓶啤酒，然后在月光下走回家。伍拉科姆太太看到汤姆这么早回家，而且还和一个陌生人在一起，感到有点不安，她显然对此不太高兴。但我们谈了一会儿后，一切都没问题了。

坦率地说，伍拉科姆家族已经受够了这场战争。正如伍拉科姆夫人所说，“我真的受够了。炸弹，炸弹，炸弹，没完没了。”

你害怕去任何地方。你变得神经兮兮，你讨厌一切。一夜又一夜地坐在那个恶心的安德森式避难所里会让你心烦意乱。在你的后院种菜有什么用？炸弹很容易现身把它们炸飞。

是的，伍拉科姆一家确实受够了。

汤姆有一份稳定的卸船工作。他57岁。他说他赚的钱只够维持生活。他们生活得很好，但发完薪水就不剩什么了。他们以每周2.75美元的价格租下了这栋两层楼六居室的房子，他们认为这个价格很高。

他们的两个儿子在军队里。他们的女婿也是军人。另一个女儿艾丽斯和他们住在一起，她的丈夫已经被杀了。

艾丽斯有一个3岁的小男孩，我注意到他不停地走来走去，对自己说：“战争结束了。战争结束了。”

“他为什么这么说？”我问他妈妈。

“嗯，”她说，“几个星期前他想要一件东西，我忘了是什么，我告诉他战争结束之前他得不到它。从那以后，他一直对自己说‘战争结束了’。”

这听起来像是在战争中使用法国心理学家库埃的自我暗示疗法。

伍拉科姆家还有两个女孩。16岁的艾琳在一家电影院卖票。20岁的维奥莱特在一家兵工厂工作。

伍拉科姆家的屋顶曾经被一枚燃烧弹穿过。那是在一次猛烈的空袭中，他们都在后院的避难所里。外面声音小了一点，所以艾丽斯伸出头来看看情况。整个世界似乎都在燃烧。于是他们都跳出来跑向房子，一些邻居和公寓管理员也跑了过来。他们终于把燃烧弹扑灭了。他们所有的沙子都熔化又凝结在一起，所以他们不得不用壁炉里的灰烬。大火把角落储藏室里所有的衣服都烧光了。他们现在把这个房间封起来不再使用。

过了一会儿，我们回到酒吧，和许多码头工人坐在一起聊天。这里的习俗是，男人们早早地在家里吃晚饭，然后去酒吧，从7点坐到10点酒吧关门。

男人们大多人到中年，既不大声说话也不唱歌，就像战时夜晚你在许多酒吧里看到的那样。

在我遇到的人中间，这些码头工人最痛恨这场战争。“这不是战争，”他们说，“这样轰炸我们的家园、妇女和儿童，简直就是谋杀。”这种话我只要听到一次，就会听到二十次。

这些人大多是上次战争的老兵，他们仍然认为战争应该在战场上进行。你看，他们非常守旧，不理解新的世界秩序。

5. 回伦敦

伦敦，1941年3月

回到大城市了。

离开一个月后，归来的旅行者可以看到伦敦的改变。当然，没有太多的物理变化，因为我不在的大部分时间里，轰炸并不严重。但是有更多的糖、巧克力和香烟。餐馆里，侍者拿来四块糖，低声说：“第一杯两块，第二杯两块。”当然，他想要更多的小费，而且他的手段高明。

现在商店里有大量的巧克力，而以前假日过后巧克力几乎不见踪迹。

香烟从来没有真正短缺过，缺的是各种牌子的香烟。当我第一次来到英国时，我到处物色英国的烟卷，看看有什么最像美国的香烟。我终于找到了一种叫威克斯的。嗯，我离开伦敦去北方的那天，我去了十五家烟店，只成功地收集了五包威克斯。然而回来后，当我再去搜寻威克斯的时候，头两个烟草商每人卖给我一条。

香烟、糖和巧克力多了，肉却少了。他们说辛普森餐厅已经好几个晚上没有著名的烤牛肉了。我的酒店没有牛排和排骨。这只是暂时的短缺，可能是由于运输问题，但在整个伦敦，这种情况正变得越来越普遍。

外省的食物似乎比伦敦的更多，种类也更丰富。城镇越小，食物越多。在小地方，糖和鸡蛋的供应几乎是正常的。

食品部已经宣布全面勒紧英国的裤腰带，我认为这是一件好事。对于一个进口如此之多、海上航线如此脆弱的岛屿来说，英国已经吃得太多了。事实上，食品部比人民落后了好几个月。长期以来，他们一直很愿意勒紧裤腰带过日子。

此外，富人在餐馆里大快朵颐，而穷人理论上却在挨饿的景象正迅速成为一种幻觉。在大酒店，你仍然要支付高昂的费用，你会得到多余的银器，过剩的“是，先生”，以及漫长的等待，这似乎是一种时尚，但回味自己吃的东西，你发现还不如去别人家里吃。

说到食物，你可能还记得不久前我说过，我在这里唯一缺少的就是足够的糖。这一定让人们产生了一些想法，因为我已经从美国读者那里收到了两盒一磅（0.45千克）重的糖。我听说还有更多的在路上。

其中一个盒子是密歇根州东兰辛市的迪克·佩蒂克鲁夫妇寄来的，我不认识他们。他们必须在包裹随附的报关单注明如果找不到我，包裹应该交给谁。所以佩蒂克鲁夫妇写了“温斯顿·丘吉尔”。

对于那些在德国占领自己的家园后逃离的波兰人来说，苏格兰已经成为一个新的民族家园。现在苏格兰有成千上万的波兰人，他们中的大多数都在军队里。他们和苏格兰人相处得很好。

他们是优秀的士兵。在这场战争中，波兰人战斗时灵魂中迸发的火花比其他任何人都更炽热。关于他们，我听到的都是赞美的话。在这个岛上，没有一个德国人会得到波兰人的怜悯。

前几天，我看到一个从美国发来的问题，问当空袭警报响起时，电影院里的人会怎么做。嗯，我可以告诉你。

我有点紧张不安，决定去看场电影。这部片子是《达尔西》，每个人都认为它很棒。这座大电影院位于莱斯特广场，里面挤满了人。电影放映到一半停了下来，银幕上闪出了一条公告。它说警报刚刚响起，任何人都可以离开，去街对面的公共避难所。然后画面恢复。

整个电影院里没有一个人动。

随后，另一条公告闪了一下，说解除警报的声音已经响起。

人们根本不再关注白天的警报。当警报器悲鸣时，甚至我自己脆弱的心也早已心如止水了。

我想我钱包里的英国官方证件足够我摆脱任何事情，甚至包括暗杀。然而，在我最近的所有旅行中，只有两次我被要求出示它们。

那两次都很荒谬。一次事关威尔士一个爱刨根问底的旅馆职员，另一次是在格洛斯特郡宁静的科茨沃尔德丘陵。在那里，在参观被疏散人员的公共餐厅之前，我必须对自己的身份大张旗鼓地证明一番。你可以让希特勒坐在那里吃顿饭，他什么也不会发现。

这是战争带来麻烦之一——你离战争越远，遇到的人就越愚蠢。

在英国大部分地区，他们太忙了，无暇顾及繁文缛节。我对今天英国的绝对自由感到惊讶。人们来来去去，夸口和指责，谈论和倾听。这是了不起和令人钦佩的。

在火炮据点，在飞机场，在酒吧或在火车上，我从来没有遇到过可疑或遮遮掩掩的人。普通英国人无法想象这个国家会有第五纵队，从大前提来说我认为他是对的。

事实上比起美国，今天在战时英国四处探听消息的你更容易躲开恶棍的骚扰。

尽管在这里到处都受到友好亲切的欢迎，但我是一个美国人，因此也是一个外国人，所有关于外国人的法律都适用于我。例如，我现在不经批准就拥有一本旅行指南是违法的。如果我随身携带著名的《贝德克尔英国旅行指南》，我就是个罪犯，尽管这本该死的书是在莱比锡印刷的，德国人想要多少本就有多少本。

不知何故，当我说着同样的语言，站在同一立场上时，被认为是外国人有点不好意思。事实上，我不喜欢这一点，我这样告诉一位在英国报社工作的朋友。但他的回答让我冷静下来。他说：

“嗯，我在纽约的《太阳报》工作了八年，在那里我是个外国人！”

我以前从没想到过。

为了预防入侵，英国各地的交通标志都被取下。公共和私人指示牌上的城镇名称都被涂黑。结果就是，普通英国人即使开车离家不远也会迷路，不得不每隔两英里（3.2千米）就停下来问路。

离开一辆可能被德国人开走的车是违法的。当离开你的车时，你必须把它锁死，即使你可能只走了50英尺（15米）去向警察问路。在白天，只要锁上门拿走钥匙就行了，但在晚上，你必须拿出一些重要部件，比如配电器。

这里大多数汽车都是小型车，从8马力到15马力。根本没有新车生产销售。二手汽车的价格正在飙升，因为军队正竭尽所能拿走一切。

如果你的车严重损坏，由于材料管控和民间机修工的短缺，几乎不可能得到修理。许多汽车修理厂和加油站都关门了。许多汽车修理工加入了坦克部队。这些坦克部队的人和其他部队的士兵一样穿着普通棕色制服，但他们有一顶样子像贝雷帽的蓝色布帽，盖住一只耳朵，让他们看起来非常骄傲和强硬。

在过去的一个月里，我乘火车旅行了大约1500英里（2414千米），乘汽车旅行了500英里（805千米），除了一些细节问题外，旅行服务非常好。我坐过12回不同车次的火车，除了周末我们遇到约克郡的暴风雪，我从来没有晚点超过半个小时。

在旅行后期掌握窍门之后，我一直坐三等座。它大约便宜三分之一，唯一区别是头等座的座位稍微好一点，和你坐在一起的是军官而不是士兵。一等座和三等座常常在同一节车厢里。

铁路公司受到了很多批评，但我认为他们做得很好。他们还没有被政府接管。

偶尔会有一段铁轨被炸毁。铁路公司有10小时的时间限制，我相信是这样的，不管弹坑有多大，铁轨变形有多严重，10小时内都要让火车再次穿过被炸的地方。

这些火车在黑夜中疾驰，没有灯光，让你不寒而栗。一条路线刚刚将战时限速从每小时60英里（97千米）提高到75英里（121千米）。

关于英国铁路，有一件事我还没弄明白。你坐上一辆你见过的最小巧的本地火车，它在每个十字路口都会停下来，花几个小时才能走几英里。然后突然间，走到一半路程的时候，那东西神秘地变成了一辆高速列车，在剩下的一半行程中风一样呼啸着穿过城市，停也不停。

我想这种节奏的改变只是为了愚弄希特勒。

第十章　炸弹会产生奇迹

1.“闭嘴，他们会听见你！”

伦敦，1941年3月

我想在英国每一个街区内有炸弹的人都有自己的炸弹怪谈要讲。炸弹似乎会产生奇迹。每一次空袭都会带来一系列事件，就像龙卷风把一根稻草吹进树干的老故事一样神奇。

大多数不寻常的炸弹故事都与逃脱有关。防空部队的人说，离奇的幸免比离奇的死亡要多。例如，在最近的一个晚上，一枚炸弹穿过一座建筑物的屋顶击中一家酒吧，那里坐满了喝啤酒的人。它把整个地方炸成了碎片，炸死了街对面一所房子里的几个人——酒吧里没有人受伤。

在另一起例子中，一枚炸弹擦过屋顶落在空地上。它显然有延迟起爆装置。两个警察上去检查，它就爆炸了。一名警察尸骨无存，但另一名警察——好吧，爆炸把他的安全帽吹到了一栋五层楼的屋顶上，把他外套上的所有扣子都炸掉了，但他没有受伤。

在斯特普尼，一名警察正在一栋七层楼的楼顶执行瞭望任务。一枚炸弹击中了大楼，把警察从屋顶上炸了下来。他从七层楼上摔下来，落在水泥地上。第二天他照常上班。

在我的房间里有一个德国炸弹的圆形铅鼻。它大约有碟子的一半大，重达两磅（907克）。一天晚上，它呼啸着飞进我一个朋友的公寓，这个朋友把它送给了我。它穿过一扇窗户飞到他面前，疯狂地旋转着水平飞行。它旋转得太快了，撞上墙之后又绕着房间的三面墙转动，就像一个杂技场的摩托车手在碗型建筑的垂直墙壁上骑行。但令人震惊的是，在它疯狂的突进中，这个沉重的圆盘正好经过角落里嵌入式瓷器柜的玻璃门，玻璃上甚至连裂纹都没有。

关于炸弹爆炸有一件令人惊讶的事情，朝向爆炸的吸力几乎与远离爆炸的吸力一样大。这是因为爆炸产生了一个真空，然后当空气冲回真空时，这股力量几乎与冲出去时同样可怕。正因为如此，你会看到残骸会被同一颗炸弹抛到完全相反的方向。假设一枚炸弹落在街上。一方面，它可能会把房子向内吹，但另一方面，房子的整个正面可能会被吸走。我知道一个例子，炸弹的吸力从两张桌子和一架钢琴下面的地板上扯出一块地毯，而桌子和钢琴依然立在原地。

还有一个故事——我的朋友说他看到了——一个装满炸鱼的煎锅从一座房子的炉子上被吹走，然后笔直地落在四扇门之外另一座房子的炉子上。我的朋友甚至承认煎锅里的东西在路上掉了。

我相信所有那些故事。人们很难给我讲一个我不相信的炸弹故事。但有一个我真的半信半疑。

一天晚上，一位高贵的女士坐在她家一楼的壁炉前。她的女仆已经干完了活儿，坐在四层阁楼自己的小卧室里。一枚炸弹穿过屋顶，连续穿过四层楼，在地下室爆炸。当一切都结束时，高贵的女士坐在女仆的阁楼安乐椅上，女仆坐在楼下的壁炉前。

当然，两人都没有受伤。你可以肯定，两个人都很平静。

也许闪电永远不会击中同一个地方两次，但炸弹会。我可以给你看伦敦一栋狭窄的砖结构联排房屋，它已经被击中五次，而街区里的另一栋房子却毫发无损。此外，我知道有这样的事情，一枚炸弹在黑暗中下落了4英里（6.4千米），落在前一枚炸弹炸出的弹坑中心。

伦敦有一种奇怪的观点，认为街角的建筑会吸引炸弹。这似乎没有什么道理，但我已经看过几十次街角被炸毁，而周围的一切都没有受到影响。在考文垂，我看到一个街角，四颗炸弹分别摧毁了四个角落里的房子。

另一方面，就在离我的酒店两个街区远的地方，一个十字路口中间有一个小弹坑，交通警察通常会站在那里，而街角的建筑都没有损伤。

那些支持街角理论的人认为，街道上漏斗状气流运动产生的压力让炸弹在最后一秒钟稍微偏离。我搞不懂。

一天晚上，我在弗利特街的一个朋友出去喝得醉醺醺的。他设法在灯火管制中把车开回家，但车库的入口很窄，而且他也酩酊大醉了，他决定把车停在街上。那一夜他的车库被炸毁了。

我听说有一位住在郊区的妇女，她觉得自己听到了敲门声。当她打开门时，一颗小炸弹飞了进来，砰的一声落在客厅的地板上。那位女士大叫一声冲出门。大约三秒钟后，她看到她的房子被炸得粉身碎骨。

一个美国人是我在这里最好的朋友之一，他害怕在灯火管制期间过马路。他在这里住了好几年，认识好几百人。他的两个亲密朋友在灯火管制中被汽车撞死，但哪怕是一种偶然，他认识的人没有一个被炸弹炸死。

朋友们总是告诉我有弹片落在他们身边。我经常在晚上上街，但我只听到过一块弹片落下的声音。

然而，我确实理解，如果你在火炮猛烈发射的时候出去，你会发现自己慢慢走向人行道的内侧，紧靠着建筑物的墙壁。无论你多么努力地把自己拉向路边，你都会发现你仍然走在靠近建筑物的地方。

我有个朋友一天晚上开车进城，当时一块弹片击中了街道，差点撞到汽车。但它弹得太厉害了，跳回来从下面穿过他的挡泥板，留下了一个大洞。

关于空袭另一件有趣的事情是——当你听到头顶上的飞机时，你会觉得你必须非常安静，否则德国飞行员会听到你。如果我在房间里，我会不由自主地停止打字，害怕发出噪音会引起投弹者的注意。通常，当飞机在头顶上时，你可以听到黑暗中的人们在街上声嘶力竭地喊出租车。我总想打开窗户大喊："闭嘴，你们这些傻瓜，他们会听见你！"

有些人似乎像磁铁一样吸引着令人兴奋的事件。来这里还不到一个星期，乔治·莱特就从汽车座位上被炸飞了，他还扑灭了从屋顶射进来的燃烧弹，还看到弹片击中了离他不到3英尺（0.9米）的人行道。

但对我来说——我离戏剧性场面最近的一次是有一天晚上，我们酒店的屋顶上有七颗燃烧弹，街角有一枚炸弹，而那天晚上我正好在几英里外参观一个高射炮站。这可能也无妨。也许我天生就不是英雄。

2. 德国人，起来逃跑！

伦敦，1941年3月

晚上7点半，特克斯·布拉德福德走进我的房间，说他只有几分钟时间。他脱下外套扔到床上，问他能不能洗洗脸和手。他第二天早上两点半走的，还没洗漱呢。

特克斯是在加拿大军队服役的众多美国人之一。他是个来自得州的老好人。他看起来也像得克萨斯人，很遗憾穿制服时他不能戴一顶牛仔宽边帽。

他不抽烟也不喝酒，但他怎么能骂人呢！他说，酒精不跟硝化甘油混在一起，使用硝化甘油是他的日常工作。油井消防员既是特克斯的职业也是他的爱好。他说在美国只有三个人做他那种救火工作。他说他是三个人中最帅的一个。

特克斯喜欢火胜过世界上的任何东西。想到伦敦这里所有令人惊叹的火灾，而他在遥远的英格兰南部训练新兵，他几乎要陷入疯狂。但英国开始注意到特克斯。他所受的技术教育和一生的经验都浪费在了训练场上。因此，现在他经常被叫到伦敦发表演讲，并与消防人员交换意见。

当他在城里时，他自己支付旅馆费用。他每天约会三十次。无论给谁留言，他都会用口袋里的橡皮图章签名。他已经知道这个城市每一个重要的名字。他穿着加拿大军士粗陋的战斗服四处走动，但海军和陆军的将军们不会让他感到紧张。事实上，我敢肯定他一定让他们感到紧张。

你应该听听特克斯讲话。他一小时说的话比我见过的任何人都多。他四处说个不停。他在我的房间里还不到5分钟，就像个疯子一样跑来跑去，把理论上的消防水管拉到理论上的大火上。当我的一个朋友走进来，特克斯正跪在地上，往我的废纸篓里装理论上的硝化甘油，以扑灭得克萨斯州的一场火山口大火。

他总是随身带着一个巨大的黑色公文包，重达50磅（23千克）。他称之为布拉德福德大学。这是一本旅行百科全书。无论你提到什么事情或名字，特克斯都会在那里挖掘出一些参考资料。他离不开这个公文包。他用它工作就像一个口技表演者用他的傀儡一样。你还没有意识到，地板上已经堆满了他的文件和信件。他把它们重新收拢起来，放回公文包里，然后一晚上又十几次把它们扔在地板上。

去年夏天，特克斯关闭了他在科珀斯克里斯蒂的大型油田消防业务，把所有的设备都储存起来，把家人送到加利福尼亚，去加拿大参了军。他这样做是因为上次战争后他在德国，他说他并不想要德国人统治世界。还有，他的脚发痒了。

布拉德福德太太从宣布开战的那一刻起就知道特克斯迟早会参战。所以她只能听天由命。

他们有三个儿子——一个在死谷工作，一个在上大学，一个在上高中。

特克斯出生于澳大利亚，父母来自得克萨斯州。我问他是美国人还是澳大利亚人，他说："如果你的猫去隔壁牡蛎店生了一窝小猫，它们会是牡蛎还是小猫？"无论从哪个角度说，特克斯都是得克萨斯人。

他在墨西哥和潘乔·比利亚打过仗。[①]他在巴拿马警察部队待过。他是杰克·伦敦在加利福尼亚的朋友。他与胡佛的士兵作战，当时他们放火焚烧把补助金大军赶出了华盛顿，尽管他并没有参加请愿，也不相信它。[②]他从未领取过自己的第一次世界大战补助金。

他是罗斯福总统的狂热崇拜者，并在1936年贡献了三个月的时间来帮助他连任。他曾在田纳西州夏伊洛国家军事公园的地方资源养护队[③]营地担任工程师主管。他在全球各大洲的油田干过活。他上过军校，上过六所或者八所大学，上过几十门函授课程，他希望自己能活到300岁，这样他就可以做所有他想做的事情。

---

① 潘乔·比利亚（1878—1923），墨西哥1910—1917年革命中的农民领袖。

② 1932年，美国一战老兵聚集在华盛顿，要求政府立即兑现一战的补助金，遭到军队镇压。

③ 1933年至1942年美国的一项公共工作救济计划，旨在为年轻男性提供与自然资源保护和开发相关的体力工作。

特克斯性格粗野，意志坚定，但他对太阳底下的每一件事都了如指掌。他使用不寻常的词语，而且用得轻松而准确。他的思想起泡沸腾。他不能说一件事而不说另外二十件事。他谈话时离题万里、上下千年，但他总是记得回到它。他只是有太多的话要说，他试图一次说完所有的事情。

特克斯比两打猎鸟犬还要忙。他只是把这场战争打到停滞不前。他给参议员和众议员们写了700多封信，敦促他们尽快为英国提供帮助。他带着100张有索引的档案卡，上面有他在伦敦必须见到的人的名字。

他是乔治·菲尔丁·艾略特少校、帕特·赫尔利、国会议员迪克·克莱伯格、弗雷德里克·德拉诺和戴尔·卡耐基的朋友。①他崇拜洛厄尔·托马斯。②他喜欢发表公开演讲。

特克斯体重190磅（86千克），胸部像公牛一样。他让你用尽全力打他的肚子，感觉就像撞上了一堵石墙。他每天行军14英里（23千米），背着70磅（32千克）的背包，回家时走在队伍前面，跳着吉格舞。军官们告诉我，特克斯是加拿大军队士气最主要的来源之一。他很坚强，也很聪明。他渴望战斗。

不过与其同时，特克斯像猫头鹰一样秃顶，他有点聋，他戴着眼镜看书，而且他还是一位祖父。

德国人，起来吧，逃离这场来自美国西部大平原的灾难吧！

也许你想听听在英国的其他美国人的情况。

大约有4000人。如果你告诉任何一个住在这里的美国人，他都会感到惊讶，因为最爱交际的人大概也不认识超过100人。除了新闻记者，我总共只见到过十几个美国人。但4000是大使馆的数字。

他们分为三类：经商或有工作的人，与英国人结婚的双重国籍人士，那些来这里的退休人士。

这4000人中约有1600人想要回家，并已就此通知了大使馆。但是他们没

---

① 乔治·菲尔丁·艾略特（1894—1971），美国军人、军事分析员和作家。帕特·赫尔利（1883—1963），美国政治家和外交家。弗雷德里克·德拉诺（1863—1953），美国铁路公司的总裁，美联储第一副主席。

② 洛厄尔·托马斯（1892—1981），美国作家、旅行家。

有办法成行，除非他们飞到里斯本，你必须在飞往里斯本的飞机上得到一个座位。除非美国再派一艘船到爱尔兰，否则这些人这段时间都会待在这里。我们的政府以危险为由拒绝让他们乘坐英国船只回家，但却强迫他们一直冒风险留在这里，大多数美国人认为这是荒谬的。

在这4000名美国人中，积极参与美国事务的不超过200人。其余的人只是我行我素。他们分散在英国各地。退休的人大多住在乡下，不会受到伤害。据我所知，只有一个美国人在英国被炸弹炸死，几个人受伤。有多少人脸都被吓绿了暂时无法统计。

这里的美国人一直非常积极地捐款帮助英国。此外，大约60名美国商人已经组成了一支机动部队，以便必要时帮助抗击入侵。他们有自己的汽车，这些汽车被伪装起来，并配备了机枪、步枪和燃烧瓶。他们操练，穿英国制服，但只有连伦敦也遭遇入侵时，他们才会行动。我知道他们想扩大规模，但找不到更多有意愿的美国人。

有许多美国人（不包括在那4000人中）在加拿大军队中服役，但他们很难统计，因为他们中的大多数人声称自己是加拿大人。他们中的一位代表前几天被问到来自哪里，他说“温哥华，萨斯喀彻温省”——这就像说“西雅图，内布拉斯加州”。①

我想，这里最忙碌的美国人是一个叫吉尔伯特·卡尔的家伙。要是在1920年的美国，他会是一个典型的庸俗自满的商人。他参加了你听说过的每一个分会和社团。他在英国生活了12年，是阳光少女葡萄干公司的代理。

根据与政府达成的协议，卡尔先生可以让他的35名员工继续处理来自希腊、士麦那和澳大利亚的干果。他过去每年要处理1.5万吨美国葡萄干，但现在他处理的大概只有原来的一半，而且不是来自美国。

卡尔先生对炸弹了如指掌。他在疏散这件事上说干就干，把大部分衣服收拾起来放到他的仓库，以防他的房子被击中。那天晚上，一枚炸弹穿过仓库，把它炸得四分五裂，把它烧成了平地。卡尔先生失去了所有的葡萄干、卷宗和

① 温哥华属于不列颠哥伦比亚省，不属于萨斯喀彻温省；西雅图属于华盛顿州，不属于内布拉斯加州。

裤子。

第二天晚上，一枚炸弹在他的办公室窗外爆炸，把窗户震碎了，不过当时办公室里没有人。他们清理了玻璃，回去继续工作。在他位于克罗伊登的家中，一枚炸弹落在隔壁的后院，打破了他所有的窗户，炸裂了墙壁，炸掉了车库门。第二天早上，他让一个人来把门重新装上。那天晚上它们又被炸飞了。

卡尔先生仍然住在这所房子里，窗户用木板封住。他晚上8点左右回到家，躺在两把椅子上，一直写到睡觉。他早上8点就到市中心了。

他每天花两个小时做葡萄干生意。剩下的时间他都在为英国工作。他是美国救护车服务队的主管，美国空袭救援委员会的干事，也是最近为在英国军队服役的美国人开设的老鹰俱乐部的负责人。他也是美国俱乐部的理事、美国商会的董事、美国退伍军人协会分会副会长，现在他是这个国家的盟军救济基金的代理负责人。

他在镇上到处都有办公桌，从这里飞奔到那里。他就是那个总是被叫去做事的人。他有一颗大心脏和良好的体格。他不怕炸弹，但他说他对炸弹感到厌烦。我也是。有时乏味到无精打采。

3. 与洛的会面

伦敦，1941年3月

我想，很难说谁是当今世界最伟大的漫画家。但很多人认为是大卫·洛，如果就是他的话，我自己一点也不会感到惊讶。

洛为比弗布鲁克勋爵的《旗帜晚报》画画。他一周最多画三幅漫画。偶尔，他会遇到一段低产期，打电话到办公室说他累了，然后降到一周一幅。当他这样做的时候，他发现每周画一幅卡通和画三幅一样难。然而，我认为从日常苦差中得到喘息的机会与洛的伟大不无关系。正如他所说，世界上没有人能每天画一幅出色的漫画。

我诚惶诚恐地去见洛，那些伟大的名字对我就是有这样的魔力。但我其实并不需要。他和蔼可亲，和他在一起你会觉得很自在。

他的漫画是我所见过的最有力量的，通常也是最辛辣的。洛本人的观点倾向于社会主义，他的思想是好斗和讽刺的。然而，当他坐在壁炉前抽着烟斗时，他的声音很柔和，举止也很温柔。他让你想到一个非常年轻的“狐狸爷爷”[①]。

洛五十岁。他中等身材。他头顶上的头发都快掉光了。他的黑眉毛非常宽。他有着灿烂的笑容。

多年来，他不时地把自己放进漫画里，只是角落里的寥寥几笔。主要是那些眉毛。你不会想到任何人。然而，当你看到洛的时候，他看起来和那些漫画里的一模一样。

几个月前他还留着胡子。他最后把它剃掉了，因为胡子让他万众瞩目。每个人都认出了他，他无法得到任何安宁。然而，他不是隐士。他喜欢散步，经常外出。他有很多朋友，时不时出去吃饭和娱乐。

洛说话时充满自信，他知道自己是该领域的大师，但他讲话时像一个文雅的教授，而不是一个吹牛大王。他也有很好的自嘲意识，他说：“漫画家比文字记者有优势，因为如果有人不喜欢你的漫画，你总是可以说，‘好吧，你只是不理解它。’”

洛是新西兰人。他一直是个漫画家。22年前，他经由美国来到英国，再也没有回过新西兰。他对故土怀有眷恋之情，担心多年后重回故地、重会旧友会令人幻灭。

他说他从未感觉彻底融入伦敦。他觉得澳大利亚人或新西兰人在美国比在英国更自在。他最后一次访问美国是在1936年10月。他看到了杰克·登普西、迪万神父和罗斯福总统。[②]

洛一家订阅了许多美国杂志，包括《生活》和《纽约客》。洛夫人浏览着广告中的新时装。“我们买不到任何东西，”她说，“所以退而求其次，看看照片。”如今，他们对美国杂志唯一不满的是，很多漫画都是关于战争的，而他们在英国国内已经看过太多战争漫画了。

---

① 美国同名连环漫画中的主人公，一位老绅士。

② 杰克·登普西（1895—1983），美国职业拳击手。迪万神父（1876—1965），非裔美国人，创立国际和平使命运动。

洛去年为《科利尔杂志》画了一段时间的画，但他不得不提前几周就开始工作，他觉得他的漫画失去了冲击力，所以放弃了。

他有两个女儿——普鲁登丝和蕾切尔——都不到20岁。两人对政治都有自己的看法。事实上，没有洛的全体家人，洛也不会如此伟大。家庭早餐简直就是一场研讨会。他们四个人在世界新闻中搜寻漫画创意。正如洛所说，“我们领会、争论、分析，吟咏、表演，取得精准的平衡。”

在这种脑力风暴中，通常会产生一个漫画创意。但并不总是如此。因为像所有的大人物一样，洛有时发现他的脑袋糊里糊涂。我访问的那天就是一个例子。

“我今天早上起床时脑子里一片空白，”他告诉我，“就在这儿，数以百计的历史事件正在我们周围发生，而我毫无灵感。到了午饭时间也没有任何收获。终于在两点钟的时候，我有了一个点子。”

“你可以在必要的时候工作。我从两点开始，到四点漫画就完成了。但我不打算看周一的报纸。”

洛在家工作，报社派出一名信使取回他的漫画。他度过了一个艰难的冬天。由于空袭，天黑后《旗帜晚报》的刻版工人无法工作，所以他不得不在午饭后立刻把漫画交到他们手中。“这意味着要在7点起床，比天亮早两个小时，还要足够有趣。”洛说，“你应该找个时间试试。”

人们说大卫·洛是世界上收入最高的漫画家。他还从图书和广播中赚钱。但他的品味很简单。他说：“我其实更喜欢电影院里9便士的座位，比起昂贵的雪茄，我更喜欢便宜的雪茄。只是碰巧生来如此。”

但洛在伦敦北部的房子却迷人而舒适。它有深色的家具、落地灯和温暖舒适的壁炉，壁炉架两边摆着图书。一个穿着褐色女仆装的漂亮女孩为你开门，端上茶水。它更像美国人的家，而不是英国人的家。

从斯特兰德大街乘出租车到这里只需1.1美元。洛自己也坐地铁。我回到城里也是乘地铁，不得不换了三次车。当我在某处向一位地铁女售票员问路时，她说：“在莱斯特广场换车，亲爱的，走错了他们会帮你指出来的。”

洛住的是一栋不规则的两层砖砌房子，后面有一个绿色大花园。附近挨过很多炸弹。洛的母亲和姨妈住在几个街区外，有所预感的她们从房子里搬走，几天后她们的房子被炸毁了。尽管地位显赫，但洛每周一晚上都会在他的街区担任燃烧弹值夜人。他扑灭了许多燃烧弹。

洛一直在一间工作室里工作，从他家步行约15分钟即可到达。工作室没有电话，没有电报，他也不接待访问者。但为了躲避炸弹，如今他在家工作。他有一个精心设计的后院避难所，有一个昂贵的抽水系统来保持干燥。但他对此并不满意，所以他最终用沉重的钢梁和砖块加固了房子的一间屋子。当空袭猛烈时，全家人都睡在这间屋子里。房子里还装满了一桶桶的沙子、一桶桶的水和手摇灭火泵。

洛很少去《旗帜晚报》的办公室。他的绘画用具摊在书房尽头的长桌上。他在一张齐肘高的绘图桌前站着画画。平均来说，他大概要花六个小时画漫画。

他是自己做主。他在英国新闻界的地位是独一无二的。比弗布鲁克放手让他自由行动。他不必循规蹈矩。比弗布鲁克已经习惯了自己被自己的漫画家在自己的报纸上无情地讽刺。

洛很忙，而且一天比一天忙。他说面对任何挑战他都忍不住要迎战。例如，他一直讨厌写作，也从不觉得自己能写。但几年前一位出版商请他写一本书。他不能容忍出版商认为他写不了。所以他写了一本。现在他同时写四本书。

公众演讲也是如此。他现在发表公开演讲时不会感到反胃。事实上，他每两周向美国广播一次，并从中得到了极大的满足。他觉得你可以用你的声音传达比出版物多一倍的信息。

洛对电影很狂热。不管是好是坏，他都喜欢。他也热衷于尝试各种游戏。他几乎玩过所有发明出来的游戏，从高尔夫到纸牌。但他对这些事情的兴趣很快就会消退。许多游戏他只玩过一次。他过去常常一个小时又一个小时地坐在客厅里弹自动钢琴，但现在再也不碰它了。

我不是签名收集者，但我无法忍受没拥有一张洛的漫画就回到美国。所以我向《旗帜晚报》要了一张他的真迹。

他们给我的那张会让你感激得手舞足蹈。我不知道为什么自己能有此荣幸。首先，这是一张令人毛骨悚然的战争漫画。几周前，《旗帜晚报》把它放在橱窗里展出。一枚炸弹落在外面的街道上，炸出了一个参差不齐的洞，正好穿过洛这张杰作的中心。这个双料战争纪念品怎么样？

我带着漫画去了洛的家。他不知道炸弹的事。当他看到那个洞时，就好像我把普利策奖交给了他。你从没见过有人这么高兴。他用图钉把漫画钉在画板上，然后给我题字。于是他开始在房间里走来走去，边想边笑。他对洛夫人说："我想在上面放一些有趣的东西。来吧，帮我想点有意思的。"

但洛夫人还没来得及回应，他就说"我知道了"，然后走到绘图桌前开始写。

他在锯齿状的洞旁边空白处写道：

"亲爱的希特勒——谢谢你的批评。你的，洛。"

他像个孩子一样微笑着把它卷起来递给我。

4. 准备好对付希特勒

多佛，1941年3月

我一整天都在英格兰东南部开车，从泰晤士河口到多佛，沿着海岸绕行。不知何故，我觉得德国人在这里不受欢迎。

我不希望在有生之年再看到这么多的铁丝网，这么多的公路障碍物和路边碉堡，就像我在这一天看到的那样。

此时此刻，军队已经厌倦了来访者，所以我没法弄到一张通行证去看看英国为了挫败入侵的恶棍逐步发展的重型装备、藏匿辎重和欺骗性设施。但仅仅就像一个游客一样开车，你就会不断地置身于士兵、伪装卡车、半隐半现的枪支、战壕、碉堡、瞭望塔、被封锁的道路和无休止延伸的铁丝网的迷宫之中，当你最终离开时，你开始感到孤独和危险。

审查制度不允许描述伪装，但我看到了伪装的东西，如果那不是极为严肃的事情，会让你笑得前仰后合。

许多农舍都是空着的，因为如果战争来临，它们就在战线上。羊在田野里吃草，而士兵们则占据着羊舍。农民的一座简陋茅草屋可能就是一个将军的司令部。道路两边的树木后面没藏着火炮，但你不知道哪一片后面有，哪一片后面没有。

公众被禁止进入涵盖英吉利海峡沿岸并向内陆延伸数英里的整个区域。住在这个地区的人可以自由行动，但没有特别通行证，任何人都不能从外面进来。

沿海的每座城镇都有重兵正面把守，看起来德国人不可能直接从水路强行登陆。因此第二种假设是，他们将空降人员、坦克和火炮到内陆，随即试图从后方攻击占领一个港口，为水上部队建立一个桥头堡。因此，这些城市在前面和后面都建立了良好的防御。在每个城市后面方圆几英里的巨大半圆地带里有复杂的防御工事。道路、田野和篱笆两侧的荒地纠缠阻截。在它们身后是数百个天然坑洞中的火炮点位。

整个地区到处都是士兵。他们看守着每一条岔道，以及城镇和村庄的大多数小街。你可以看到他们在田野里奔跑、练习和实操。你会看到他们全副武装排着长队在路上行进。也许他们看起来和火星人不是完全一模一样，但肯定不像英国人。

虽然整个地区已经有了坚固的屏障和防御，但人们仍然变本加厉地不断重复着同样的工作。如果他们在这里铺上更多的混凝土，我想整个岛都会沉入大海。

令人惊讶的是，这片地方的城镇看起来一点也不像鬼城。只有大约三分之一的人被疏散，新来的士兵远比减少的人口多。多佛、拉姆斯盖特和迪尔的街道上挤满了人。酒吧和电影院照常营业。商店存货充足。看上去没有人担惊受怕地左顾右盼。

到夏天才会真正发现有何不同。因为这里是英国的大西洋城和科尼岛，有50万伦敦人来这里度假，散步、沐浴、消磨时间。他们今年夏天不会来了。首先，大多数大型酒店都被撤空了。另一方面，著名海滩和悬崖边上的人行道现在与带刺铁丝网和混凝土块搅成一团。以往成千上万人躺着休息的沙滩现在空空荡荡，被封锁起来了。

所有这些都足以成为今年夏天人群不来的理由。但最好的理由是——政府不会让任何人进来。德国人也不行。

如你所知，多佛是离法国最近的英国城市。它既受到空袭，也受到英吉利海峡对岸德国大炮的炮击。

我想你们大多数人都把多佛描绘成一座荒废的城市，一座半毁的鬼城。根本不是这样。它很有活力。成千上万的人住在这里，该干什么干什么。事实上，多佛并不像考文垂或布里斯托尔那样遭到严重破坏。滨水区遭受了猛烈的攻击，那里的大部分建筑都已被撤空。但城市的其他地方仍然正常运转。

在1940年9月的大空袭中，住着所有美国记者的格兰德酒店一端被整个炸掉了。尽头这一部分就像被一只巨手用刀从旅馆其他部分切了下来。如果你抬头看那面光秃秃的立墙，它曾经是一面内墙，你会看到一个孤零零的白色洗脸盆仍然被螺丝固定在墙上。他们说，在酒店被击中前不久，一名记者匆忙离开，把他的剃须刀留在了脸盆上。剃须刀可能还在那里，但没有办法拿到它。

多佛地区大概每周都会收到一批来自海峡另一边的炮弹，但即便正好落在城里也没造成什么损失。

即使是像我这样刚来的人，经过几分钟的观察练习，也可以在城里四处走动，说出“这是一颗炸弹干的”或“这是一枚炮弹干的”。一枚炮弹似乎只能摧毁它击中的东西，而不是像大炸弹那样摧毁周围的一切。我见过多佛的建筑物被炮弹直接击中，但只在一个拐角失去了几英尺的砖石。

德国飞机如此频繁地穿越海岸，以至于这一地区的城市每天都会发出六到八次警报。事实上，这些沿海城镇最近实施了双重预警系统。当飞机第一次被声音探测器发现时，常规的警报声就会响起。然后，如果飞机直接飞过头顶，当地的警报就会响起。这可能是一种蒸汽汽笛或压缩空气扬声器，与普通警报器不同。

下午3点左右，我们在拉姆斯盖特第一次听到警报，我注意到很多人去了避难所。

顺便说一句，拉姆斯盖特有一个独特的公共避难所系统。它是白垩岩中一个巨大的隧道网络，在城市地下平均60英尺（18米）处蜿蜒伸展。这个网络的总长度是3.5英里（5.6千米），它可以从23个不同的点进入。

如果空袭持续一整夜，拉姆斯盖特的所有居民都可以挤进这些隧道。它们是在战争前一年开始建造的，总共花了两年多的时间。在一些地方，隧道非常宽阔，你可以并排铺设两条铁轨。在城市的这一区域建造了小型“公寓”。这些小隔间仅仅是覆盖着黑色粗麻布的木头框架。它们大约有6英尺（1.8米）高，没有屋顶，但确实提供了一些隐私空间。

1700名拉姆斯盖特人长期居住在这些公寓里。他们住在那儿，就像史前人类住在洞穴里一样。其中一些人被炸得无家可归，另一些人只是害怕。

我来和你聊聊这片海防区域有多警醒。一个来自坦布里奇韦尔斯的朋友开车带我到处转。我们开了一整天的车，走了150英里（241千米）。当然，我们有进入该地区的必要通行证，但我们没有为自己制订任何特殊的路线，也没有提前发送任何消息。

下午3点左右，我们开车到了拉姆斯盖特，离伦敦足足有75英里（121千米）。我们在一个繁忙的街角停下来，向一位交通警察询问去市长大人办公室的路。这位警察是一位相貌英俊、和蔼可亲的年轻人。他告诉我们怎么走，然后看了看车里，说：

“是派尔先生吗？”

我的第一反应是下车向过往的人群鞠躬，因为我认为我作为文学家的才能如今在地球最遥远的角落获得了认可。但是理智阻止了我。在冷酷的现实面前不允许有这样的结论。

实际情况很简单，从一座城市到另一座城市，整个地区的警察接到了通知，知道我们是谁，我们在干什么。

在这种情况下，如果你过去的生活一目了然、清清白白，你就能放宽心怀。我很高兴我小时候连西瓜也没有偷过。

5. 再见了所有的一切

伦敦，1941年3月

我回家的时间快到了。

我本来只准备待一个月。不知何故，我已经待到了第四个月，我自己几乎没有意识到这一点。事实是我喜欢这里。但我对其他任何地方的喜爱也比不上美国，而且我想无论如何我也该离开英国了。我还不会说“当然啦”或“该死的”，但我确实发现自己过马路时会自动朝正确的方向看。再待一个月，我可能就会竞选汉普郡的议员了。

在英国待了三个月后，我仍然不担心英国的“坚持到底”。当然，我想说的是，每个人都是铁打的，没有人会害怕或恐慌，每个人都在为战争拼命工作。但我遇到过被炸弹吓坏的人。我有一个朋友每次遇到猛烈的空袭都会掉几磅肉。我也去过一些遭到空袭严重破坏的地方，那里人们情绪非常低落，想知道他们还要承受多少。我了解到很多故事，关于自私自利和那些有能力离开的人如何逃走。

但他们都不能代表民族的性格。关于英国这个国家的勇气和冷静，你在国内日报上读到的报道是绝对真实的。也许有什么东西会让他们崩溃，但它并未到来。

英国整体上团结一心。我从未听过任何失败主义或绥靖主义的言论。即使在克莱德河畔和威尔士，我也极少听到“这是一场资本家的战争”之类的说法。

我的感觉是，人民争取胜利的民族意志比政府更坚定，大多数政府人士有所动作之前仍然畏首畏尾地观望，他们的政治视野中只有舆论的潮流和先例的幽灵，只有少数丘吉尔和比弗布鲁克那样的人，才能用果断的行动致敬他们人民的智慧。

总的来说，我在英国2000英里（3219千米）的旅行中产生了一种感觉，那就是还没有尽最大努力去赢得战争。千千万万的人想做点什么来贡献他们的力量，但却没有得到指示，没有接到命令。在我看来，战事的组织远非完美。才华、时间和服务的欲望都被浪费了。

据我在旅途中的所见所闻，大多数英国人对战争目标考虑得并不多。他们自己没有什么非常具体的想法。他们隐约希望有一个更好的世界，但是对此相当迷惘。现在的首要想法是结束战争，然后重回正轨，这样德国就不能再对下一代做这种事了。

就我而言，英国政府中最重要的人物是一个名叫格温·巴克的威尔士女孩，她在信息部处理美国新闻记者的需求。她是我接触过的最细心、最守时、总体上最令人满意的政府代表。此外，她本人也很讨人喜欢。在威尔士语中，她的名字拼写为“格温内思”。

在我看来，美国人担心战争会影响孩子们的性格是浪费时间。他们很快就熟悉了战争的方式，战争对他们来说是再正常不过的事情。

一天下午，我在布里斯托尔拜访了圣米迦勒教堂的牧师大人默里先生。默里夫妇有一个非常健壮的小儿子，名叫约翰，19个月大，他会在房间里摇摇摆摆地走来走去，还会说一些简单的话。几个月前，当约翰听到飞机的声音时，他会走到门口，指着上面咕噜咕噜地说“飞机”。但现在，当他听到飞机声时，他会指着上面说："飞机——砰！"

伦敦比我刚来的时候"干净"多了。除了前两三个晚上的，炸弹的残骸都被推到了人行道后面。许多地方已被完全清理，现在成了空地。海德公园草地上的瓦砾堆一天比一天大。它现在占地面积有几英亩，像它这样的还有好几堆。

刘易斯大卖场原来的露天地下室现在几乎已经清空了。门前正在铺设一条新的人行道。现在摆着那个奇怪的英文标志"绕行"不让通过的街道几乎没有了。

情况一天比一天紧张。很快官方就会公布不卖肉的日子，事实上无疑已经出现了。可供出售的丝袜寥寥无几。从现在开始收音机被限制销售。铁路公司可能很快就会再次提高票价。国民军必须穿着制服工作。征募劳工的事情仍旧悬而未决。

许多郊区都在举行防毒气演习。最近的测试显示，一些面具"不合适"——毒气会从侧面进入。每天有400个面具丢失或被留在地铁列车上。报纸不断指责公众不戴面具，然而一百个人中没有一个人戴。

现在租借法案已经成为法律，英国人对美国人说话就更加坦率了。"你为什么不把东西给我们？"我的理发师问，"当你们一起逃命的时候，你不会要求别人还你一个先令。"

我在这里认识的大多数美国人都相信，美国正在迅速走向战争。对此他们一半人支持，一半人反对。

越来越多的美国人纷至沓来，来这里学习这个，学习那个。

关于这场战争的书一打接一打地出版，但似乎还没有写出一部杰作。

每时每刻都有新的舞台剧开演。《乱世佳人》已经上演第二年了，你必须提前买票。莱斯利·霍华德在拍电影。劳伦斯·奥利弗通过了皇家空军的体检。

空战正在升温。伦敦每天晚上都有很多突然死亡。这是一击即走的死亡。这是神秘的彩票掌控的死亡。一架孤零零的轰炸机在3英里（4.8千米）外的黑暗中扔出一颗炸弹。那颗炸弹将击中跨度30英里的广大区域里的某些小点，它将从伦敦的800万人口中挑出少数注定毁灭的人。在它击中之前，没有人知道是谁。

今晚800万人中可能会有十人死亡。是什么让那十个人而不是我们中奖？是什么命运把炸弹吸引到他们那特殊的100平方英尺（9平方米）？我的房间和他们的房间一样大，为什么炸弹不来这里？没有答案。这就是为什么你会变得如此漫不经心。

日常生活中缺少紧迫感或危机感。人们的生活似乎比我刚来的时候更散漫了。他们知道有些事情一定会发生——但我确信公众对此并不担心。

这场战争对英国人民来说并没有那么跌宕起伏。他们日复一日处理着遇到的情况。没有愤怒，没有疯狂，没有巨大的仇恨，没有普遍的恐惧，没有不理智的狂热。他们的面孔看起来与和平时期一样。英国人的行为举止中没有紧迫感。三个月来，我从未见过一个英国人认为英国可能会输掉这场战争。

现在该走了。离开并不容易。在战争时期离开英国多少有些于心不忍。我一直在到处说再见，我告诉他们这不是永远的再见，我会回来的。

英国的春天来得很早，这是一件美妙的事情。时光已经变得柔和温婉。当大地变得温暖清新，活着是一件美妙的事。整个英国的人们都在期待着真正的、繁花似锦的春天。对他们中的许多人来说，它永远不会到来。我难以想象对我来说可能永远、永远也不会再有另一个春天了。

后　记

回家的长途旅行结束了。战争遥不可及，沙漠上方笼罩着无尽的空间和时间，似乎存在的意义就是让人忘记远方恢弘的斗争。

黎明时分外面很安静。我不知道是什么，但有什么东西唤醒了我们——沉默或温柔地——有什么东西在破晓时唤醒了我们。于是我们起床，看着阳光柔和地照亮东边光秃秃的桑迪亚山脉，那光景尽善尽美。白天，小鸟从长满鼠尾草的平顶山上跳下来，来到我们的院子里，在未受污染的泥土里啄食，摇摇摆摆走来走去，唱着歌，度过一段美好的时光。

令人亲切的火热太阳划过宁静的天空，夜幕降临了。我们有一扇朝西的窗户，每天傍晚我都坐在那里张望。就在太阳触及地平线的时候，它的金光照亮了上方悬垂的云朵，平顶山超凡脱俗的悠长轮廓化作一幅剪影，古老火山的巅峰在千丝万缕火光中静静地矗立，除此之外到处都是平缓起伏的广袤沙漠。你从我们的西窗看到的东西令人极度痴迷，比任何语言都洪亮、都纯粹。

我们可以享受这里的一切，如此迷人、美丽和宁静。但是，当日落时分我们坐在我们的西窗前时，伦敦已经过了午夜，炮声隆隆，轰炸机正在制造混乱，我昨天的朋友们都很紧张，各种刺激让他们的精神难以集中——凝视，倾听，警惕着死亡和死亡的声音。

在这里，距离混乱如此遥远，你肯定只能在噩梦中梦到炸弹落下时幽灵般的沙沙声。那不可能是真的。然而你知道。那些日日夜夜始终留在你心里，你依然在伦敦。你从未真正离开过。因为关于冷酷屠杀的极端体验，哪怕你只分享了一脔之味，你就已经与某种永恒的东西建立了联系。无论置身其中还是相隔万里，它从未被遗忘。

新墨西哥州，阿尔伯克基

大约1939年：第二次世界大战中遭到轰炸后的考文垂。

1940年: 在对伦敦的一次空袭中，一枚炸弹击中了一辆空巴士，将其抛向附近的一所房子。

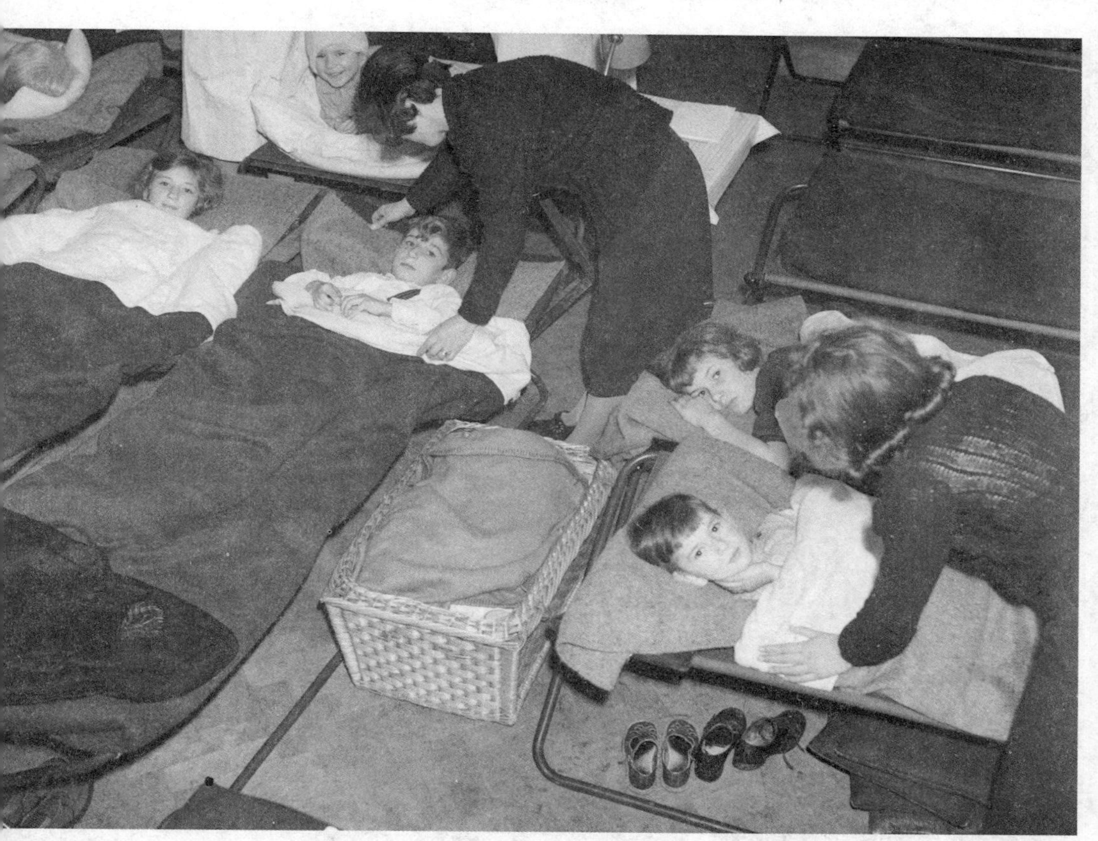

1940年：在英国伦敦米尔希尔的约翰·基布尔教堂避难所，无家可归者和孤儿被安顿在这里，睡在行军床上。照片中央的一个篮子里可能装着一个小婴儿，也是因为空袭而无家可归的。

1940年：飞机观察员站在伦敦一座建筑物的屋顶上，远方背景是圣保罗大教堂。

一位伦敦防空队员在他沙袋垒成的掩体外喝茶。

1940年10月8日：在伦敦白天遭遇空袭时拍摄的照片，显示出天空中的烟圈。

妇女回应“平底锅变飞机”的呼吁。为了响应航空生产部部长比弗布鲁克勋爵的号召，妇女们捐献家用铝制品。这些铝制品被移交给妇女志愿服务机构，用于制造战斗机。

1943年6月21日：在赫特福德郡的一个夏季训练营里，邮政局国民警卫队队员正在学习如何装填迫击炮。

在进攻琉球群岛途中，海岸警卫队指挥官杰克·邓普西和战地记者厄尼·派尔在南太平洋一个珊瑚岛上喝着水袋里的水。

美国联合通讯社战地记者派尔登上第五舰队运输舰前往冲绳。厄尼为咧嘴大笑的海军陆战队员送上自己亲笔签名的帽子。

1945年4月8日：冲绳岛，斯克里普斯–霍华德报社的专栏作家厄尼·派尔和第一师海军陆战队队员在路边休息并分享香烟。

报纸专栏作家厄尼·派尔（左三）与第一师海军陆战队在冲绳巡逻。

一艘海军运输船上，美国联合通讯社战地记者厄尼·派尔被士兵们——他们的地位相当于他在欧洲和非洲战役中报道过的陆军步兵——围在当中，通过船上的喇叭收听战争新闻报道。这张照片是在进攻开始的“爱日”前两天拍摄的，距离派尔在冲绳岛上被杀害不到三周。

约1945 年：第二次世界大战末期，一艘前往冲绳的美军军舰上，战地记者厄尼·派尔与第三登陆部队的海军陆战队队员们一起聊天。手风琴旁边的派尔戴着棒球帽，他在冲绳岛上死于日军枪击。

1945年复活节：经过登陆之前震耳欲聋的炮击和骚动，战地记者厄尼·派尔（右二）巡视滩头阵地时停下吉普车与司机聊天。

1945年：日本冲绳。士兵们参加记者厄尼·派尔的葬礼，他在太平洋战争前线被杀害。